부설전의 미학과 사상

부설전의 미학과 사상

김승호·이미숙(현욱) 편

보고사
BOGOSA

들어가는 말

　본서는 그동안 나온 〈부설전〉 연구 논문 중 단행본에 수록된 사례를 제외한 5편을 모아 엮은 것이다. 우선은 검색의 수고를 덜고 연구사적 흐름을 간파할 수 있도록 해주자는데 의미를 두었다. 불교문학을 문학사의 방계 내지 변방으로 취급하는 시각을 어떻게든 개선해 보자는 생각도 없지 않았다. 이제 읽는 이의 이해를 돕기 위해 간략하게나마 수록된 글의 골자를 머리에 밝혀둔다.

　김영태의 「〈浮雪傳〉의 원본과 그 作者에 대해서」(1975)는 그때까지 〈부설전〉을 에워싼 갖가지 추측과 이설을 정리하는 전기를 마련해주었다. 황패강교수가 명월암을 답사한 끝에 부설전의 존재 여부를 확인하고 부설일가의 전승담까지 채록하는 성과를 거두었으나 〈부설전〉의 작자 규명이 미해결로 남아있었던 터에 근대기까지 설화류, 혹은 인물전승 정도로 취급되었던 부설이야기가 실은 영허 해일 스님이 찬한 『영허집(暎虛集)』의 〈부설전〉과 동일하다는 사실을 밝힌 것이다. 논자는 이외 당대 승단의 문예적 경향과 시승으로서 영허대사의 면모, 작품형성의 배경 등 문학 논의에서 요구되는 기초 사항을 불교학자적 시각으로 안내하고 있다. 간략한 분량이기는 하지만 이 논고가 갖는 의미는 결코 작지 않다. 작가로서 영허의 실체가 드러남으로써 〈부설전〉의 미학과 사상에 대한 본격적인 연구가 가능해졌음은 물론 소설사에서 승려 작가의 위상을 마련하는 돌파구를 열었기 때문이다.

김승호의 「16세기 승려작가 暎虛 및 〈浮雪傳〉의 소설사적 의의」(2001)는 연구토대가 마련되었음에도 후속 논의가 부재하다는 반성적 차원에서 출발한다. 작가론과 작품론을 병행하다보니 작가의 전기, 형성 과정, 주제의식, 서사기법 등 점검사항이 확대되었다. 작품 형성의 배경과 과정을 일차적인 점검 대상으로 삼아 두릉에 '부설'이 지명으로 남아있으며 부설의 출가 전후사정이 구체적으로 제시되고 있음을 들어 부설이 실존 인물임을 추단했다. 그리고 영허가 어릴 때부터 들었던 김제 성덕면 인근의 부설전승(浮雪傳承)을 바탕으로 창작했다는 김영태의 주장에 큰 무리가 없다고 보았다. 〈부설전〉의 문학사적 의의는 선행 서사에 대한 의존성이 약하다는 데서 찾아야 한다고 했다. 앞서 등장한 성도담인 〈남백월이성(南白月二聖)〉이 아직 민담성을 탈피하지 못하고 있는데다 외래 서사의 영향권에서 벗어나지 못한데 비해 〈부설전〉은 익명의 대중들 사이에 유전되는 설화와 달리 산문적(散文的) 공안(公案)이라 할 정도로 깊이 있는 주제의식을 드러내며 전기화소(傳奇話素), 오도시를 자유자재로 창작에 활용했다고 보았다. 또한 〈부설전〉이 대승사상을 천명하면서도 생경한 사상 그대로를 투입하기보다 핵심적 사건의 선별과 배치, 장면 제시 서술, 오도시의 삽입, 내면심리의 묘사 등의 기법과 장치를 적용함으로써 승전이나 인물전승이 미칠 수 없는 감동을 끌어낸다고 평했다. 〈부설전〉이 영허의 창발력에서 나온 것이기는 하지만 오도

시, 생숙(生熟)시험 화소 등 전기소설의 흔적도 다수 보인다고 했
다. 본고는 〈부설전〉의 형성과정을 구체적으로 실증했으며 서사 방
식, 사상의 주입 양상 등을 통해 소설성을 검증해냈다는 데 의미가
있다.

오대혁의 「〈浮雪傳〉의 창작연원과 소설사적 의의」(2005)는 〈부설
전〉의 출현과 소설성을 에워싼 기존 논의를 검토하면서 몇 가지 새
주장을 펼치고 있다. 우선 부설의 실존설을 반박하였다. 원래 부설
은 근대기 이전의 기록물들에서는 부설을 가상 인물로 다루었는데
불교의 정체성 차원에서 근대기 불교 사가들에 의해 실존 인물화하
는 현상으로 바뀌어졌다고 주장한다. 특히 삽입시로 미루어 볼 때
부용 영관, 청허 휴정의 사상을 계승하기 위한 방편으로 시와 산문
을 교직하여 〈부설전〉을 창작했다고 보았다. 또한 창작동인으로는
대중과 멀어지고 있는 교단을 비판하는 한편 대중을 발심케 하고 재
가불자의 표본을 제시하기 위한 목적에서 〈부설전〉이 지어졌다고
진단하였다. 아울러 본고는 〈부설전〉이 대승보살의 실천방향을 구
조화하고 있으며 인물설정, 삽입시, 전고(典故)의 활용 등을 통해 승
전(僧傳)을 넘어서는 서사적 혁신을 이루었다고 평가했다. 통사적으
로는 〈부설전〉이 나려시대의 불교적 전기소설이나 금오신화에 등장
하는 이계(異界), 이류(異類)의 환상성을 극복하고 당대 현실적인 문
제를 부각시키고 있다고 본다. 〈부설전〉의 계통성과 관련한 논의에
서 금오신화를 비중하게 언급하고 있는 것도 본고의 특징이다.

유정일의 「〈浮雪傳〉의 傳奇的 性格과 소설사적 의미」(2007)는 주
로 〈부설전〉이 지닌 전기성(傳奇性)에 초점을 맞춘 사례이다. 논자는

〈부설전〉을 전기소설로 매김하면서도 여타 전기소설과 공통점, 혹은
유사점을 제대로 밝혀내지 못하고 있음을 지적한뒤 〈부설전〉의 전
기적 성격과 소설사적 의의를 밝혀내고자 한다. 특히 논자는 삽입시
와 생숙(生熟)시험 모티브에 시선을 집중한다. 삽입시는 전기성의 핵
심 징표라는 것이다. 이어 소설의 전기성은 전기적 인물이 비현실적
세계를 경험하거나 비현실적 인물과 만나는 내용으로 드러나지만 승
전류를 위시한 보사적(補史的) 성격의 지괴물에서는 주인공이 기이함
을 현시하는 주체가 되고 그의 영적은 기이함을 드러내는 서사적 핵
심에 속한다고 본다. 생숙시험을 두고는 현상적이고 가시적인 계율
은 깨달음을 얻고 해탈하는데 본질적이 아닌, 방편적인 것임을 주제
화하면서 부설을 통해 구도의 완숙을 증거했다고 풀이한다. 또한
〈부설전〉은 〈아도〉, 〈원광〉, 〈남백월이성〉 등의 승전, 성도담의 전
통을 승계하면서도 16세기 당대 전기소설적 요소를 적극 수용하고
있음을 밝혔다. 〈부설전〉의 한계로 역사적 인물을 주인공으로 설정
함으로써 전기소설의 허구성이 발현되지 못했다는 점을 지적하고 있
어 주목된다.

　이미숙(현욱)의 「〈浮雪傳〉의 構圖와 禪的 체계 연구」(2014)는 서사
미학 위주로 진행되어 균형감을 잃었던 〈부설전〉 연구에서 사상 중
심으로 연구를 진행한 첫 사례이다. 서사미학적 측면을 부차적인 것
으로 미룬 채 재도지기(載道之器)적 관점을 들고 나옴으로써 고식적
이라는 비판을 예상할 수도 있다. 그럼에도 논자는 〈부설전〉이야말
로 불교사상의 정수만을 골라 이야기로 포장한 서사로 규정한 채 애
초 찬자가 지향한 사상적 바탕과 그 주입방식을 섬세하게 추적해 나

가는 입장을 고수한다. 본고의 논의에 따르면 서사 진행 단계마다 불교사상의 제 요소들이 각각 대응된 것으로 이해된다. 다시 말하면 구도를 위해 유력하는 단계에서는 정혜사상이, 등장인물들이 주고받는 삽입시에는 선사상이, 묘화와의 결연에서는 자비사상이, 부설거사의 전법의 방편에서는 공사상이, 등운·월명을 통해서는 반야사상이 대응적으로 반영되고 있다는 사실을 도출해낸다. 논자가 〈부설전〉에서 무엇보다 의미를 부여하는 것이 전고(典故)이다. 전고는 본고에서 일회적 용도를 넘어 작품의 본의, 사상을 함축하는 기표(記標)에 해당된다. 전고적 풀이를 동원할 경우, 이야기에 묻혀 발현되지 않았던 〈부설전〉의 불교사상이 드러나며 선적(禪的) 담론으로서의 실상이 정확히 포착될 수 있다고 보는 것이다.

이상 다섯 분의 〈부설전〉 연구 논문을 일별해보았다. 사족을 달자면 〈부설전〉은 경전의 추상적 언설, 선시, 공안이 지닌 한계를 넘는 방편으로서 서사가 지닌 힘을 앞서 찾아냈다고 할 것이다. 외풍과 무관한 산중에서 대중 전교를 골몰한 끝에 배태시킨 서사라 한다면 이 작품을 보는 시각이 달라질 수밖에 없을 것이다. 각각의 논의는 나름의 문제의식을 보여주고 있지만 생각대로 휘갑된 것 같지는 않다. 하지만 〈부설전〉이 일반적인 문학 분석의 시각으로는 쉽사리 풀리지 않는 요소들을 적잖이 비장하고 있음을 확인한 것이야말로 나름의 소득이 아닐까 한다. 문학과 불교사상에 대한 눈썰미를 두루 갖추고 다가간다면 채 드러나지 않은 〈부설전〉의 서사미학, 사상적 정채마저도 비로소 드러날 것이다. 본서의 간행이 〈부설전〉은 물론 불교문학 전반에 대한 관심으로 이어지길 기대한다.

　마지막으로 간행에 동의하면서 원고를 건네준 집필자 분들에게 감사를 드린다. 특히 필자 중 한 분이면서도 원고정리와 함께 원문 번역을 도맡은 현욱스님의 원력을 특기하지 않을 수 없다. 이외 편자의 뜻을 이해하고 출판을 허락하신 보고사 김홍국 사장님께도 합장으로 고마움을 전한다.

2018년 11월 小雪날 학림관 연구실에서

김승호

차례

I. 〈浮雪傳〉의 原本과 그 作者에 대하여

김영태

1. 지금까지 알려진 「부설거사전」

부설거사는 오늘날 불교계에서 널리 알려진 신라대의 이상형적인 불교인이다. 그러한 부설거사의 생애를 전기체(傳記體)로 엮어놓은 〈부설전〉이 저술되어 그 간본과 사본이 전해져 내려 왔었으나 그것이 일반적으로 알려지게 된 것은 그리 오래된 일이 아니다. 그뿐만 아니라 〈부설전〉의 원본과 그 작자에 대하여는 전혀 알려져 있지 않은 것 같다. 그러므로 여기서는 지금까지 알려진 〈부설전〉의 내력부터 먼저 보고, 그 다음에 〈부설전〉의 원본과 그 작자에 대하여 살펴보고자 한다. 〈부설전〉이 일반적으로 널리 알려지게 되기는 아마 1913년의 『조선불교월보』[1]에 게재된 것이 그 처음이 아니었던가 본다. 즉 『조선불교월보』 제16호와 제17호[2]에 걸쳐서 쌍하자 선(雙荷子

---

1) 『朝鮮佛敎月報』는 우리나라 佛敎誌의 最初期에 속하는 것으로 그 創刊號가 1912年(明治 45年) 2月 25日에 發行을 본 후 19號(1913年・世尊應化 2940年 8月 25日 發行)까지 나왔다. 編輯兼 發行人은 權相老.

2) 『朝鮮佛敎月報』 第16號 46~49쪽(大正 2年・1913年 5月 25日 發行) 및 同 第17號

選, 16호) 또는 기자 집(記者 輯, 17호)으로 「부설거사전」을 게재하여 왔
다. 16호에 처음 게재된 부분에는 그 전거가 밝혀져 있지 않으나, 17
호의 속게(續揭)에 '월명암기본(月明庵寄本)'이라고 그 출처를 밝혀놓
고 있다. 그러므로『조선불교월보』에 게재된 「부설거사전」은 월명암
에 전해져 있었던 것을 옮겨 실은 것임을 알 수가 있다. 이것을 통하
여 당시 월명암에는 「부설거사전」의 고본(古本)이 있었음을 알게 된
다. 다만『조선불교월보』에 게재된 「부설거사전」이 월명암에 있었던
것을 저본으로 하여 옮겼다는 사실만을 알 수 있을 뿐이다.

　다음 이 「부설거사전」이『조선불교통사』하편(210~215쪽)의 〈부설
공숙수현공중(浮雪功熟水懸空中)〉 조에 그대로 옮겨져 있음을 보게된
다.『조선불교통사』(이능화 저)는『조선불교월보』16호·17호보다 5
년 후인 1918년 3월 10일에 발행된 것이다. 연대만 뒤에 속할 뿐 아
니라 〈부설공숙수현공중〉 조의 인용 말미에 '부설거사전'이라고 주
를 붙인 것으로 미루어,『조선불교월보』에 싣고 있는 「부설거사전」
을 그대로 옮긴 것이라 볼 수가 있다. 비록 제목은 〈부설공숙수현공
중〉이라 하여 있으나 내용은 「부설거사전」 그대로이며, 여기서 말미
에 '부설거사전'이라고 주기한 것은 그 전거를 밝힌 것으로 볼 수가
있는데 '월명암기본(月明庵寄本)'이라는『조선불교월보』(16호-17호) 소
재의 「부설거사전」을 옮겼다는 뜻이 아닌가 하는 것이다. 실은 월명
암 소장 현존사본은 그 제명이 '부설전'이라 되어 있다.

　그런데『조선불교통사』소재의 「부설거사전」이『조선불교월보』소

44~45쪽(同年 6月 25日 發行).

재의 것을 옮긴 것으로 보이면서도, 본문 첫 머리의 "新羅眞德女主…"를 여기(통사)에서는 "新羅善德女主…"라고 진덕이 선덕으로 오기되어 있다. 그러므로 『조선불교사화』3)에서 "신라 선덕여왕 때에…"라고 한 것도 『불교통사』 소재의 〈부설공숙수현공중〉에서 옮긴 것으로 볼 수가 있겠다. 물론 원본에는 진덕여주로 되어 있다.

그리고 1932년 12월에는 이 「부설거사전」을 국문으로 풀어 쓴 『부설거사』(김태흡 저)가 불교시보사에서 간행된 일이 있었다.4) 이것은 지금까지 본 순한문으로 된 「부설거사전」을 국문으로 쉽게 옮겨서 약간의 문식과 윤색을 붙인 것이다.

이와 같은 월명암 소전의 「부설거사전」을 『조선소설사』에서는,

"邊山 月明庵에 傳하는 「浮雲(雪)居士傳」은 僧傳으로 相當한 小說的 體裁를 가진 것이며…."5)

라고 하였다. 여기서 우리는 「부설거사전」이 국문학관계의 논저에 소설적 체재를 가진 승전(僧傳)으로 인정받고 있음을 보게 된다.

변산의 월명암에 소장되어 있는 필사본 〈부설전〉이 단국대학교 국문학과(황패강 교수 등)의 답사반에 의하여 1972년 7월에 재확인되고 보고된 일이 있었다.6) 이에 의하여 전거(前擧)의 월명암기본 「부설거

---

3) 馬鳴 著, 『朝鮮佛敎史話』(1965年 通文館 刊)의 浮雪居士의 蓄妻成道(49쪽).
4) 本 『浮雪居士』는 布敎叢書 第7輯으로 1932年 12月 15日字로 初刊된 이래, 1935年 5月에 再版, 1936年 2月에 3版되었다.
5) 金台俊 著, 『朝鮮小說史』, 42쪽(1939年 刊).
6) 「71, 72年度 學術踏査報告」(『檀國大學校 國文學論集』 第5·6合輯 附錄, 280~283쪽).

사전」이 이 필사본 「부설전」을 전재한 것임을 짐작할 수가 있다. 그
러므로 우리는 지금까지 보아 온 월명암 소전이 간본 아닌 필사본임
을 알 수 있다 할 것이다. 더욱이 이 필사본 〈부설전〉 표지에 '월명암
유전(月明庵遺傳)'이라고 쓰여 있는 것에서도 월명암기본이 바로 이것
을 가리킨 것이라고 볼 수가 있기 때문이다.

　다시 말해서 월명암 유전인 필사본 〈부설전〉이 지금까지 일반적으
로 알려진 「부설거사전」의 모본이 되어 있다는 점이다. 그러나 이 필
사본에는 작자와 전거가 명기되어있지 않기 때문에 그것이 누구의
저작이며, 언제 인쇄되고, 또 어디에서 필사한 것인지를 전혀 알 수
가 없다. 그런 까닭으로 지금까지 이 〈부설전〉의 작자와 그 소수원본
이 알려져 있지 않았던 것이라고 볼 수가 있다. 따라서 아직껏 그 작
자와 원본이 알려져 있지 않았다는 것에서 지금까지 일반적으로 널
리 알려져 온 「부설거사전」이 월명암 소전(所傳)의 필사본에만 의거
하였기 때문이라는 것을 다시금 확인하게 한다고 할 수 있다할 것이
다. 왜냐하면 이 필사본 외에 작자 등을 알게 하는 판본(단행본이 아닌
문집)이 엄연히 현존하기 때문이다.

2. 〈부설전〉과 그 소수의 『영허집』

　이상에서 본 〈부설전〉은 영허대사 해일(暎虛大師 海日, 1541~1609)
의 시문집인 『영허집』7)의 권3에 수록되어 있다.

---

7) 普應堂 暎虛 海日의 詩文集인 이 『暎虛集』을 『第5回 韓國大藏會 韓國撰述佛書展觀

『영허집』은 4권 1책으로 되어 있는데, 그 권수(卷首) 혹은 권중(卷中)에는 숭정 을해(인조 13년, 1635) 3월 천태산인 서(書)의 「영허대사시집서(暎虛大師詩集序)」가 있으며, 권말(혹은 권수와 권중)에는 "大明崇禎 8年 乙亥(16935) 仲春日 涵影堂 謹誌"의 「보응당영허대사행적(普應堂暎虛大師行蹟)」과 "乙亥 中夏一日 新坡居士書"의 「발(跋)」이 있다.

권지일(卷之一)에는 오언절구 5수와 칠언절구 17수가 수록되어 있고, 권지이(卷之二)에는 오언율시 29수가 있으며, 권지삼(卷之三)에는 칠언율시 14수와 부(〈오대산부〉·〈낙천가〉·〈부설전〉) 3편이 있으며, 권지사(卷之四)에는 유산록[두류산·향산·금강산] 3편이 있다.

지금 본 것처럼 〈부설전〉은 『영허집』 권3의 부(賦) 끝에 들어있다. 그러므로 〈부설전〉은 『영허집』의 저자인 보응당 영허대사가 저작한 것임을 알 수 있다. 따라서 〈부설전〉이 월명암에 전해져 있는 필사본 외에 판본이 있으며, 그것은 『영허집』 속에 수록되어 있다는 사실을 알 수가 있다는 것이다. 그 필사본이 작자 영허대사의 친필원본인지는 모를 일이지만, 거기에 작자의 서명이나 작자를 알만한 아무런 기록이 없는 점으로 미루어서 원초본은 아닌 것 같고, 『영허집』 속에 있는 〈부설전〉만을 초사(抄寫)하여 월명암에 전장(傳藏)하였던 것이 아닌가 싶다.

그리고 그 초고가 있었다 하더라도 일단 판본으로 책자화되었다면

目錄』(東國大學校 開校60週年記念, 1966. 5. 12.~14). 49쪽에는 海日보다 훨씬 後代에 속하는 暎虛 善影(1792~1880)의 文集으로 하여 있다. 이것은 善影의 號인 暎虛가 海日의 號이며 文集 名인 暎虛와 같은데서 온 착오였다고 할 것이다. 『暎虛集』은 東國大學校 圖書館에 2本이 있으나 그 製冊에 약간의 차이가 있을 뿐 同一板型이며 刊記는 없다.

그 초고는 어디까지나 초고이므로 『영허집』 속에 들어있는 〈부설전〉
이 그 원본이라고 할 수 있지 않을까 하는 것이다. 〈부설전〉이 영허
대사에 의하여 저술되어진 뒤에 그 문인들이 그 생전의 시문을 모아
인쇄한 『영허집』 속에 수록하였으므로 〈부설전〉은 단행본이 아닌 문
집(『영허집』) 속에 수재된 1편의 유문인 것이다. 그러나 이 한 편의 글
이 『영허집』 속에서가 아닌 이것을 필사한 월명암 전장본에 의해서
일반적으로 널리 알려졌고, 오히려 단행 필사본보다도 원본인 『영허
집』 소수의 〈부설전〉은 알려지지 않았던 것이라고 하겠다.

〈부설전〉을 수록하고 있는 『영허집』은 그 서문과 발문 및 행적이
모두 인조 13년 을해(1635)에 지어진 것으로 미루어 그때 개판된 것
으로 볼 수가 있다. 발문에 의하면 영허대사의 문하 승일(勝一), 홍주
(弘珠), 법손 도극(道克), 계언(戒彦), 도혜(道惠) 등이 『영허집』을 간행
한 것으로 되어 있다. 이 『영허집』이 개간(開刊)된 것으로 보이는 숭
정 을해 즉, 인조 13년(1635)은 그의 입적(광해 원년, 1609) 후 26년이
되는 해이다. 그러므로 이 『영허집』은 그가 입적한 후 25 · 6년 후에
그의 제자와 문손들이 그의 시문을 모아 간행한 것임을 알 수가 있다.

「영허대사시집서」라는 그 서제(序題)가 보여 주듯이 그의 시가 중
심이 되어 있는 이 『영허집』에 〈부설전〉이 수록되어 있음으로써 우
리는 비로소 그 작자를 알게 되었다고 할 것이다. 만약에 이 『영허집』
이 없고 월명암 소전의 필사본만이 현존하였다면 우리는 결코 이
〈부설전〉이 영허대사의 저작인 줄을 알지는 못할 것이라고 본다. 그
리고 또 『영허집』에 들어있는 이 〈부설전〉이 바로 일반에게 알려진
「부설거사전」과 월명암 소전 필사본의 원본임을 알 수 있다 할 것이다.

3. 보응당 영허대사 해일과 〈부설전〉

1) 해일의 약전(略傳)

『영허집』에 들어있는 「보응당영허대사행적(普應堂暎虛大師行蹟)」에 의하면, 그의 법휘는 해일이며, 별호가 영허이고, 실호(室號)가 보응당, 속성은 김씨로서 만경현(두릉)인이다.

대대로 유학을 숭상하는 사족(士族)의 집안에서 그 어머니가 이인(異人)으로부터 명주를 받은 꿈을 꾸고 난 뒤에 임신하여 태어났던 그는 어려서부터 글 읽는 놀이를 하면서 자랐다. 8세 때에 『대학』을 읽으면서 사람들로부터 기동이라는 말을 들었으며, 15세에 과거를 보았다가 합격하지 못하였다. 19세에 출가하여 능가산 실상사에 들어가 인언대사(印彦大師)에게 득도되어 5년 동안을 모시고 있으면서 모든 경론을 읽었다. 그 뒤 지리산으로 가서 부용대사(芙蓉大師)[8]를 찾아보고 3년 동안을 교(敎)와 선(禪)에 대하여 배웠으며, 풍악산으로 가서 학징대사(學澄大師)를 찾아 모든 일용지사를 물었다. 그 다음에 묘향산으로 들어가 서산대사 휴정(休靜, 1520~1604)을 찾아 팔만 법문의 의심나는 곳을 물었으며, 상비로암에서 10년을 지냈다. 그는 여기서 서산대사의 법제자가 되었는데 이보다 앞서 그는 서산대사의 법사인 부용대사에게 3년을 배운 바가 있었으므로 어느 면에서는 서산대사와 동문이기도 하였다할 것이다. 기축년(1589) 즉, 그의 나이 49세 되는 해(선조 22년)에 그는 능가산 옛절[실상사]로 돌아가서 『지

---

8) 芙蓉은 靈觀(1485~1571)의 堂號이며, 그의 號는 隱庵禪子, 또는 蓮船道人이다. 그는 유명산 西山大師 休靜의 스승이다.

장경』을 읽었는데, 어느 날 밤 지장보살이 감로수로써 관정하는 꿈
을 꾸고는 마음이 환하게 열리어 걸리는 바가 없었다. 선조 24년 신
묘(1591)에는 그의 은사 인언대사가 입적하였으므로 다비한 뒤에 다
시 나그네 길에 나서서 묘향산으로부터 시작하여 한 산에 한 철을 지
내면서 비구나 거사들로 하여금 모두 정토업을 닦아 그 실(實)을 거
두게 하였다.

선조 38년 을사(1605) 봄에는 다시 실상사로 들어가 승려를 크게
모아 제경론을 강설하였으며, 40년 정미(1607) 봄에는 광덕산 연대암
으로 가서 지내다가 이듬해 무신년 6월에 두류산 대암으로 들어갔
다. 그 이듬해 기유(광해 원년, 1609) 2월 5일에 그는 대중을 불러놓고,

> "그대들은 모두 각자가 무상하고 신속함을 念하여, 진중하고 진중하
> 라."

하고는 묵연히 원적하였다. 그것이 그의 69세 때였다. 그가 돌아간
날부터 49재 때까지 그곳 천공에 상광(祥光)과 서기(瑞氣)가 서려있었
다고 한다.

2) 〈부설전〉의 저작

이상의 약전에서 본 것처럼 그는 사족(士族)출신으로 일찍이 한학
유서(漢學儒書)를 배워 16세에 이미 과거에 응시한 일까지 있었다. 어
릴 때 기동이라고 불렸던 그였으므로 그 문재가 비범했으리라는 것
을 짐작할 수는 있지만, 그의 시문집을 통해서 그의 시재와 문장력이

뛰어났음을 알 수가 있다. 그러나 그의 문집에는 여느 승가문집류[9)]
에서처럼 승전(행장·행적)·비기(碑記)·찬소(讚疎)·모권(募勸) 등 문
(文)은 전연 보이지 않고, 시부(詩賦), 유산록(遊山錄)만이 수록되어 있
는데 오직 전기류(傳記類)에 속하는 〈부설전〉 한 편이 그 가운데에 들
어 있음을 보게 된다.

그의 시문집에 수록되어 있는 글들의 성격으로 보아 그는 문명을
떨치며 문필을 휘두르는 소위 시승(詩僧)이 아니었음을 알 수가 있는
데, 특히 행장·사적(事蹟)·비기(碑記)·모권문(募勸文) 등이 전연 없
다는 데에서도 짐작할 수 있다할 것이다. 행장·사적·비문 등은 주
로 남의 청을 받아서 쓰게 되는 글이다. 당시 사승간(寺僧間)에는 문
명을 떨치는 소위 문장 시승에게 자기네의 사승(師僧)행장이나 비명
및 사사(寺社)사적 등을 의뢰하고, 또는 모연·권선문이나 재소(齋
疎)·상량문 등을 청해 받았던 것이다. 그러므로 자연히 글에 능한
산승의 문집에는 그와 같은 글들이 수록되어졌던 것이다.

그런데 그만한 문재(文才)를 지녔으면서도 해일은 그러한 글을 전
연 쓰지 않았기 때문에 그의 문집 속에 그와 같은 글이 수록되어 있
지 않았다고 할 수 있을 것이다. 그는 다만 수도자로서 또는 학인들
을 제접하는 선사로서, 대중을 화도하는 법사로서, 혹은 산천을 순력
하는 행각승의 입장에서 자연히 읊조려지는 글들을 하나하나 써놓은
것을 모아 시문집으로 묶은 것이 『영허집』이라고 할 수 있을 것이다.

---

9) 朝鮮時代 高僧(소위 名文巨匠)의 대표적인 文集으로 『淸虛集』, 『四溟集』, 『白谷集』,
『雪嶽集』 등을 들 수 있는데, 이들 文集에는 詩文은 말할 것도 없고 行狀·事蹟·碑
銘·疎·記·贊·募緣·勸善文 등이 들어있다.

그러한 『영허집』에 〈부설전〉이 들어있다는 것에서 〈부설전〉 역시 거기에 수록된 다른 시문들처럼 누구의 청이나 부탁에 의하여서가 아닌 스스로의 마음에서 우러나온 어떤 계기에 의하여 지어진 글이라고 할 수 있을 것이다. 해일의 생애와 그 시문들을 통해서 볼 수 있는 그의 성격이나 사상을 미루어서도 짐작할 수 있는 일이라 할 것이다. 그리고 또 행장·행적기나 비문 등 전기류를 전연 쓰지 않은 그가 〈부설전〉을 지었다는 점에서도 그 저작에는 필연적인 어떤 연유가 있었던 것이 아니었던가 보여진다.

그가 〈부설전〉을 저작하게 된 커다란 이유의 하나는 아마도 본전 부설설화의 본거지(중심무대)인 변산지방 즉, 능가산이나 두릉이 그의 연고지였기 때문이 아니었을까하는 것이다. 만경현인으로 능가산에 들어가 승려가 된 그의 본가는 두릉에 있었으니,10) 두릉은 수도자(修道者) 부설이 청신거사 구무원 가(家)의 딸 묘화와 결혼하였던 곳이며, 이곳이 바로 부설선사가 부설거사로 되어 본전의 이야기가 전개된 근거지였었다.11) 그러므로 해일의 고향인 두릉은 또한 「부설거사전」의 발생지이며, 그 고향이기도 하였던 것이다.

또 부설이 두릉의 구무원 가에 이르기 직전까지 두 도반과 함께 묘적암을 매고 수도하였던 그 능가산12)은 바로 해일이 처음 출가하여 머리를 깎았던 실상사가 있는 산이었고, 해일은 나중에 몇 차례 그

---

10) 「普應堂暎虛大師行蹟」에는 "居于萬頃顯, 不欺之鄕"이라 있고, 「暎虛大師詩集序」에는 "師本家杜陵, 上瀛洲山落髮"이라 있다.

11) 〈浮雪傳〉에 "杜陵白蓮池側, 仇無寃之家, 家翁乃淸信居士也…."라 있다.

12) 〈浮雪傳〉. "飛錫楞迦, 周遊覽罷, 歷銓奇境, 因就法王峰底, 遂葺草廬一間, 額曰妙寂."

능가산으로 돌아가 머물며 공부하고 또는 대중에게 경론을 강설하기
도 하였었다.13)

　이와 같은 사실들로 미루어서 보응당 해일은 예부터 전해 내려오
는 그의 고향 두릉 땅의 부설거사 전설과 또 능가산을 중심으로 하여
전해지는 부설의 수도 및 성도에 얽힌 설화들을 묶어서 이 〈부설전〉
을 저작하였던 것이라고 볼 수가 있겠다. 물론 이 〈부설전〉을 짓기는
해일이 하였지만 여기에 담겨진 이야기는 멀리 신라 때부터 전해져
내려온 것이었다. 이러한 부설거사의 전설이 두릉땅의 출신으로 능
가산 도인이었던 보응당 영허대사 해일에 의하여 비로소 문자화되어
하나의 〈부설전〉으로 이루어졌던 것이다. 그러므로 해일이 〈부설
전〉을 쓰게 되었던 데에는 그가 부설거사의 옛 연고지였던 두릉에서
태어나 자랐다는 사실과 또 능가산에 인연이 깊은 납자 도인이었다
는 점에 하나의 동기를 찾을 수 있지 않을까 하는 것이다.

　해일이 이 〈부설전〉을 저술한 것은 그가 득도 사찰인 능가산 실상
사를 떠나 여러 곳으로 고덕 선지식을 찾고 많은 공부를 쌓은 뒤에
다시 능가산 실상사로 돌아갔던 기축년(1589) 그의 49세 때가 아니
면, 그의 65세 되는 을사년(1605) 봄에 또 다시 실상사로 들어가 승려
들을 많이 모아 제경론을 강하였던 그때가 아니었을까 하는 것이다.
19세에 출가한 그가 5년 후에 능가산을 떠날 그 동안에는 아직 〈부설
전〉을 저술할 수 없으리라고 보기 때문에 그가 49세 때 능가산에 다

---

13)「普應堂暎虛大師行蹟」,“十九遂出家, 入楞迦山實相寺 …중략… 祝髮.”“己丑, 還入
　　楞迦舊栖, 誦地藏經….”“乙巳春, 又入實相寺, 大集僧侶講諸經論.”,「暎虛大師詩集
　　序」,“上瀛洲山, 落髮.”

시 왔을 때가 아니면, 65세 때 또 다시 돌아왔을 그때 썼으리라는 것
이다. 그의 고향이며 옛산인 능가산은 부설거사설화의 본 고장이기
도 하므로 이곳에서 부설거사의 옛 이야기를 정리하여 〈부설전〉을
저작하였을 것이라고 볼 수 있겠기 때문이다.

보응당 해일의 시문집인『영허집』에 수록되어 있는 〈부설전〉이 오
늘날 널리 알려진 「부설거사전」의 원본임을 대강 보았으며, 작자 해
일과 그 저작에 대하여서도 대충 살펴보았다. 그러나 〈부설전〉의 내
용과 사상 및 문학성 등 제문제에 관하여서는 여기에서 언급하지 않
기로 한다.14)

---

14) 비록 그 作者와 原文은 몰랐다 하더라도 〈浮雪傳〉의 本格的인 硏究로는 黃浿江 敎授
　　의 「浮雪傳 硏究」가 있다.

Ⅱ. 16세기 승려작가 暎虛 및 〈浮雪傳〉의 소설사적 의의

김승호

1. 머리말

출중한 작가 김시습의 『금오신화』가 화려하게 소설의 서막을 열어 놓았음에도 불구하고 그를 승계하는 작품의 미비함 때문에 『홍길동 전』이 출현하기까지 이세기 동안을 소설사적 공백기로 처리하는 경우가 없지 않았다. 하지만 다른 견해도 있으니, 일련의 불경계(佛經系) 서사문학을 소설로 인정하고 그것이 끼친 문학적 의의는 마땅히 재고되어야 한다는 입장이 그것이다.[1] 배불정책과 함께 유교이념의 기치를 내건 상황을 감안한다면 『석보상절』, 『월인천강지곡』, 불경계 서사문학의 출현은 도리어 의아스러울 정도였던 바, 불교가 선초

---

1) 불경소재 서사문학이 불교가 크게 성행한 신라 고려조에 대중을 포교할 목적에서 변문, 강창소설로 변이되어 널리 유통되었다는 점을 주목하고 조선조에 들어와 훈민정음의 창제와 더불어 숱한 불경계 국문소설의 출현을 가져왔음을 줄기차게 천착한 이는 史在東이다. 그의 대표적 논저로는 사재동, 『불교계 국문소설의 형성과정연구』, 아세아문화사, 1997과 사재동, 『불교계 사서사문학의 연구』, 어문연구 12집, 1983이 있다.

서사문학에 기여했음을 부정할 수 없게 하는 사례인 것만은 분명하다. 하지만 16세기에 들어서면서부터 상황이 달라진다. 사회 저변에 억불적 분위기가 형성되었음은 물론 소설적 유형으로 보더라도 전기소설, 몽유소설이 대세를 이루는 흐름에 따라 불교소설류의 창작과 전파가 자연스럽게 위축되기에 이른다.

그런데 불교에 대한 탄압이 점고되다 절정에 이르렀던 16세기 공간에서 불교사상, 특히 재가주의를 천명하고 대승불교의 정수를 수준 높게 형상화한 작품이 출현했다는 점은 눈길을 끄는 대목이 아닐 수 없다. 필자가 염두에 두고 있는 작품은 16세기 영허대사(暎虛大師, 1541~1609)가 지은 〈부설전〉이다. 이를 처음 주목한 이는 김태준으로 그의 저서 조선소설사에서 소설성을 농후하게 간직한 불가의 문예로 지목한 바가 있다.2) 이후의 논의는 상당한 시일이 지난 후에 진행되었다 하겠는데 황패강은 〈부설전〉이 소장된 월명암을 찾아 그 작품의 실체를 확인하고 부운전으로 명명했던 김태준의 오류를 바로 잡아 부설전으로 작품명을 확증하기에 이른다.3) 부설전 연구에서 가장 먼저 밝혀야 할 사항이 작가의 유무였는데 이는 불교학 쪽에서 앞서 해명하였다. 즉 김영태가 〈부설전〉의 원본과 그 작자에 대하여4)를 통해 부설전이 작자가 함몰된 채 익명으로 처리된 그간의 사단을 여러 자료를 통해 적시하는 한편 〈부설전〉의 작품 내 시대 배

---

2) 김태준, 『조선소설사』, 1939, 42쪽.
  "변산 월명암에 전하는 「浮雲居士傳」은 승전으로서 상당한 소설적 체재를 가진 것이며 그 他 朋學同知傳, 普德閣氏傳이 있다고 하나…"
3) 황패강, 「〈부설전〉 연구」, 『신라불교설화연구』, 일지사, 1975, 364~398쪽.
4) 김영태, 「〈浮雪傳〉의 原本과 그 作者에 대하여」, 『한국불교학』 제1집, 1975.

경, 인물, 사상 등으로 미루어 전승되던 설화를 영허가 정착시킨 것
이라고 주장한 것이다. 황패강, 김영태 이외에도 차용주5), 김승호6),
이진오7), 이종찬8) 등이 〈부설전〉을 서사적 혹은 시적 관점에서 언
급했으나 기존의 연구에서 크게 나아갔다고 보기는 어렵다 하겠다.
왜냐하면 앞의 두 경우는 아직 영허의 존재를 모르는 상황에서의 집
필이었고 뒤의 두 경우 역시 조선시대 불교시를 거론하던 중 제기한
단편적 논급에 그친 것이어서 부설전에 대한 본격적 조명은 후고를
기다릴 수밖에 없었다.

  이 글에서는 그동안 밝혀진 자료 및 기 논문들의 연구 성과를 토대
로 삼으면서 작가 영허의 문학세계, 〈부설전〉의 소설사상 위상 등에
초점을 맞추어 논하고자 한다. 이로써 불교작가 영허의 위상과 함께
〈부설전〉의 서사문학과 소설사적 의의가 좀 더 선명히 드러날 수 있
다면 다행이겠다.

---

5) 차용주, 『한국한문소설사』, 아세아문화사, 93~94쪽.
6) 김승호, 『한국승전문학의 연구』, 민족사, 1992.
7) 이진오, 『조선후기 佛家漢文學의 儒佛교섭양상 연구』, 한국학대학원 박사학위논문,
   1989, 120쪽 참조. 박희병은『韓國 傳奇소설의 미학』, 돌베개, 1997, 70쪽의 각주에
   서 부설전의 작자가 영허대사임을 처음 밝힌 이는 이진오라고 했으나 이는 사실과 다
   르다. 앞의 각주에서 보듯 1975년 김영태가 이미 〈부설전〉의 작자를 변증한 바 있었던
   것이다.
8) 이종찬, 『한국불가시문학사론』, 불광출판사, 1993.

2. 〈부설전〉의 형성과정

『영허집』[9]을 통해 〈부설전〉의 작가가 영허대사라는 사실이 밝혀지기 전 오랫동안 부설이야기는 구전 혹은 사찰연기담의 한 사례로서 『조선불교통사』[10]나 월명암본 「부설거사전」[11] 등에 등재되었는데 한결같이 텍스트의 작자에 대해서는 어떤 기록도 발견할 수가 없었다. 그런 중에 김영태가 〈부설전〉이 『영허집』 부(賦)편에 소재한 것[12]임을 밝히면서 이른바 작가론적 연구까지 가능해지게 되었다. 『영허집』에서 작자의 생애 및 시승(詩僧)으로서의 면모를 일러주는 기록으로는 함영당의 「보응당영허대사행적」, 천태산인의 「영허대사시집서」, 그리고 신파거사의 「발」을 꼽을 수 있다. 우선 함영당이 쓴 「행적」을 풀어 읽고 논의를 이어가기로 하자.

---

9) 이후 논의는 동국대 불교전서편찬위원회에서 간행한 『한국불교전서』 v.8에 실린 海日(暎虛大師)의 『暎虛集』을 근거로 한다. 전서의 해제각주에 따르면 『暎虛集』은 지금 新坡居士序跋本과 同復刻本 두 가지가 전하는데 모두 동국대학교 소장으로 되어있다. 이 둘의 차이라면 복각본에서는 普應堂暎虛大師行蹟이 1권 서두에 있고 新坡跋文은 1卷末에 있으며 暎虛大師詩集序는 2卷末에 있다는 것이다. 문집의 체제를 보면 전 4卷으로 되어있으며 卷1에는 오언절구 5수, 칠언절구 16수, 卷2에는 오언율시 29수, 권3에는 칠언율시 14수, 賦 3편 卷4에는 遊山錄 3편이 들어있다. 다른 승들의 문집에 비해 수록된 시의 양이 적은 편인데 이는 請託文이 아닌 자발적으로 지은 시만 수록한 때문으로 보인다. 한 가지 흥미로운 사실은 傳記類나 小說類는 傳이나 雜錄부분에 넣는 것이 일반적인 분류인데 『영허집』에서는 〈浮雪傳〉을 운문 영역인 賦 篇에 놓고 있다는 점이다. 아마도 양식적 성격이 다른 유일한 산문을 따로 테두리 지어 넣기가 곤란한 나머지 불가피하게 운문부분에 편입시킨 것이 아닌가 한다.

10) 이능화, 『朝鮮佛教通史』, 하편, 1968.

11) 김택영, 『김택영접전집』 2, 아세아문화사, 167~169쪽.

12) 김영태, 앞의 논문.

대사의 法號는 海日이고 別號는 暎虛이다. 堂號를 普應이라 했으며 姓은 金氏로 본디 士族의 자손으로 萬頃縣 不欺고을에 살면서 유학을 업으로 삼았다. 어머니 洪氏가 꿈에서 한 이인을 보았는데 쥐고 있는 밝은 구슬을 전해주면서 스스로 잘 보존하라 했다. 이에 임신을 하고 辛丑년(1541) 9월 4일 甲寅시에 아이를 낳았다. 아이 적에 벌써 널판지로 책상자를 만들었고 말하는 소리가 항상 책을 읽는 듯 했다. 겨우 8살때 大學을 읽던 중 曾子가 말하되 '열눈이 보는 바이고 열손이 가리키는 것이니 아마도 근엄해야 한다.(十目所視 十手所指 其嚴乎)'는 대목에 이르러 여러 존장들이 '근엄'의 뜻이 무엇인가 물으니 '두려워하고 조심하는 것'이라고 대답했다. 이에 여러 사람이 모두 奇童이라고 불렀다. 15살 때 과거시험을 쳤으나 낙방하였고 19살 때 마침내 출가하여 능가산 실상사에 들어가 大選兼 仲德인 印彦大師에게 머리를 깎았다. 5년 동안 스승을 모시며 여러 경론을 열람하다가 하루는 홀연히 무상함을 생각하고는 오래 한곳에 머무는 것이 옳지 않다고 여기고 지리산에 들어가 芙蓉大師를 찾아 머리를 깎고 참배한 후 禪敎를 두루 열람하며 스승을 3년간 모신다. 이후 또한 풍악산으로 가 學澄대사를 뵙고 日常의 계율을 익혔다. 그리고 묘향산에 들어가 西山대사를 뵙고는 八萬眞詮의 궁금한 것에 대해 물었다. 상비로암에서 10년간 주석하고 己丑년(1589)에 옛날 머물던 능가산으로 돌아와『地藏經』을 송독했다. 어느날 밤 꿈에 장차 地藏이 감로수를 정수리에 부었다. 꿈에서 깨니 마음이 활연해져서 거칠 것이 없었다. 신묘년(1591) 은사인 印彦大選이 입적하여 다비를 한 후 八俵로 돌아가 천지를 집으로 삼았다. 혹은 比丘혹은 居士와 함께 정업을 닦아 이로써 신실함을 이루었다. 己巳년(1605) 2월 5일 방장의 방을 닫았다가 얼마 후 문을 열고 문도들에게 말하길 "대중은 각기 무상함의 따름을 마음에 두고 소중히 하라."고 말한 후 조용히 시멸하니 세수 69세였다. 열반하시던 날 저녁 상서로운 빛이 하늘에 뻗치고 상서로운 기운이 공중에 가득 찼다. 49齋를 당하여

문인들이 無遮대회를 여니 재를 올릴 때마다 서기가 뻗치지 않는 경우
가 없었다.

大明 崇禎 8년 乙亥(1635) 仲春 日 涵影堂이 삼가 쓰다.[13]

영허 행적을 전재(全載)한 까닭은 창작전후의 사정이 전혀 남아있
지 않은 상황에서 이 기록을 근거로 작품의 형성과정을 유추할만한
단서가 포착되지 않을까 하는 생각 때문이다. 아닌 게 아니라, 전기
적 사실과 〈부설전〉의 내용 대비를 통해 우리는 영허의 고향인 만경
현 혹은 두릉[14]이 〈부설전〉에서 주인공이 파계 후 묘화와 더불어 세
속적 생활을 영위하며 수도를 했던 바로 그 장소로 나타난다는 흥미

---

13) 涵影堂, 「普應堂暎虛大師行蹟」(위의 책v8, 44~45쪽).
    大師法諱曰海日 別號曰暎虛 所居室曰普應 姓曰金氏本士族子 居于萬頃縣不欺之鄉
    以儒爲業 母洪氏 夢有異人 持明珠授曰 善自保護 仍以有娠 辛丑年九月四日甲辰時生
    焉 孩提之年 將蕉葉爲冊匣 聲常如讀書之聲也 年纔八歲時 讀大學之曾子曰 '十目所
    視大文 諸尊貴人' 問其嚴之意 師有恐怖之說 諸人皆稱曰奇童 年十五擧而不中 十九
    遂出家 入楞迦山實相寺 從大選兼仲德印彦大師祝髮 執侍五年 閱諸經論 日日忽念無
    常 不宜久住一處 訪智異山 參芙蓉大師 閱敎搜禪 執侍三年 又往楓岳山 參學澄大師
    問諸日用之事 又入妙香山 參西山大師 問835萬眞詮疑惑處 住上毘盧巖十載 己丑還入
    楞迦舊棲 讀地藏經 夜夢地藏 將甘露水灌頂 夢罷心中豁然無礙 辛卯年恩師大選 入寂
    茶毘後還巡八俵 天地爲家 自妙香山一山結一夏 或比丘或居士 咸使修淨士業 以之成
    實 而乙巳春 又入實相寺 大集僧侶 讀諸經論 丁未春往廣德山蓮舍庵 住過三春後 戊
    申年六月入頭流山臺巖 己酉年二月五日丈室閉闔 逾時而開 召大衆云 汝等諸人各以
    無常迅速爲念 珎重珎重 默然圓寂 年六十九歲 送終之夕 祥光洞天 瑞氣盤空 七七之
    齋 門人設無遮大會 無一齋而無瑞氣矣
    時大明崇禎八年乙亥 仲春 日 涵影堂謹誌
14) 杜陵이라는 지명은 지금의 행정명에서는 보이지 않는다. 대사의 행적에는 본디 萬頃縣
    不欺고을에 살았다(居于萬頃縣不欺之鄉)고 되어있는데 비해 天台山人이 쓴 「暎虛大
    師行蹟」에는 '대사의 집이 본디 두릉에 있었다(師本家杜陵)'고 되어있는 것에서 나타
    나듯 만경과 두릉은 서로 통하는 지명이었음을 알 수 있다.

로운 사실을 찾아낼 수 있다. 물론 부설의 고향은 작품에서 신라 서울 경주로 되어있으나 영희 영조와 도반을 이루어 산천을 주류하다가 마침내 이른 곳이 만경현 불기고을, 곧 두릉현 백련지 곁에 사는 구무원의 집이었다. 이 지역은 1914년 행정구역이 바뀌어 김제군 성덕면으로 편입된 지역으로 부설,15) 묘라16) 묘라리17) 등으로 마을이 불리고 있으며 묘라리,18) 부설암 터19), 월명암, 묘적암, 등운암20) 등 못, 암자, 사지(寺址)의 이름이 전하고 있다. 이중 성덕면 고현을 부설로 부른다거나 '부서울'과 '묘라리'라는 지명이 통용되는 것으로 보아 '부설거사'와 '묘화부인'이 동거 수행한 사실을 기리기 위해 인명을 지명으로 바꾸어 부르게 된 전후사정을 유추하기는 어렵지 않다.21) 일반적으로 지명이란 그 어느 것보다 역사성을 강하게 간직한 것으로 인정되거니와, 영허가 〈부설전〉을 짓기 훨씬 전부터 부설과

---

15) 한글학회, 『한국땅이름 큰사전』, 1990, 1978쪽. 마을이름. 전북 김제군 성덕변 성덕리를 가리키며 古縣이라고도 한다.

16) 한글학회, 위의 책, 1978쪽. 마을이름. 전북김제군 성덕면 묘라리를 말한다.

17) 한글학회, 위의 책, 1978쪽. 마을이름. 묘라, 모라요래, 요내라고도 부른다. 전북김제군 성덕면에 속해있고 만경군 남일면의 지역으로 모라 또는 묘라 요래 요내라고도 불렸는데 1914년 …중략… 군내면의 남산리 일부를 병합하여 묘라리라 하고 김제군 성덕면에 편입시켰다.

18) 한글학회, 위의 책, 1978쪽. 전북 김제군 성덕면 묘라리 서쪽에 있던 방죽.

19) 한글학회, 위의 책, 2522쪽. 전북 부안 변산 중계 월명암 옆에 있는 부설암의 터. 토굴처럼 되어있는데 신라 때 부설거사 진광세가 지었다고 함. 지금은 월명암의 선방으로 쓰이고 있음.

20) 한글학회, 위의 책, 4569쪽. 부설거사가 등운, 월명의 남매를 둔 뒤 불도를 닦기 위해 변산으로 들어와 암자(부설암)를 짓고 또 이곳에 딸 월명을 위하여 월명암, 묘화부인을 위해 묘적암(묘화암)을 짓고 수도생활을 했다함.

21) 김제군, 『김제군지』, 1978, 864쪽.

묘화부인의 이름에서 유래한 지명이 통용되고 있었던 것으로 보아야 할 것이다. 당연한 말이 되겠으나, 부설일가에서 유래한 지명과 함께 부대설화 역시 신라 이래 끊임없이 전승되어왔다고 해도 좋을 것이다. 그러나 전승과정에서 이야기는 뒤틀리고 어느 단계에서는 완전히 잊힐 수도 있는 것이다. 이점을 직시한 것이 영허이고 〈부설전〉은 바로 부설전승을 뼈대로 지었다 보더라도 무리가 없다.[22] 영허가 〈부설전〉을 기록으로 정착시킨 때는 행각 끝에 득도처인 능가산 실상사로 돌아왔던 기축년(1589), 즉 그의 49세 때이거나 65세 때 이 절에서 경론하던 때였을 것이다.[23] 그러나 떠도는 이야기의 단순한 정착이라고 보기에는 지금 우리가 보는 〈부설전〉은 이른바 정보적 단위들이 퍽이나 치밀하게 주입되고 있음에 놀라게 된다. 가령 부설의 신상명세로서 출가 전 이름이 진광세이며 구족계를 내린 스님을 원정선사(圓淨禪師)라 적시했는데, 그 후의 상세한 구법행각의 역정 또한, 전해오는 전승 등을 접하지 않고서는 기록할 수 없을 정도의 사항들이다.

그러나 〈부설전〉에 앞서는 어떤 전승담이나 기록물은 발견되지 않는 한 〈부설전〉 문면이 추론의 근거일 수밖에 없겠는데, 부설이 청익을 위해 떠돈 명산이 영허의 주류처와 적잖이 일치하는 점 역시 간과할 수 없겠다. 영허의 발길이 닿은 곳으로 능가산, 지리산, 풍악산,

---

22) 이것은 필자가 처음 제시하는 견해가 아니다. 김영태는 앞의 논문, 94쪽에서 "…이와 같은 사실로 미루어서 普應堂 海日 은 예로부터 전해 내려오는 그의 고향 杜陵땅의 부설거사 전설과 또 楞迦山을 중심으로 하여 전해지는 부설의 修道 및 成道에 얽힌 설화를 묶어서 이 〈浮雪傳〉을 저작하였던 것"이라고 추론한 바 있다.

23) 김영태, 앞의 논문, 95쪽.

묘향산, 두류산 등이 거론된 반면 부설의 경우 경주, 두류산, 천관산, 능가산, 두릉 등의 궤적이 드러나 있다. 이 중 두릉, 능가산은 두 사람이 똑같이 머물렀던 장소로서 새삼 주목된다. 결국 영허가 전승담을 그대로 이입하기보다 전승과정 중 지워진 서사부위를 벌충할 목적에서 자신의 체험을 근거로 이야기에 살을 붙였다 보아도 무리가 아니다. 그것은 핍진성이 떨어지는 전승에 사실성을 높이고자 했던 작가의 의도에서 보면 개연성 있는 추론이 아닐 수 없다. 앞서 지명연기를 통해 이미 영허 이전에 설화의 존재 가능성에 필자는 무게를 실었다. 하지만 재가불자의 이상적인 인물로 부각되었음에도 부설의 언급이 없다는 것은 여전히 풀리지 않는 의문으로 남는다. 무엇보다 신라 당대 높은 덕성과 너른 법기(法器)를 인정받은 그를 『삼국유사』에서 외면한 것은 이해할 수 없는 노릇이다. 고승은 물론 민중불교적 사중의 자취를 끈질기게 찾아 기록에 올렸던 일연의 찬술경향에서 본다면, 오히려 부설은 광덕, 엄장, 욱면 등에 못지않은 찬술적 대상으로 우선시 될 법한 인물이기 때문이다. 하지만 부설일가에 대한 언급은 어디에도 없다. 필자는 승전류나 『삼국유사』에 부설의 기록이 보이지 않는 까닭을 이렇게 본다. 즉, 아무리 성도를 이루었다 하더라도, 승전류에서 부설을 서사대상으로 지목하기는 무리가 아니었던가 싶다. 승전의 입전대상의 전례에 비춘다면 권속을 거느렸던 이력의 부설은 이미 커다란 자격미달이었던 셈으로 서사대상에 포함될 수 없다고 보는 것이 자연스럽다고 할 것이다. 또 하나 부설이 『삼국유사』에 입전되지 못한 까닭으로 경상도 지역에 한정된 일연의 설화취재 범위에서 비롯된 데에서 찾을 수 있다고 본다. 즉 그의 활동반경이 경상도 권역이었고 노쇠한 나이에 백제권 어느 지역의 전승담까지 누락 없이 수습하기란 현실적으로 벅찼을 것이라는 점도 함께 고려해야 할듯싶다. 이리 본다면, 『삼국유사』에서의 부설 배제는 고의적인 것이 아니라 찬술 당시의 주변적 여건이 불가피하게도 기록의 망실로 나타난 것이라 해야겠다. 한데, 다행스럽게도 부설전승은 영허의 시대까지 크게 훼손되지 않은 채 부설일가에 대한 지역민들의 미담으로써 전승력을 잃지 않고 있었고[24] 설화 발생처에서 태어난 영허의 주목을 받게 된 것으로 추론해볼 수 있겠다.

　요컨대 영허가 〈부설전〉을 짓기까지의 대략적 구도는 만경현 두릉 출신인 영허가 그 지역에 전승되어오던 부설의 이야기를 기록으로 정착시켰다는 윤곽으로 나타난다. 그렇지만 영허는 단순한 채록자에 머물지 않았다. 부설에 대한 정보가 구체적으로 제시된 것으로 보아 부설이 역사인물일 가능성이 높지만, 세밀한 묘사에 의해 시공의 전제, 인물 사건에 대한 핍진함과 논리적 전개 등에다 작자의 문재에

---

24) 전승되어오던 설화의 정착에 대해 조선시대 일반의 인식이 매우 부정적이었음을 감안할 때 부설전승과 같은 불교설화가 문헌으로 정착되는 것은 흔한 일이 아니었다. 이 같은 사정은 김택영이 월명암에 갔다가 그 절에 유전되어오던 『부설거사전』을 본 후 그 대강의 줄거리를 기록하고 말미에 붙인 소회담을 통해 분명하게 드러나는 것이다. 김택영, 『김택영전집』 2, 아세아문화사, 169쪽. "金澤榮曰 余至邊山月明庵 臨月淨臺 下觀渤海 山僧示古蹟如此 吾邦拙於文字 除正史外奇談異事 萬不傳一 況於浮屠之家 乎 乃此蹟遠在 七百年之外 而能不就湮滅宜乎 其人之傳爲寶也"(김택영은 말한다. 내가 변산 월명암에 이르러 그곳 월정대 아래에 가서 서해를 바라볼 때 그곳 스님이 이 고적을 보여주었다. 우리나라는 문자가 졸렬하여 正史 밖의 기이한 이야기와 이상한 사건은 제외하여 만 가지 중의 하나도 전하지 않는다. 하물며 부설거사 집안의 기록은 이미 칠백 년 전의 일이거늘 기록해 놓지 않으면 없어질 것은 당연한 일 아닌가. 이 사람의 전기는 보배라 할 것이다.)

힘입어 일가의 전승담에서 세련된 불교소설[25]로 탈바꿈한 사례가
되었다 하겠다.

3. 〈부설전〉의 서사적 특징

1) 장면제시 및 사건 초점화

우리나라 초기 전기문학(傳記文學)에서의 특징을 말할 때, 유가(儒
家) 쪽보다는 불가(佛家) 쪽에서 전기찬술에 대한 열의가 높았으며 문
학의 미학적 성취도 또한 불교 전기물에서 상대적으로 높게 나타난
다는 점을 부정할 수 없다.[26] 이는 무엇보다 삼국을 거쳐 고려시기
에 이르는 동안 불교문화가 퍽 융성했고 승려 역시 입전 대상으로 우
선시할 만큼 이상적 인간으로 공감해주었던 분위기가 낳은 문학적
현상이라고 말할 수 있겠다. 하지만 조선시기에 들어와 배불정책이
강화되면서 불교문학의 유통은 전에 비해 미미한 수준에 그치고 만
다. 조선 초에 『석보상절』이 간행되고 불경계 국문소설이 등장하는
등 불교담론의 서사문학사적 의의가 재인식된 때가 있었다 해도 일

---

25) 황패강, 앞의 책, 375쪽 참조. 〈부설전〉에 대해 김태준이 "僧傳으로서 상당한 소설적
     체재를 가진 것"이라고 논급한 이래 황패강은 더 나아가 "〈浮雪傳〉을 僧傳이자 說話小
     說로 인정하다 할 만하다."는 견해를 피력한 바 있다. 승전이면서 설화소설이라는 말이
     성립될 수 있는지 검토가 필요하겠으나 일단 〈부설전〉을 소설로 단정한 것에 대해서는
     필자도 하등의 이론이 없다.
26) 김승호, 「초기 승전의 서사구조 양상」, 『한국서사문학사론』, 국학자료원, 1997, 12~
     13쪽.

시적 흐름으로 그쳤고 불교탄압의 정도가 깊어지면서 불교서사문학
도 쇠퇴기에 섰다고 말해도 큰 무리가 없겠다. 비록 시대가 뒤지지만
이런 흐름에서 본다면, 〈부설전〉이 지닌 의미는 새삼 돋보인다고 할
수 있다. 그런데 『금오신화』가 『기재기이』 등의 숱한 전기소설을 등
장케 한 발원적 본보기가 되어주었듯, 일단 〈부설전〉도 어떤 작품의
영향을 받아지어진 것이 아닌가 하는 의문을 제기할 수가 있을 터이
다. 한데 앞에서 추론한대로, 〈부설전〉은 15세기에 출현한 다수의
불경계 소설에서와는 구별되는, 이 땅에서 살다간 어느 재가불자의
이야기, 곧 배경과 인물에서부터 자생성이 강한 이야기로 구조화되
어있다는 점에서 전례를 찾기 어렵다. 이전의 서사담론이 불경 텍스
트를 모본(母本)으로 한 텍스트의 재화라는 태생적 한계를 지니고 있
었던데 반해 〈부설전〉은 그런 의존성을 극복하고 인물 사건 공간에
있어 뚜렷한 자기화를 모색한 사례로서 타 텍스트 의존이라는 관행
에서 일단 벗어나 있다고 할 것이다.

　　서사 형식면에서 보더라도 작품이 지닌 개별성은 돋보인다. 이전
까지 승단에서 관행적으로 지어오던 고승전의 서사적 틀을 추종하기
보다 새로운 담론을 추구하고 있음을 눈여겨보아야 한다. 불가에서
전통적으로 쓰여지고 읽힌 승전들은 직접적으로 드러나는 것은 아니
로되, 석가를 이상적 본보기로 여긴 나머지 불교적 덕성으로 충만한
몇 단위로 생을 단락지어 기술하게 마련이었다. 8마디 혹은 10마디
로 일생을 나누고 각각의 마디에서 나름마다에 나름의 불교적 덕성
을 삽입함으로써 여느 서사물과 다른 불전과 승전만의 독특한 서사
적 특징이 드러내게 되었다.[27] 일반적으로 승전들에서 탄생, 출가,

청익(請益), 각성(覺醒), 오도(悟道), 시멸(示滅) 등 인과적 계기성이 강하게 유지되고 서사단락간의 서사량 및 덕성열거가 균등하게 분포되는 현상은 승전의 서사전통과 무관하지 않은 것이다.[28] 잠깐 〈부설전〉의 서두를 보기로 하자.

> 신라 진덕여왕 계조 연초에 서울(경주)남쪽 香兒에 陳씨의 아들이 있었는데 이름은 光世로 날 때부터 영리하고 스스로 이치를 깨우쳤다. 아이들이 무리를 지어 놀 때에도 여느 아이들과 놀고 즐기는데 어울리지 않았고 혹은 해지는 서쪽을 향하여 시간을 보내며 혹은 숲 속에서 가부좌하고 스님을 만나면 기뻐하고 살생하는 하는 것을 보면 얼굴을 찌푸렸다. 마침내 불국사로 가서 圓淨禪師에게 몸을 맡겨 어린 나이에 머리를 깎고 사물의 깊은 이치를 깨달았으니 법명을 浮雪이라 하고 자를 天祥이라 했다.[29]

승전서술의 고유한 형식으로서 가문, 출생, 생장기의 비범함과 근기의 제시, 출가 등이 연대기에 의거해 인정기술하고 있음은 여기서도 예외가 아닌 것이다. 그러나 이후의 기술을 보건대, 〈부설전〉은

---

27) 석가의 생을 8분하는 것은 불전에서는 물론 그림으로 형상화하는 경우에도 예외가 아닌데 팔상도는 석가 생 중에서 대표적인 8마디로 간략화 시킨 것으로 이를 통해 불교적 성자의 생을 상징화하는 관습적 형식으로 자리 잡기에 이른다. 화엄에서 盈數인 10이 전기의 마디를 짓는 바탕이 되기도 하는데 대표적인 경우로 최치원이 지은 『법장화상전』, 그리고 혁련정이 지은 『균여전』을 들 수 있다(김승호, 위의 논문, 38쪽 참조).

28) 김승호, 위의 논문, 158~159쪽 참조.

29) 暎虛, 〈浮雪傳〉(앞의 책v8, 40쪽).
"新羅眞德女主 啓祚年初 王都南內之香兒 有陳氏之子 名曰光世 生而穎悟 解自天然 羣童嬉戲 不伴凡流 或西向移晷 或林間燕坐 逢僧則悅豫 見殺則嚬蹙 遂往佛國寺 投圓淨禪師 鳩車之齡落髮 竹馬之齒通玄 法名浮雪 字曰天祥"

승전의 서술 규범을 쫓으려 하지 않는다. 크게 초점화되는 서사단락은 도반들과의 구법행각, 묘화와의 만남과 진세에서의 수도정진, 옛 도반과 해후 및 성숙의 검증, 후일담으로서 처, 자식의 성도 등 대략네 부분이 큰 서사적 덩어리를 이루고 있다. 이들 서사 단락들은 부설의 생 중에서 가장 극적인 장면이라 하겠는데, 핍진한 현장묘사와함께 등장인물들의 행동, 심리가 생동감 있게 처리되고 있어 심오한불교주제의 구현이 아니더라도 독자들에게 큰 흥미를 제공하기에 유효한 부분에 해당되기도 한다.

먼저 구법행각과 청익 부분을 보기로 하자. 이 부분은 성도를 목표로 개안을 띄워줄 스승 찾기에 나서는 일련의 궤적에 해당한다. 즉부설이 그와 뜻을 같이하는 영조, 영희와 도반결의를 하고 동행의 길에 올라 남해 두류 능가를 거쳐 법왕봉 아래의 묘적암에서 한동안 용맹정진 하다가 각자의 오도송을 짓고 다시 오대산 문수도량을 향해떠나기까지의 자취가 상세하게 조망되고 있다. 대신 비교적 긴 주류임에도 서사적으로는 특별한 상황과 사건의 개입은 없는 편이다. 때문에 청익과 산천주류를 통한 구법행각은 성적(聖跡)으로서 마땅히서술된 부분이라기보다 그 다음의 기연을 위한 전제로서 의미가 더욱 크다.

그 다음 서사단락은 묘화와의 만남 그리고 진세에서의 수도생활의초점화에 해당된다. 세 도반이 오대산 문수도량을 향해 출발했다가기연으로 두릉 백련지 곁 구무원의 집에 며칠을 유숙한 것이 사건의분기점이 되었다. 구무원의 딸 묘화가 죽기를 각오하고 부설과의 동거를 요구하고 나섬으로써 상황은 위기 국면으로 치닫는다. 세 도반이 청신거사인 구무원의 집에 머문 겨우 며칠 동안은 결코 평범한 나날이 아니었다. 부설에게 있어서는 도반을 따를 것인가, 아니면 부처의 자비를 이야기하면서 진세(塵世)에 머물기를 간청하며 딸을 구원해주길 바라는 구무원의 청을 들어줄 것인가, 쉽지 않은 결단을 내려야하는 시간대에 해당되기 때문이다. 여기서는 장면제시에다 적어도 다섯 인물의 심리, 대화, 그리고 심중을 은유하는 오도송을 제시하면서 팽팽한 긴장감이 나타난다. 마침내 이야기는 부설이 진세에 남기로 결심하고 영조 · 영희에게 "도는 희고 검은데 있지 아니하고 도는 화려하고 천한데 있지 아니하니 …중략… 몸은 속세에 두고 마음에 物外에 두어 삼업을 정수하고 육도를 널리 행하고 내외를 해통하기로 하네"30)라는 말을 하며 도반들과 헤어지는 것으로 일단락된다. 이후 화자의 초점은 부설과 그 부인 묘화에게 온통 부설에게 집중된다. 하지만 세속적 동거가 진정한 파계는 아니었다. 묘화와 인연이 닿기 훨씬 전 부설이 지은바 "能令直入如來地 何用區區久歷參(직접 여래의 땅에 들어갈 것이지 어찌 구구하게 오래도록 헤매는 것인가)"31)이란 게송대로, 이로부터 그는 철저하게 자신을 침잠시킨 채 혹독하게 계행을 지속하면서 편견 및 터부와 정면으로 맞서게 된다.

이어 극적인 장면은 귀환한 도반과 부설의 생숙 가름을 통해 현시된다. 오랜 세월 뒤에 영조 · 영희가 옛 도반을 찾는 것은 사건의 또 다른 전환점이 된다. 나름으로 법기를 채웠다고 자부하는 옛 도반들

30) 영허, 위의 책v8, 41쪽. "道不在緇素 道不在華野 諸佛方便 志在利生 …중략… 身在塵勞 心懸物外 精修三業 廣行六度 解通內外"
31) 영허, 위의 책v8, 41쪽.

에게 공부의 숙성함을 가려보자고 천정현수(天井懸水) 겨루기를 제안
하고 나선 쪽은 부설이었다. 이는 선정(禪定)적 생활을 지속해온 사
람답지 않은 행동으로 여겨질 수도 있다. 하지만 승속이란 이분법에
구애받지 않은 채 청정수행에만 몰두해온 자만이 가능한 당당한 제
안이었다고 보는 것이 옳다. 결국 불가해한 이적을 통해 부설은 그
숙성을 확인시켰다. 그리고 그 검증을 위해 삶을 지탱해온 것인 양
향기가 진동하고 꽃이 쏟아지는 천공 아래서 조용히 시멸을 맞는다.
부설의 죽음을 지켜보면서 이사(二師)는 물론 숱한 대중들은 진토,
예토의 경계를 허물고 성도의 일념으로 살아온 부설의 치열한 일생
을 상기하며 그의 삶이 보여준 의미를 반추한다. 보기에 따라 부설의
열반 이후를 또 하나의 서사단락으로 설정할 수가 있을 터이다. 부설
의 유가족에 대한 서사적 초점화 부분에 해당되는 이 부분은, 딸 월
명이 치열한 정진 끝에 전신이 비상해 서방정토에 이르는 장엄상을
보여주었을뿐더러 아들 등운 및 묘화부인까지 보살행으로 일관한 끝
에 집안 전체가 거룩한 성도의 반열에 올랐음을 증거하는 대단원으
로 처리하고 있다.

  몇 개의 서사단락으로 부설전의 흐름을 정리할 수 있음을 살폈거
니와, 대표적 장면을 설정하고 그곳에 화자의 시선을 집중화, 초점화
시킴으로써 인물과 사건을 핍진하게 묘사하고자 하는 작자의 의도를
짚어내기란 어렵지 않다. 〈부설전〉은 서두에서 승전적 서술의 자취
가 없는 게 아니지만, 전체적으로는 서사 국면을 주의 깊게 선별하고
그에 따라 서사적 비중을 달리 취하는 등 수준 높은 서사담론으로서
의 구비 요소를 갖추고 있는 것으로 파악된다.

2) 대승사상의 소설적 형상화

〈부설전〉의 창작동기가 대승불교사상, 혹은 재가불자의 이상적 삶을 현시하기 위한 데 있음은 누구나 간파할 수 있다. 한데 직접적으로 어느 경전, 어느 사상에 근거하고 있는지는 구체적으로 드러나지 않는다. 이것이 〈부설전〉을 이해하는 데 핵심적 요소는 아닐지 모르나 작가의 주제적 지향을 보다 선명히 드러내기 위해서는 검증이 필요하다는 생각을 한다. 행장과 그의 시에는 여러 경전을 읽었다는 기록이 있고『능엄경』,『선요』,『지장경』등이 문면에 제시되고 있어 영허대사가 승단 밖 대중들의 포교에도 큰 관심을 보였음이 드러난다. 그의 행적 중 "…天地爲家 自妙香山一山結一夏 或比丘或居士 咸使修淨士業 以之成實"[32]이라는 대목에 드러나듯, 그는 비구들은 물론이려니와 거사들과도 결사를 이루어 정업을 닦고자 분발했던 인물이었다. 이런 실천은 부설의 행적 -"그 고을의 높은 선비 이승계 상사 김국보 등과 方外之交의 결연을 이루어 서로 한가한 가운데 즐거움을 나누고 노소를 잊고 선비와 스님이 하나로 되었다. 날마다 더불어 경전을 강론하고 바람, 비, 눈, 서리에도 강설을 그치지 않았다. 비유컨대 遠公이 연꽃을 보고 韓子가 옷을 두고 간 것과 같았다."[33]- 과 그대로 동궤에 놓인다 할 것이다. 한편 경전적 가르침으로 말하면 『유마경』에서 제시하고 있는 대승보살의 실천행과 그대로 상통한다고 보아도 좋을 것이다.[34] 근대기에 들어와 전승되던 〈부설전〉을 처

---

32) 涵影堂, 위의 책v8, 44~45쪽.
33) 영허, 위의 책v8, 41쪽. "本縣高人李公承桂 上舍金公國寶等 結爲方外之交 相與閑中之樂 忘老少一內外 日與講論經理 風雨雪霜不輟音信 譬遠公之賞蓮 喩韓子之留衣"

음 윤색한 김태흡 역시 부설을 유마거사로 동일시했음을 아래 대목
을 통해 알 수 있다.

"연화는 탁수에 담겨도 정청하고 유마거사는 시정에 잇어서도 보살
의 행을 지엇스니 엇지 당한 인연을 끈을 수 잇스랴. 모든 것이 인연이
다. 인연과 싸와가자" 이러케 생각하고…35)

…묘화의 부모는 물론이요 묘화까지도 불법을 지극히 밋게하야 보살
행을 짓게하엿다. 그래서 부설은 당시에 유마힐거사가 갱생하엿다는
별명까지 드럿다.36)

이뿐만 아니라, 황패강도 "…영조·영희는 위의 지세보살과 대비
됨과 동시에 모든 기연을 중생도탈의 계기로 삼은 유마거사와 부설
은 상통하는 바"37)가 있음을 지적하고 있다. 이런 관점은 부설의 인
물적 형상이 작자의 개별적 형상이나 전승담의 직접적 이입은 아니
라 해도 유마힐의 생애, 『유마경』의 사상이 작품에 투영되었음을 시

---

34) 홍사성 편, 『불교상식백과』, 불교시대사, 1993, 298~299쪽 참조.
대승불교의 在家主義를 천명하고 있는 대표적 경전으로는 『維摩經』과 『勝鬘經』을 들
수 있다. 그러나 부설거사의 인물형상과 관련지을 때 소승적 견지에서 헤어나지 못하
는 불제자를 각성시켜 대승적인 의식에 눈뜨게 한다는 점을 주 내용으로 하는 『유마경』
이 부설의 인물창조에 영향을 끼쳤을 가능성이 더 높다. 흥미 위주로 전승되어 실제
자취가 많은 부분 퇴색되었을 부설이 유마거사의 가르침을 방불하게 구현하는 것을
본다면, 영허가 창작에 임하여 어떤 형태로든 『유마경』을 참조했을 것이라는 추측은
오히려 자연스럽다 하겠다.
35) 김태흡, 『부설거사』, 불교시보사, 1932, 6쪽.
36) 김태흡, 위의 책, 38~39쪽.
37) 황패강, 앞의 책, 358쪽.

사해주는 것으로 주목된다 하겠다.

유마힐은 리차비 족의 부호로 바이샬리 성에 살았던 인물로 부처
님 당대에 실재했던 사람처럼 설정된다. 하지만 대승적 입장을 고취
하기 위해 형상화시킨 허구적 인물로 보는 것이 일반적 견해이다. 그
는 상이란 무구(無垢)한 아내, 선식(善息)이라는 외아들을 두었던 재
가불자였다. 거사 불자로서 유마힐은 출가교단의 눈으로 볼 때, 진정
성을 의심받을 여지가 없지 않으나 자신의 주장을 앞세우고 상호 백
안시하며 파벌을 조성하기에 바쁜 출가교단38)이 실은 경제적으로
이들에게 의존할 수밖에 없음에도 오만함을 앞세운 채 성속을 가름
하는 이분적 사고에 한껏 젖어있었을 때 등장한다. 『유마경』의 출현
은 사회적 조건에 대응해 배태된 경전이었던 것이다. 〈부설전〉 역시
출가와 속세라는 이항을 전제로 출가자와 재가신도를 대립적으로 수
용하는 것이 얼마나 허망한 것인가를 깨우치는 것은 물론 불교의 근
본정신이 무엇이며 어떻게 그에 이를 수 있는가 하는 화두를 안에 내
재하고 있는 것으로 보인다. 『유마경』이 추구하는 것은 재가불자의
이상적 상이기보다는 유마거사의 변재를 통해 대승사상의 핵심을 일
러주는데 있다고 보는 것이 옳다. 마찬가지로 〈부설전〉에서 우리의
관심은 유마거사와 부설 간에 무엇이 닮았느냐 하는 것이 아니라, 유
마의 가르침이 소설적으로 어떻게 형상화되고 있느냐 하는 점에 당
연히 놓여질 수밖에 없다. 유마거사의 가르침과 부설전의 대비에서
는, 부설이 세속의 인연을 끊지 못하고 거사로서 남는 그 이후의 줄

---

38) 박경훈 역, 「유마경해제」, 『유마경』, 동국대역경원, 8쪽 이후부터 『유마경』의 인용부
   분은 박경훈 역, 『유마경』 중에서 그 페이지만을 적시하기로 한다.

거리가 더 유효할 것으로 보인다.

구무원의 딸 묘화가 부설에게 강한 연정을 품고 거리낌 없이 동거의 욕망을 밝히면서 상황은 전혀 예측이 불가하게 뒤바뀌어져 버린다. 흔들리는 부설에게 도반들은 당연히 초발심을 의심하려 들었고 그때까지의 인연을 부정하며 서둘러 길을 떠나는데, 전체적으로 갈등이 최고조에 이르는 부분이다. 출가자로서 계율의 엄격성을 모를리 없는 부설이 여색에 경사되어 환속을 결심한다는 착각을 불러오는 상황에서 동행자들의 냉소는 너무 당연해 보였다. 어떤 변설을 늘어놓더라도 한껏 형식논리 및 계율중시의 시각에 빠져 있는 도반을 설득할 수 없는 처지에서 부설은 부설대로 한 묘화의 간절한 청을 들어주는 것이야말로 계율의 허상을 타파하는 것이면서 진심 어린 자비의 실천임을 굳게 믿었지만, 역시 선택은 힘들었다. 구법행각을 일순간 버려야 옳은가 여전히 혼돈스러워하는 부설, 죽음을 마다 않고 부설과의 인연에 매달리는 묘화, 딸을 위해 부설에게 매달리지 않을 수 없는 아비 구무원, 이들의 속물적 애욕을 탓하며 등을 돌리는 도반들…, 서로 간 입장이 뒤섞여 긴장은 고조되거니와 대상인물에만 초점을 맞추기 마련인 승전적 전개와는 사뭇 다른 전개양상을 보인다. 결국 부설은 속가 처자의 청에 따라 파계까지 결심하지만 구법의 길을 찾아 다시 떠나는 영조·영희가 상상도 못할 과제를 홀로 끌어안은 셈이었으니, 재가신도로서 이제와 같이 세속적 삶 안에서 구도의 길을 찾는 것이었다. 아울러 대중들이 그러하듯 편견과 함께 분별심에 갇혀있는 한 성도(成道)할 수 없음을 깨우치는 것이야말로 자신의 책무로 받아들이게 된다.

실은 재가신도로 부설의 위치가 바뀐 이후부터가, 유마힐의 변설
과 대비시켜보는데 더 없이 적절하다고 본다. "중생을 교화하면서 공
을 수행하고 인연에 의해 생긴 것[有爲法]을 버리지 않고서도 차별을
초월한 실상을 바르게 파악하며 …중략… 바로 가르침을 굳게 지켜
훌륭한 방편의 힘을 발휘하는 일"39) 이야말로 진정한 보살행일 터인
데 이는 유마힐의 변설이지만 부설이 속세에 남기로 하는 요체로 수
용된다. "인연에 생긴 것을 버리지 않고서도 차별을 초월하며 실상을
바르게 파악한다"는 유마힐의 가르침 역시 부설이 속가에 남은 까닭
을 밝히는 데 유효하다. 겉으로 보면 속가의 한 미인이 애욕에 들떠
매달리자 측은히 여긴 나머지 구도를 포기했다고 말할 수 있으나, 부
설은 "남의 기쁨을 자신의 기쁨으로 여기는 희심(喜心)"40)을 앞세워
보살행을 실천해나가고자 했을 따름이다. 하지만 바깥 세계는 유마
힐이 가르치는 대로 진정한 수행자의 삶을 실천하는 부설에게 호의
를 보이기는커녕 그를 배척하고 부정하려 든다.

계율의 엄격함을 고수하며 영조·영희가 냉담한 시선을 던지며 길
을 떠난 후 세계는 부설의 변설과 청원을 경청하는 대신, 묵묵부답인
채로 그를 철저히 외면하고 조롱의 대상으로 삼고 애써 거리감을 유
지한다. 그러나 유마힐이 사리불에게 전하는 말41)에 주목한다면, 문
제는 부설에게 있는 것이 아니라 진리 찾기의 정형적 틀을 고집하거

---

39) 박경훈 역, 위의 책, 109쪽.
40) 박경훈 역, 위의 책, 108~109쪽.
41) 박경훈 역, 위의 책, 136쪽. "사리불 진리를 구하는 사람은 부처에게 집착하여 구하는
    것이 아니며 …중략… 승단에 집착하여 구하는 것이 아닙니다."

나 깨달음이 곧 지계인양 착각하는 영조·영희 및 피상적 관념에 한
정시켜 불교를 보는 숱한 사중들에 있음을 간파하기 어렵지 않다. 초
발심과 달리 애연에 빠져 도반을 배반했음을 우회적으로 조롱한 뒤
에 영희는 뒷날 성도의 여부를 가릴 제안을 미리 내놓는다. 시는 이
랬다. "他年甁返水 追後跡相連(다음 날 병의 물을 다시 담아 지난날의 자
취를 서로 이어보세)". 성도에 자신감이 넘치는 자의 제안이 아닐 수 없
다. 이에 대해 부설은 "認得色聲無罣得/ 不須山谷坐長年(色聲에 구애
됨이 없음을 알면 /골짝에 앉아 긴 세월 보낼 필요 없네)"[42]이란 시로 응수
하는데 도의 경지에 올라선 자의 오도송 같지만, 기실 그가 앞으로
걸어갈 길을 암시하는 복선적 언질에 다름없다. 시를 통한 이 같은
심정의 토로는 유마힐이 밝힌 대로 온갖 오욕으로 비유되는 세속을
떠난 깨끗한 세계에 대한 환상 및 그 이분법적 도식에 대한 질타가
강하게 내재되어 있음은 말할 것도 없다. 그의 뜻을 보다 구체적으로
대변하기에는 다음과 같은 말이 적절하다고 본다.

> "세간과 세속을 떠난 깨끗한 세계(출세간)는 서로 대립하고 있습니
> 다. 그러나 세간의 본성자체가 쏜함을 깨닫는 것이 그대로 세속을 떠난
> 깨끗한 세계인 것입니다. 그리고 그 세계에서는 세간과 같이 들고 나는
> 일이 없으며 넘치고 흩어지는 일도 없습니다. 이것이 절대 평등한 경지
> 에 드는 것이라고 생각합니다."[43]

이미 속가로의 귀환점에서 그는 동반자들과 더불어 산천을 주류하

---

42) 영허, 앞의 책v8, 42쪽.
43) 박경훈 역, 앞의 책, 185쪽.

며 한곳에 머물러 수행을 계속한다는 것 이외 실제 변화된 것이라고
는 없으니, 보시, 지계, 인욕, 정진, 선정, 지혜의 육바라밀을 삶 속
에서 역행할 것을 과제로 삼았다. 그것은 파계 전에 그가 "道不在緇
素 道不在野花(도는 희거나 검은데 있지 않고 도는 천하거나 귀한 것에 있는
것이 아니다.)"⁴⁴⁾라는 데서 이미 드러나지만 '신재진노 심현물외(身在
塵勞 心懸物外)'한 태도로 세간에서의 삼업에 몰두하고 육도(六度) 지
향을 온몸으로 실행해 나가겠다는 천명이었다. 물론 자신의 해탈에
만 갇혀 지내자는 것이 아니었다. 명성이 높아지면서 주위 사람들이
기쁜 마음으로 그를 찾았고 그를 웃어른으로 모시길 마다하지 않았
는데, 병약한 이에게는 약을 지어주고 다친 이를 치료해주는 보살행
은 유마힐이 피력한 바,⁴⁵⁾ 이상적인 재가 불자란 곧, 부설임을 여러
사람들에게 천명하는 데 조금도 부족함이 없었다. 그런데 부설의 일
상을 통한 고일한 덕성과 보살행의 실현에도 불구하고 부설의 곁을
떠나 일로 수행에만 진력했다고 여겼던 영조·영희가 오랜 세월 뒤
부설 앞에 출현함으로써 상황은 또다시 급전하게 된다.

경전류에는 현시적 겨루기를 통해 법력이나 도심의 숙성함을 가름
하는 숱한 모티브가 등장하지만 『유마경』에도 생숙(生熟)여부를 가리
는 이적현시 삽화가 끼어있어 흥미를 끈다.⁴⁶⁾ 사실 이적현시는 읽은

---

44) 영허, 앞의 책v8, 41쪽.
45) 박경훈 역, 앞의 책, 49쪽. "재가의 신도라 하여도 사물의 청정한 戒行을 받들어 행하
고 비록 세속에 살지만 삼계에 집착하지 않는다. 처자가 있지만 항상 梵行을 닦고 眷屬
이 있지만 멀리 떨어져 있기를 좋아한다."
46) 『유마경』 7장 중생에 대한 관찰 편에는 "유마힐의 방에 천녀가 나타나 하늘의 꽃을
보살들과 부처님의 훌륭한 제자들 위에 뿌렸다. 보살들 위에 뿌려진 꽃은 몸에 붙지

이들에게는 흥미를 유발하는데 더 없는 수단이 될 뿐더러 우중을 깨
달음으로 인도하는 방편으로 고래 이해되어 왔던 터이다. 이 부분에
서의 생숙 겨루기는 그래서, 단순한 전기(傳奇)의 수용이라기보다 몽
매한 자를 인도할 요량에서 차용된 방편적 모티브라고 말하는 것이
적절할 터이다. 보고도 깨닫지 못한 채 진리 좇기에 분망한 도반들의
심리를 먼저 파악한 쪽은 부설이고 논설을 기피하고는 생숙 여부를
가릴 수 있는 충격적 시험을 제안한 이도 역시 부설임을 주목할 필요
가 있겠다. 세 사람이 각각 물병을 들보에 걸고 내리쳤고 결과는 부
설의 물만이 천장에 붙어 있는 것으로 나타난다.[47] 물병이 깨어지면
물은 흩어져 버리는 것이 당연한 이치일 터이나, 물을 허공에 띄움으
로써 상대의 분별심이 얼마나 부질없는 짓인가를 충격적으로 깨우친
다. 다시 말해 천류하는 것은 병이 깨어지는 것과 같은 것이니 진성
은 신령한 빛에 근본하고 상주하는 것은 물이 허공에 붙어있는 것과
같음[48]을 깨우치고자 부설은 오래도록 도반들의 출현을 기다리고
있었던 것이다. 무엇보다 부설의 위대함은 마음 밖에서 진리를 찾고
자 발분하던 중 미망의 꺼풀을 벗지 못하는 영조와 영희와 달리 구무
원과 묘화의 청을 받아들이고 세속 간에서 보살행을 실천하기로 했

않고 땅에 떨어졌다. 그러나 부처님의 훌륭한 제자들 위에 뿌려진 꽃은 떨어지지 않고
그들의 몸에 붙었다. 모든 제자들은 초인적인 힘으로 꽃을 떨어버리려 하였으나 떨어
지지 않았다."는 대목이 나온다. 이 결과에 대해 천녀는 보살들은 분별하는 마음을 끊
었기 때문이고 제자들은 번뇌를 다 끊지 못해서 꽃이 몸에서 떨어질 줄 모르는 것이라
고 일러준다.
47) 영허, 앞의 책v8, 42쪽.
48) 영허, 위의 책v8, 42쪽. "公等遍參知識 久歷叢林 豈不攝生滅爲眞常 空幻化守法性乎
欲驗來業自由不自由 便知常心 平等不平等 今說不然"

다는 데 있다. 부설은 마침내 부처와 스님, 그리고 세속과 도량 따위의 이분 대립처를 초극함은 물론 오욕의 땅을 딛고 있으면서도 마음은 선을 닦아 악마가 찾아와 교란시키더라도 아무 힘을 미치지 못할 경지로 스스로를 끌어올린다.

〈부설전〉에서 산견되는 전기적 요소, 생경하게 제시되는 추상적 오도송 따위가 형상화라는 본연의 임무를 유보하고 강설적 변재를 반복하고 있다는 우려를 온전히 불식시켜주는 것은 아니다. 그러나 그 한계에도 불구하고 재가불자로서 삶을 소설적으로 이만큼 구현시키기도 쉽지 않다는 것을 인정해야 한다고 본다. 무엇보다 〈부설전〉은 선별된 사건, 상황을 중심축으로 삼아 묘화와의 세속적 삶을 초점화했을뿐더러 추상적으로 토로된 대승사상을 환속한 주인공을 내세운 흥미로운 사건전개를 통해 무거운 주제를 훌륭히 용해하는데 성공하고 있다.

3) 오도시(悟道詩)의 적극적 삽입

〈부설전〉이 승전을 넘어 소설적 담론에 도달하는 데는 한편으로 형식미학적으로 세련된 시각이 일조하고 있다. 『유마경』이 유마힐의 변설을 채집해 어록 형태로 채록한데 비해 〈부설전〉은 대승불교사상의 고취라는 목적성 못지않게 구조, 구성에 걸쳐 형식미학에 특별한 관심을 보였다. 불교 문학류가 정통 문학의 주변부에 머물고 있는 것처럼, 불교문학자들의 형식적 고민의 결핍이 『삼국유사』이후 불교 서사문학의 위축을 촉발한 원인으로 지적할 수도 있을 터이다. 그만큼 〈부설전〉은 구비 전승담에 안주하지 않고 나름의 서사적 기법에도 주의를 기울인, 특별한 사례로 말할 수 있다는 것이다.

불교가 아니라도 전교를 중시하게 마련인 종교에서 경전을 어떻게 해석하며 종교적 진리를 어떤 방법으로 전할 것인지에 대한 궁리는 당연하지만, 목적성이 지나쳐 문학적 담론의 몫이 망각되거나 유보되는 경우가 생기고 문학성의 저상은 물론 일방적이고 생경한 교술적 발화로 전락하는 경우를 흔히 마주한다. 〈부설전〉은 5명의 인물을 등장시켜 이들 간의 인간적 갈등과 심리를 치밀하게 부조함은 물론 시대적 핍진성까지 적절히 소화하여 승속들 모두의 관성적 의식을 뒤흔드는 성도담으로서 그런 우려를 말끔히 불식했다고 할 만하다. 그럼에도 공안류의 색깔과 함께 게송이 과잉되게 삽입되고 있다는 인상은 여전히 남는데, 소설 담론으로서의 취약성 혹은 미숙함을 알리는 징표로 지적될 수도 있다. 하지만 오도송의 개입을 군더더기나 미숙한 서사성의 표출로만 이해하는 것도 단견일 수 있다.

〈부설전〉에는 네 장면에 걸쳐 오언율시 5편, 칠언절구 1편, 칠언율시 2편 등 모두 8편의 시가 삽입되어 있다. 앞의 2번은 부설, 영조, 영희가 각기 자신의 심정을 설파하는 단계이고 세 번째 부분에서는 부설의 시, 네 번째는 시멸직전 부설이 영조·영희에게 남긴 오도송에 해당한다. 이들은 우연히 삽입된 시는 아닌 것 같다. 무엇보다 시 삽입부위가 한결같이 사건의 갈등 및 극적 긴장감이 집중되는 부위임을 감안할 때, 작자가 시의 기능을 충분히 숙지하고 자의적으로 배치한 것이 밝혀진다. 곧 첫 번째 삽입시는 세 사람 모두 구도를 위해 산천을 주류했으나 성도의 막막함에 봉착했을 때이고, 둘째는 묘화의 연정을 뿌리치지 못하고 속가에 남기로 한 대목에 해당되며, 셋째는 부설이 수현공중(水懸空中)을 보여 공부의 숙성을 확인시킨 직후, 넷째는 등운이 월명의 홀향서천(忽向西天)을 보고 나서 지은 오도송이다. 이 삽입시들은 한결같이 청익 파계 생숙(生熟)여부 확인 성도송(등운) 등의 서사마다에 삽입되어 직설적 변설 혹은 생경한 교리의 주입을 피하면서도 불교적 천리를 전하는 긴요한 통로로 바뀌어 질수가 있음을 예증해주었다. 이들은 더구나 한 장면에 귀속된 일회적 기능을 넘어 불교적 철리를 함축하고 있는 출중한 오도송으로 인식되어왔음도 주목할 만하다. 다시 말해 역대 불가의 빼어난 시만을 수집 정리한 보정(寶鼎, 1861~1930)의 『대동영선(大東詠選)』에는 〈부설전〉 소재 오도송 중 오언율시 5편, 칠언율시 2편이 작자를 밝히지 않은 채로 수록되어 있는 것이다.[49] 사실 이런 삽입시의 유행은 전기소설에서 그리 낯선 것이 아니었다. 가령 『금오신화』에서 기원하여 그 후대 전기소설 등에 오면 주연(酒宴) 및 시회(詩會)장면이 상투적으로 개입되고 그때마다 적지 않는 시들이 산문사이에 끼어 나열되는 것을 상기할 수 있을 것이다. 한데 전기소설이나 몽유록계 소설들에서 시 삽입 자체가 일종의 전통적 서사의 틀로 비판 없이 받아들여져 왔음을 똑같이 유념할 필요가 있다는 생각이다. 시 삽입이 어느 때부터 관용적으로 수용되었는지 말하기 어려울 정도로, 일종의 유형적 담론임을 입증해주는 징표로서 이해되고 있는 것이다.

---

49) 寶鼎 選, 『大東詠選』, (앞의 책v12, 564쪽).
　　이 선집에는 〈부설전〉 소재 시가 靈照在妙庵唱和, 靈熙唱和, 浮雪答和, 又靈照吟, 又靈熙吟, 又浮雪答, 登雲終偈 등 제목의 순서대로 소개되고 있으며 원작자인 영허를 거론하지 않고 작중 등장인물들을 각 시의 작자로 보고 있다.

다른 한편 빈번한 오도시의 적용이 선승의 전기류이자 사상의 표출인 공안의 단순한 이식으로 보는 것도 바른 시각이라고 하기 어렵다. 무엇보다 산문과 시에 두루 밝았던 찬자의 역량이 서사와 시의 적절한 조화를 가능케 하고 소설성을 높이는데 기여했다고 보는 것이 옳다. 아울러 부설, 영조, 영희, 등운이 지은 오도송 중의 일부가 저 『대동영선』50)에 게재된 연유를 헤아린다면, 시승으로서 영허가 차지하는 불교시사적 위상을 대략이나마 짐작할 수 있을 것이다.

4. 〈부설전〉의 서사문학적 의의

1) 이전 불교서사와의 대비

영허의 작가적 면모를 헤아리기 위해서는 필경 16세기 혹은 그 이전까지 소원하여 불교서사문학에 관련한 작가 작품과 비교하는 것이 필요하지 않나 하는 생각을 해보게 된다. 16세기 활동한 작가 중 신광한(申光漢, 1484~1555), 보우(普雨, 1515~1565), 임제(林悌, 1549~1587), 허균(許筠, 1569~1618) 등은 이 시대 활약한 주목할 작가들로 각기 다른 수법과 소설관을 지니고 이제 막 발아한 소설의 싹을 무성하게 키워 보려 나름대로 노력한 인물들이다. 신광한의 『기재기이』가 『금오신화』를 이어 소설의 공백기를 메워준다는 평을 얻는데 그쳤으나 임제의 경우 「화사(花史)」, 「수성지(愁城志)」, 「원생몽유록(元生夢遊錄)」

---

50) 寶鼎 選, 위의 책v12, 564쪽.

등을 지어 김시습에 이어 다양한 담론적 전례를 구축했으며 허균은
역시 시대를 앞서가는 선각자답게 흥미촉발의 독서물로서가 아닌 진
보개혁 사상을 고취할 목적으로『홍길동전』을 지어 본격적 소설시대
가 열리는 전기를 마련했다. 16세기에 활동작가로 불가 쪽에서 거론
할 수 있는 인물로는 보우(普雨, 1515~1565)가 있다. 아무래도 앞의
작가들이 유자로서의 세계관을 드러내는 것이 일반적 흐름이었다면
그는 전교나 불교사상을 전파하는 데서 소설적 효용성을 찾았다 해
도 좋을 것이다. 하지만 그의「왕랑반혼전(王郞返魂傳)」역시 수준 높
은 불교소설에 도달했다고 말하기는 여러 가지로 주저스럽기만 하
다. 그 이전에 출현했던 초기 국문소설이 불경 의존적 현상을 크게
벗어나지 못했을뿐더러 최소한 고려시기 불교서사문학의 전통조차
도 제대로 발아시키지 못했다는 점에서 보우도 예외가 될 수는 없었
던 것이다. 이런 점에서 〈부설전〉의 출현은 한결 더 주목된다고 할
것이다. 그런데 〈부설전〉의 시대적 위상을 파악하기 위해서는 그 앞
뒤 시대의 서사적 흐름도 염두에 두어야 할 것이다.

　불교서사문학의 전승사적 맥락에서 불교소설이 출현하기까지 서
사적 친연성을 지닌 채 담론형성의 촉매구실을 한 것 가운데 고려시
기의 승전만큼 기여한 양식은 달리 없다고 생각해온 터이다.[51] 하지
만 승전은 단지 대상의 일대기를 수습한다는 열의에만 가득 차 있을
뿐, 소설적 담론이라고 말하기는 여전히 미흡한 구석이 많다. 전(傳)
이란 유달리 찬의식과 공식적 효용성이 과잉되는 양식이므로 허구적

---

51) 김승호, 앞의 논문 참조.

요소를 용납지 않는 한계를 간직하고 있었다. 고려시기 소설성에 더욱 접근해있는 것은 오히려 일연 등이 남긴 불교설화라는 말은 그래서 우리의 주목을 끈다. 특히 『삼국유사』의 각편 가운데는 「남백월이성(南白月二聖)」 조(條)의 것처럼 소설성을 풍성하게 갖추고 있는 이야기도 없지 않은 것이다. 그런데 「남백월이성도기」는 두드러진 소설성에도 불구하고 여전히 설화적 한계를 벗어나지 못한다는 주장이 있는가 하면 전기소설사적 시각에서 볼 때 최치원보다 한층 진전된 불교 전기소설이라는 주장으로 견해가 양분되어 있는 실정52)이지만 이른 시기의 소설성을 운위하기에 적합한 예가 되는 것만은 분명하다.

성도기의 두 주인공 노힐부득과 달달박박은 처자를 거느린 재가불자로서 부설의 처지와 우선 비견할 만하다. 처자를 거느리고 깊은 산중에 숨어들어 수도에 정진하고 있던 이들은 한밤중에 찾아들어 잠자리를 청하는 여인에게 각각 정반대의 반응을 보인다. 달달박박은 수도처에 여인이 어떻게 범접하느냐며 냉정하게 거절한 반면 노힐부득은 기숙은 물론 해산시중 및 목욕까지 시키며 정성을 다하게 된다. 달달박박에게서 우리는 영조와 영희의 모습을, 노힐부득에게서 부설의 모습을 떠올리는 것은 아주 자연스러운 연상일 터인데, 노힐부득은 계를 지키기 전에 중생의 처지를 가엾게 여기고 그 청을 흔쾌히

---

52) 이문규, 「고려시대 서사문학 전개양상고」, 『고소설연구논총』(다곡 이수봉선생회갑기념 논총 간행위), 1988, 258쪽; 김종철, 「고려전기소설의 발생과 그 행방에 대한 재론」, 『한국서사문학사의 연구』 3, 사재동 편, 1995, 888~889쪽 등이 南白月二聖道記를 서사성 높은 설화로 보는 입장인 반면 박희병, 앞의 책, 69~70쪽에서는 이미 불교 전기소설로서 인정해도 좋다는 입장을 보이고 있다.

들어줌으로써 달달박박과 인간상에서 큰 대조를 이룬다. 이리 본다
면 성도소설의 원류로서 소설사적 의의는 앞서 남백월이성 조에 있
을뿐더러 선각자가 미망에 빠진 사람들에게 불교적 진면목을 깨우쳐
준다는 내용적 전개에서 볼 때, 〈부설전〉이 「남백월이성도기」의 아류
에 불과하다는 생각마저 갖게 한다.

그러나 『삼국유사』는 승/속, 남/녀, 속인/성인이라는 이분법적 갈
래 지우기를 넘어 대중적 보살행을 실천한 민중적 성도담을 폭넓게
수록하고는 있으나 사찰연기담이나 인물전설의 테두리를 벗어나지
못하는 한계는 여전히 극복하지 못하고 있다. 다시 말해 소설성은 적
지 않게 비치지만 인간의 복잡한 심리, 배경에 대한 핍진한 묘사, 반
야사상을 통한 재가불자의 이상적 삶의 제시 등 단순한 설화적 담론
을 극복하고 분명한 주제의식의 구현에까지 이른 경우를 선초까지의
문단에서는 발견키 어려웠다는 것이다. 물론 이런 시대사적 한계는
다수의 국문불교서사문학과 「왕랑반혼전」 등의 출현으로 오래잖아
극복될 조짐이 짙었는데, 현실은 기대했던 것보다 오랜 시기를 필요
로 하지 않으면 안 되었다.

그런 상황에서 좀 늦었으나마, 승려작가 영허가 산성(散聖)53)으로
전해지던 부설의 생애를 기초로 한 소설을 지어냄으로써 일거에 수

---

53) 채영은 『海東佛祖源流』에서 부설을 자취가 확실치 않다하여 散聖조에 포함시켰고 그
   의 기록에 크게 의존하여 「大東禪敎攷」를 찬술한 정약용 역시 "其絶無聲蹟者 開列名
   者 以備後攷"라는 말과 함께 靈照禪師 靈熙禪師 浮雪居士 등의 이름만 올려놓고 있
   다. 승사의 찬출자로서 신중한 입장을 이해할 수 있는데, 그렇다고 이들이 〈부설전〉
   내 등장인물들을 허구적 인물로 단정한 것이라고는 할 수 없다(불교전서간행위원회,
   앞의 책v10 참조).

준 높은 불교소설의 서사문학의 자리를 확보할 수가 있었다고 본다. 〈부설전〉 이전에 물론 불교계 국문소설이 출현했고 부처의 깨달음을 전하는 숱한 담론이 있었음에도 이에 의미를 부여하게 되는 까닭은 주제, 형식, 인물, 배경에 걸쳐, 소설성이 농후하게 나타나며, 가령 대승불교에 대한 작가의 본질적 성찰, 치밀하게 짜인 등장인물들, 시와 산문의 적절한 배합, 세련된 화법 및 문체구사 등 이른바 소설의 형식미학을 갖춘 데다가 불교사상의 고갱이까지 절실하게 전해주고 있기 때문이다. 〈부설전〉이 내재한 이 같은 특성은 이전 불교서사문학과 대비해 볼 때, 한결 명징하게 모습을 드러낸다고 하겠다.

2) 후대 문헌전승과의 대비

인물전승은 양상에 따라 구비, 문헌영역으로 이분되지만, 전승의 흐름 및 갈래를 파악하는데 있어 문헌전승이 훨씬 수월한 대상이 될 것이다. 〈부설전〉은 신라시대 거사인 부설의 구비전승을 바탕삼아 쓴 것으로 추론됨에도 불구하고 영허 이전의 어떤 문헌에도 그에 관한 기사가 없기 때문에 영허가 부설설화의 채록을 바탕으로 하여 소설적 담론으로 확충시킨 인물이라고 단정하더라도 큰 무리는 없다. 그렇다면 일단 한문자로 정착된 이후 부설전승은 어떤 양상을 띠게 되는가. 영허 이후 부설의 문헌전승 및 역사인물로서 그를 확인해주는 자료들로 아래의 것들을 들 수가 있다.

1. 采永(1750경 활동)『西域中華海東佛祖源流』散聖條
2. 丁若鏞(1762~1836)「大東禪教攷」

3. 金澤榮(1850~1927) 「韶護堂文集」 卷9 傳, 「浮雪居士傳」
4. 李能和(1869~1945) 『朝鮮佛敎通史』 卷下, 「浮雪功熟水懸空中」
5. 金泰洽(1988~1989) 『부설거사』(불교시보사, 1932)
6. 鄭宇洪 『韓國佛敎史話』(경서원, 1965), 「浮雪의 畜妻成道」

1은 18세기에 활동한 채영이 주로 선종사를 염두에 두고 지은 승전으로 산성(散聖) 조에서 영조선사 영희선사를 앞서 소개한 후 부설을 신라시기에 활약한 거사로 명시해놓고 있다. 따로 전을 각각 마련한 것은 아니지만 특히 부설의 경우에는 '유장(有狀)'이라는 주석을 붙여 놓은 데서 영허의 〈부설전〉을 알았음은 물론 이에 의거해 영조, 영희, 부설을 역사인물로 보고 수용했음을 알 수 있다. 2는 원래『대둔사지(大芚寺志)』의 권4를 이루는 것으로 선교사(禪敎史)가 아니라 고대사(古代史)로 보는 것이 마땅할 정도로『불교원류』의 산성(散聖) 조를 그대로 이기해 부설에 대한 색다른 기록은 찾을 수 없다.54) 3은 조선후기 문장 4대가 중의 한 사람인 김택영의 박학적 면모를 드러내는 부분이거니와, 일찍이 변산 월명암에 갔다가 그곳의 산승이, 비장해 오던 고적을 보여주더라55)는 전후 사정을 발문형식으로 붙여 놓고 있다. 그 앞의 기록에서 영허의 〈부설전〉과 대동소이함을 알 수 있지만 고적을 그대로 옮긴 것인지 혹은 찬자가 자의로 축약시킨 것인지가 불분명한데, 중심축이 동일한 것으로 보아 영허의 〈부설전〉을 모본으로 삼았음이 유추된다. 거기다 더 결정적인 것은 삽입시 −

目無所見無分別 聽耳聽無聲絶是非 分別是非都放下 但看心佛自歸依
(눈으로 보는 것이 없어야 분별함이 없고/ 귀는 소리 없음 들어야 시비가 끊겨/
분별과 시비를 모두 버리고/ 심불에 스스로 귀의함을 볼 것이다.)[56]- 가 그
대로 영허의 〈부설전〉의 것과 일치한다는 점이다. 기록 중 부설의 기
록과 차이가 있다면 월명암만 남았을 뿐이고 등운암은 폐사되어 있
다는 현장에 대한 증언이 덧붙여진 정도이다. 4의 경우는 불교사를
종합화한 자료적 성격이 짙어 두고두고 많은 이들이 참조하는 저서
가 되었다. 거사불자로서 부설의 일생을 알리는데 기여했으나 찬자
를 밝혀놓지 않는 바람에, 의도와 상관없이 영허의 존재가 오랫동안
몰각되는 결과를 빚게 했다. 5와 6은 4를 근거로 윤색한 것임이 드러
나는 바, 사부대중 누구나가 흥미를 갖고 읽을 수 있게끔 배려한 것
이다. 같은 윤색담이라 해도 6보다 5에서 변개의 정도가 심한데 고
담적 분위기를 가능한 줄여 30년대 당시 소설담론에 비견될 정도로
재창작을 시도한 점이 주목된다. 삽입시를 과감하게 삭제한 것이나
서사의 재구성과 함께 서사량을 대폭 늘린 것은 고전의 현대화라는
점에서 그 의의가 인정되지만, 생경하고 정도를 넘어선 교리의 주입
이 현대소설로서의 가능성을 상당부분 축소시키는 결과를 빚기도
했다.

　부설전승은 이외에도 월명암 소장 기록물에서 보듯, 다른 한편으
로 부설이 머물렀던 변산지역을 중심으로 몇 갈래의 구비전승이 있
었음을 확인시켜주고 있다.[57] 그러나 애초 의도가 잊혀진 불교작가

---

56) 영허, 앞의 책v8, 39쪽.
57) 이에 대해 황패강은 앞의 책을 통해 논의를 제기한 이후, 「불교전기 불교설화의 전개과

로서의 영허에 초점을 두고자 한 것이었으므로 영허의 〈부설전〉을 시원으로 하여 이후 이를 모본으로 삼은 문헌의 양상을 살피는 것으로 테두리를 좁히기로 했다. 위에 소개한 것 이외에도 부설의 문헌전승 내지 재창조에 가까운 작품이 최근까지도 거듭 윤색, 재창작되고 있는 줄로 안다. 하지만 이들을 모두 점검의 대상으로 포괄하지 않은 것은 위에 적시한 사례들만으로도 이미 영허의 작품 〈부설전〉이 후대에 끼친 전승사적 의의를 살피는 데는 부족함이 없다고 믿었기 때문이다. 채영을 비롯한 6명 가운데 그 누구도 영허에 대해서 언급치 않았으나 단편적 기록, 혹은 작품을 대조할 때, 결과적으로는 하나같이 영허가 지은 〈부설전〉을 모본으로 삼은 것은 부정할 수 없는 사실로 밝혀진다고 하겠다. 필자는 16세기 이후 근래까지 내용, 인물, 삽입시에 이르기까지 원작에서 큰 변개 없이 이를 거듭 수용해왔다는, 바로 이 사실이야말로 〈부설전〉의 높은 문학성을 단적으로 입증해주는 증거에 해당된다.

5. 맺음말

이제까지 〈부설전〉에 대한 연구가 몇 차례 있었으나 정작 작자인 영허와 관련시켜 본격적으로 〈부설전〉의 문학성을 검토한 예는 없었다. 따라서 본고는 작가의 전기적 자료와 이제까지의 연구성과를 바

정과 고소설」(소재영 교수 還曆간행위 편, 『고소설사의 제문제』, 1993)에서 재론한 바가 있는데, 특히 부설담의 지역적, 구비적 전승양상에 대해 상세한 논의를 펼치고 있다.

탕으로 16세기 부설전의 형성과정을 추론하고 영허의 소설사적 위
상, 〈부설전〉에 내재된 소설 미학적 성취를 몇 가지 시각에서 살피고
자 했다.

그 결과, 기 논문에서 언급했던 대로, 필자는 이 소설을 영허가 생
장한 만경지방에 유전해 오던 부설이야기를 축으로 삼아 창작된 것
으로 보는데 무리가 없음을 밝혔다. 무엇보다 설화발생 지역에서 현
재까지 부설일가의 이름이 그대로 지명으로 쓰이고 있다는 점과 함
께 허구적 사실로 믿기 어려울 정도의 상세한 정보제시가 〈부설전〉
이전에 이미 설화가 유전되었음을 시사해 주는 것이라고 추론했다.
다음으로는 소설담론으로서의 서사적 위상, 그리고 소설 미학적 특
성에 주목했다. 〈부설전〉 이전에도 불교사서사물로서 승전, 『삼국유
사』, 그리고 선초에 들어와 다수의 불경계 서사물이 출현했으나 아
직 소설로서의 조건을 충족한 작품이 드문 것이 사실이었다. 하지만
〈부설전〉의 출현으로 불가 나름의 소설적 역량을 되돌아보지 않을
수 없게 되었다.

이글은 부설전의 소설미학과 소설사적 의의를 밝히자는 의도에서
출발하여 전승설화에서 이입된 전기적 요소가 어떻게 불교적 방편화
하는가, 그리고 대승사상의 고취라는 작가의 의도가 소설적으로 어
떻게 구현되는가 크게 두 방향에서 이루어진 논의이다. 우선 영허는
그가 생장한 만경지방에 유전하던 부설전승을 뼈대로 삼되, 재가불
자의 이상형인 유마힐의 삶과 사상을 대응시키는 수법을 택함으로써
공허하고 추상적인 사상의 제시에서 벗어나 이상적인 불자의 전형을
생생하게 부조하는데 성공했다고 여겼다. 다음으로 승전이나 설화를

넘어 소설성을 담보해주는 여러 요소들로서, 핵심적 사건의 선별, 장면제시적 서술, 오도송과 산문의 자재한 조화, 등장인물의 심리적 묘사 등을 지적하여 이 소설을 이적중심의 성도담을 넘어 불교소설사에서 주목할 작품으로 매거하더라도 부족함이 없다고 파악했다.

애초 이제까지 서사적으로 전무했던 작가론적 관점에서 진행하고자 했으나 여전히 부족한 영허의 전기적 자료, 그리고『영허집』전체 작품을 대상으로 한 분석이 온전히 뒷받침되지 못한 탓에 부설전의 소설사적 위상을 온전히 드러내지 못했음을 시인할 수밖에 없다. 필자를 포함해 이후의 연구자들에게 남은 과제란 작가론까지 포함하여, 16세기 승려 작가 영허의 소설사적 위상을 총체적으로 밝히는 것이 될 터이다.

III. 〈浮雪傳〉의 창작연원과 소설사적 의의

오대혁

1. 머리말

〈부설전〉[1]은 부설이라는 선승(禪僧)이 세속 대중을 이끌어 열반에 이른다는 내용의 소설이다. 16세기에 민중 지향적 불교 사상을 추구했던 승려 영허의 창작으로 판단되는데, 논란의 여지가 많아 아직까지 소설사적 위상이 정립되지 못한 작품이라 하겠다.

18세기 중엽부터 부설에 대한 언급은 불교계 안팎에서 끊임없이 이어졌고, 〈부설전〉은 번역·번안의 형태로 단행본이나 잡지를 통해 대중에게 전해지고 있었다.[2] 그러나 소설의 실체를 확인할 수도 없

---

1) 여기서 다루는 〈浮雪傳〉과 『暎虛集』은 『韓國佛敎全書』 권8, 38~45쪽의 것을 텍스트로 삼는다.

2) 采永, 『西域中華海東佛祖源流』, 散聖條, 1764, 100~134쪽; 丁若鏞, 「大東禪敎攷」(『한불전』 권10, 505~514쪽); 김택영, 『韶護堂文集』 卷9 傳, 〈浮雪居士傳〉(『金澤榮全集』, 亞細亞文化社, 1978, 167~169쪽); 普月居士, 〈浮雪居士傳〉, 『朝鮮佛敎月報』 16호, 佛敎月報社, 46~49쪽; 普月居士, 〈浮雪居士傳〉, 『朝鮮佛敎月報』 17호, 佛敎月報社, 44~45쪽; 權相老, 「浮雪行蹟」, 『朝鮮佛敎略史』, 신문관, 1917, 45~47쪽; 李能和, 「浮雪功熟水懸空中」, 『朝鮮佛敎通史』 下, 신문관, 1918, 210~215쪽; 金泰洽, 『浮雪居士』, 불교시보사, 1932; 鄭宇洪, 「浮雪의 畜妻成道」, 『韓國佛敎史話』, 經書

었던 고소설 연구자들은 한동안 그에 관심을 두지 않았다. 그저 '상
당한 소설적 체재'를 갖추고 있으며, 변산 월명암에 전한다는 김태준
의 언급에 만족하고 있었다.[3] 그 후 30여 년이 지날 무렵에서야 황
패강이 직접 월명암을 찾았고, 필사본 〈부설전〉이 실재함을 밝혀내
고 소설사적 위상을 정립하려는 노력을 보여준다.[4] 그리고 그 논문
이 발표되던 그 해에 김영태가 동국대학교 도서관에 〈부설전〉이 실
려 있는 『영허집』을 발견함으로써 보응당 영허대사 해일(普應堂暎虛
大師海日)의 작품임을 밝히게 된다.[5] 이들이 밝힌 내용은 작자와 원
작의 형태를 명확히 한 것이었지만 〈부설전〉의 실상을 온전하게 담
아낸 것은 아니었음에도 불구하고 한동안 후속 연구는 뒤따르지 않
았다. 그러다가 1990년대에 들어서면서 국문학 연구자들은 의욕적
으로 〈부설전〉의 소설적 성과와 의의에 대해 관심을 집중하게 된
다.[6]

院, 1965, 49~63쪽; 金完山, 〈白蓮池의 奇緣〉(《法施》 3·4·5호, 1967.11, 1968.1,
  1968.2); 신종흥 편역, 『浮雪傳』, 경성문화사, 1982; 月明庵, 『浮雪傳』, 文友堂印刷
  所, 1987.
3) 金台俊, 『增補朝鮮小說史』, 學藝社, 1939; 박희병 교주, 『증보조선소설사』, 한길사,
  1990, 42쪽.
4) 황패강, 『新羅佛教說話研究』, 일지사, 1975, 364~398쪽.
5) 김영태, 「〈浮雪傳〉의 原本과 그 作者에 대하여」, 『한국불교학』 창간호, 한국불교학회,
  1975, 87~95쪽.
6) 차용주, 『한국한문소설사』, 아세아문화사, 1989, 93~96쪽; 김승호, 「고려 승전의 서
  술방식 연구」, 동국대 대학원 박사학위논문, 1990; 이종찬, 「普應의 忘機」, 『한국불가
  시문학사론』, 불광출판부, 1993, 359~368쪽; 황패강, 「불교전기·불교설화의 전개
  과정과 고소설」, 『고소설사의 제문제』, 집문당, 1993, 433~449쪽; 박희병, 『한국 전
  기소설의 미학』, 돌베개, 1997, 70쪽; 경일남, 「〈부설전〉의 인물대립 의미와 작가의식」,
  『어문연구』, 어문연구학회, 2000, 195~214쪽; 김승호, 「16세기 승려작가 暎虛 및 〈浮

그런데 지금까지 행한 〈부설전〉에 대한 연구는 창작 연원의 문제
에서부터 소설의 구조, 주제, 소설사적 의의 등에 이르기까지 여러
문제점을 노정하고 있었던 것으로 보인다. 먼저, 창작 연원과 관련해
서는 부설이 실존 인물인지부터가 문제로 다가선다. 지금까지 대부
분의 학자들은 부설의 실존을 인정하고 연구를 진행했는데, 작가 영
허가 창조한 허구적 인물은 아닌지 따져보아야 한다. 그리고 이는 영
허라는 작자가 판명되었으니 그의 행적과 사상을 자세하게 살피는
가운데 〈부설전〉과의 관련성을 꼼꼼히 살펴봄으로써 가능할 것으로
본다. 다음으로, 〈부설전〉의 서사기법이나 주제, 소설사적 의의 면
에서도 크게 두 가지 문제점을 짚어야 할 것이다. 〈부설전〉은 불교적
전기소설로서의 특성[7]을 지닌 소설인데, 지금까지는 서사기법의 측
면에서 설화나 승전(僧傳)의 발전에 따른 창작물로만 이해해 왔다.
물론 이러한 이해도 중요하겠지만 창작 당시의 시대적 상황이나 사
상사, 작자의 다른 창작물과의 관계 등을 천착하면서 〈부설전〉을 살
피는 것이 중요하리라 생각한다. 그리고 소설사적으로 신라·고려시
대의 불교적 전기소설, 조선 초의 『금오신화』 등이 지녔던 서사기법
이나 사상이 〈부설전〉에 이르러 어떤 변화를 동반했으며, 어떤 소설
사적 의의를 지니는가 하는 점도 남겨진 문제라 할 것이다.

  결국 이런 문제제기들은 〈부설전〉에 대하여 전면적인 재검토를 요

   雪傳〉의 소설사적 의의」, 『고소설연구』 11, 한국고소설학회, 2001, 145~176쪽; 경일
   남, 「부설전에 나타난 게송의 양상과 기능」, 『불교문화연구』 2, 한국불교문화학회,
   2003, 89~111쪽.
 7) 필자는 「불교적 傳奇小說 연구 序說」, 『佛敎語文論集』 8집, 한국불교어문학회, 2003
   에서 깨달음의 문제를 다룬 관음형 소설로 〈부설전〉을 보았다.

구하는 것처럼 보인다. 이는 '역사성'을 띠고 드러나는 소설 텍스트
를 한동안 시간과 역사를 초월하여 살피는 가운데서 발생한 문제라
하겠다. 영허와 그의 시대, 그리고 〈부설전〉을 밀착시켜 살필 때만
이 이러한 문제들은 풀릴 것이다. 따라서 필자는 위에 제기한 문제점
들을 구체적으로 살피면서, 역사학·불교학계의 논의들을 참조해 보
다 선명하게 영허와 〈부설전〉의 세계를 고찰하고자 한다.

2. 〈부설전〉의 창작 연원

1) 부설은 실존인물인가?

근대 이전에 부설의 존재는 의심의 대상이었다. 영허(1541~1609)
가 입적한 지 150년이 지날 무렵, 전등(傳燈)의 계통이 불분명함을 개
탄하던 채영은 1762년 봄부터 전국을 떠돌며 고증이 될 만한 문헌을
모으고, 1764년 여름에 송광사에서 여러 의견들을 들어『해동불조원
류』를 간행한다. 이때 확실치 않은 승려들을 산성(散聖) 조에다 실었
는데,[8] 거기에 〈부설전〉에 등장하는 영희·영조, 그리고 부설이 신
라의 승려로 기록된다. 다산 정약용(1762~1836)은『불조원류』가 신라
의 명덕(明德)을 실었으되 어지럽게 엮어놓아 확실하게 믿을 수 없다
면서 후인들이 참고하라며「대동선교고(大東禪敎攷)」에다 다시 싣는

---

8) 采永,「佛祖源流後跋」, 앞의 책, 134쪽. "以至今夏 與諸山碩德 會于全州府終南之松
廣 博採公議 考諸傳燈 定其序次 其間祖師之不可泯沒 而無嗣可接者 則以散聖載錄
而附於卷端 合成一部冊子 名曰佛祖源流"

다. 거기서 세 인물은 자취가 드러나지 않아 이름만 열거하는 인물들 속에 들어 있게 된다.[9] 이로 보아 채영은 전등을 밝히려는 욕구로 〈부설전〉의 부설·영희·영조를 불교사에 편입시켰음을 알 수 있고, 정약용은 그들이 역사인물인지 확실치 않아 판단을 유보하고 있었음을 알 수 있다.[10] 1878년에 김택영(1850~1927)이 월명암에 들렀을 때 〈부설전〉은 조금 다른 차원으로 읽힌다. 그는 월명암에 소장된 〈부설전〉을 보면서 원작보다 소략하게 줄이고 '이미 칠백 년 전의 일이지만 능히 취하지 않는다면 없어지는 게 당연할 것'이라며, 정사는 아닌 사실이 허구화된 '기담이사(奇談異事)'로 여겼다.[11] 이처럼 근대 이전에 부설은 의심의 대상이었다.

그런데 일제치하로 들어선 후 근대적 학문제도가 도입되면서 불교 사가들은 부설을 실존 인물로 다루게 된다. 권상로의 『조선불교약사』 는 부설을 신라 대 고승으로 다루었고, 이능화의 『조선불교통사』나 해방 후 정우홍의 『조선불교사화』에서도 이는 그대로 이어졌다. 일 제 통치가 시작되면서 한국 불교의 정체성을 확립하고자 했던 불교 사가들의 강렬한 민족주의는 엄격한 사료적 고증 없이 흩어진 문헌 들을 기워서 한국불교사를 집필하도록 했던 것이다. 예컨대, 1917년

---

9) 丁若鏞, 앞의 책, 513쪽. "近所刻佛祖源流 所載新羅名德 驕駁紕繆 不可徵信 今姑附見 以備參考 …중략… 其節無聲跡者 開列名字 以備後攷"
10) 김승호는 부설의 경우 '有狀'이라는 주석이 있어 역사인물로 보았다고 했다(앞의 책, 2001, 171쪽).
11) 김택영, 앞의 책, 169쪽. "金澤榮曰 余至邊山月明庵 臨月淨臺下觀渤海 山僧示古蹟如 此 吾邦拙於文字 除正史外奇談異事 萬不傳一 況於浮屠之家乎 乃此蹟遠 在七百年之 外 而能不就湮滅宜乎 其人傳爲寶也"

8월에 '약사'를 출간한 권상로는 범례 첫 항목에 교과서로 사용할 목적으로 썼으며,[12] 서문에서는 인도·중국·일본은 모두 불교사가 있지만 오직 우리 조선만이 없으므로 개탄하다가 수집한 것들을 모아 편년체로 약사를 기술했음을 밝히고 있다.[13] 체계적으로 정리되지 않은 한국 불교사를 메울 요량으로 근대기 불교사가들은 부설이라는 소설 속 인물을 특별한 고증 없이 실존 인물로 다루었던 것이다.

그에 비해 문학 연구자들은 부설 이야기 자체를 신라대의 이야기라 단언하지는 않고, 부설을 실존인물로 보되 변산 지역을 중심으로 부설과 관련된 설화가 전승되다 소설화한 것으로 표현해 왔다. 문학계의 입장은 황패강의 연구를 기반으로 한다고 볼 수 있다. 일찍이 황패강은 부설과 월명·등운에 대한 구전 설화들을 확인하면서 '부설전은 당초 월명암 연기와 창건주 부설에 대한 사적기류의 기사적(記事的) 전승내용이 후대에 오면서 점차 윤색이 가해져 설화적 전개를 가져왔던 것'이라 했으며, '설화화 된 것이 다시 문필화 되는 과정에서 고덕행장에 어울리도록 비속(鄙俗)한 요소를 산제(刪除)하고 승전 체재로 재정비하여 이루어진 것이 한문본 〈부설전〉일 듯하다.'라고 하였다.[14] 후대의 연구자들 대부분은 선편을 잡은 황패강의 입론을 그대로 따르고 있는 실정이다.[15]

---

12) 권상로, 앞의 책, '凡例' "一, 本書ᄂ 各 寺院 地方 學林에 敎科書로 充用ᄒ기 爲ᄒ야 略史로 編成ᄒ노라."

13) 권상로, 위의 책. "序', 印度,支那,日本等 凡有佛處ᄂ皆有敎史ᄒ되 而唯我朝鮮則獨無也홀시. 余ㅣ以是慨然ᄒ야 齋志多年에 欲代大匠而斫ᄒ고 敢追逸足之步ᄒ야 蒐集於若干見聞之餘ᄒ고 編綴於多少奔忙之暇ᄒ야 名曰略史."

14) 황패강, 앞의 책, 1975, 374~375쪽.

영허 이전의 뚜렷한 역사기록이 없는 상황이니, 부설이 실존인물
이며 설화가 전승되다 소설로 재편된 것이라 주장하려면 근거라 말
하는 구전설화가 오랜 역사를 지녔음을 입증해야 한다. 부설 관련 설
화가 오랫동안 전승되어 온 것이라면 문헌과 구비의 넘나듦이나 구
체적 증거물을 기반으로 변이를 일으키며 다양한 각편 설화가 존재
해야 한다. 왜냐하면 구술문화의 특유한 기억은 기념비적이고도 잊
기 어려운 인물, 즉 영웅적 인물을 문자에 종속되기 이전부터 지속적
으로 전승시키기 때문이다.16) 그런데, 황패강이 근거로 잡고 있는
구전설화들을 보면 영허가 〈부설전〉을 썼던 당시에서 한참 지난 시
기의 것들로 〈부설전〉의 내용에서 벗어나지 않으며, 다양한 각편 설
화들을 소유하고 있지도 못한 실정이다.17) 등운과 월명 남매의 성도
담을 덧붙인 경우가 있는데, 이는 자재암 연기설화와 같이 흥미를 좇
거나 사찰의 위상을 높이려는 수용의식이 투영된 결과로 보인다. 또
한, 〈부설전〉에는 묘화가 임종에 이르러 살던 집을 내어 놓아 부설원
을 세우고, 산문의 석덕들이 자녀의 이름을 따 등운암과 월명암을 지
었다고 했다.18) 부설이 월명암을 창건했다는 언급이 없다. 오히려

---

15) 차용주, 앞의 책, 89~96쪽에서는 〈부설전〉을 『海東高僧傳』과 함께 고려시대 문학으
   로 다루었다. 그리고 경일남, 위의 논문, 2000에서는 작품을 신라 당시의 권위적인
   불교계와 승려들의 모순을 지적, 비판한 것으로 보았다.

16) 오대혁, 『원효 설화의 美學』, 불교춘추사, 1999, 66쪽.

17) ① 「월명암사적」(1962년) / ② 「來蘇寺事蹟誌」(국한문혼용. 근대에 기록된 듯) ③ 황패
   강 채록 구전설화(1972년 경) - 월명암 주지 金成安(38세), 金山寺 스님 李龍鳳(85
   세), 法住寺 立繩 楊天龍(41세)

18) 〈浮雪傳〉, 앞의 책, 42쪽. "其母妙花, 壽考百有十年, 狀啓手足, 捨家爲院, 以浮雪爲
   名, 山門碩德, 以二子名名庵, 至今有登雲月明云爾."

구전 형태로 다른 월명암 창건연기가 존재하고 있음이 발견된다.19) 월명암의 창건 시기가 신라라는 것도 〈부설전〉에 근거하고 있는 것이며,20) 조선시대 중종 25년(1530)에 간행된 『신증동국여지승람』에는 월명암, 등운암이 나타나지도 않는다.21) 최근에 작가를 고려하면서 〈부설전〉을 다룬 김승호는 부설거사 일가에서 유래한 지명으로 '부설, 묘라, 묘라리, 묘라제, 부설암터, 월명암, 묘적암, 등운암' 등이 전한다 했다. 그러면서 지명이 어떤 무엇보다 역사성을 강하게 간직하므로 신라 이래 끊임없이 전승되어오던 지명과 부대설화가 영허로 하여금 〈부설전〉을 창작하게 했다는 견해를 밝혔다.22) 그러나 부설, 부설암터, 월명암, 묘적암, 등운암 등은 〈부설전〉의 내용을 바탕으로 하여 후대에 지어진 것으로 볼 수 있고, 묘라나 묘라리는 묘화와 직접적 관계가 있다고 말하기 어렵다. 사찰에 전하던 옛 기록을 바탕으로 또는 고승과 관련해 후대에 지명이 지어지는 것도 충분히 상정할 수 있는 일이기 때문이다.

이 모든 사실들을 종합해 본다면 〈부설전〉이 신라 때부터 실존인물 부설과 관련된 구비설화를 영허가 소설화한 것이라 단정 짓기는 어려워 보인다. 그렇다면 영허가 부설이라는 인물을 창조하여 소설

---

19) 양규태, 「石船을 타고 온 實相寺의 觀音像」, 『변산에 가면 문화를 만난다』, 부안문화원, 1997. 이 설화에 대해 송화섭, 「변산반도의 관음신앙」, 『지방사와 지방문화』 5권 2호, 역사문화학회, 2002에서 다시 다루었다.

20) 신종홍 편역, 위의 책, 「月明庵沿革」, 56쪽에는 초창주가 부설거사로 되어 있다.

21) 『新增東國輿地勝覽』 卷34 「佛宇」 條에는 蘇來寺·兜率寺·義相庵·淸臨寺·元曉房·不思義方丈·文殊寺·實相寺가 전한다.

22) 김승호, 위의 논문, 2001, 150~151쪽.

을 썼을 가능성을 생각해 보아야 한다.

2) 영허의 생애와 사상, 그리고 〈부설전〉

〈부설전〉은 『영허집』 권3에 실린 작품과 월명암 소장 작품으로 남아 있다. 『영허집』은 4권에 걸쳐 한시와 〈부설전〉, 행적, 유산록 등으로 짜여 있다. 그는 뛰어난 글재주를 지녔음에도 산승들의 문집에 일반적으로 나타나는 비명이나 사사사적(寺社事蹟) 등을 쓰지 않았고, 그저 산천을 순력하며 읊조려지는 생각들을 글로 남겼을 뿐이다.[23] 그래서인지 그의 삶이나 불교사적 위치에 대해 본격적으로 논의된 바 없고, 문학연구자들도 그의 시나 유산록 따위를 눈여겨 본 이가 거의 없다. 그렇다면 영허는 어떤 인물이며, 왜 〈부설전〉을 창작했을까?

영허는 만경현 불기 고을에 살며 유학을 업으로 삼던 김씨 집안에서 태어나(1541년 9월 4일) 어려서부터 기동(奇童)이라 불릴 정도로 총명했다. 그랬던 그가 15살(1555)에 과거시험에서는 낙방을 하게 되고, 19살(1559)에 능가산 실상사에 들어가 대선겸중덕(大選兼仲德)인 인언(印彦)에게 머리를 깎고는 불가에 들어선다.[24] 이때는 명종 5년

---

23) 김영태, 앞의 논문, 94쪽.

24) 涵影堂, 「普應堂暎虛大師行蹟」, 『한불전』 8, 44~45쪽. "大師法諱曰海日 別號曰暎虛 所居室曰普應 姓曰金氏 本士族子 居于萬頃縣不欺之鄕 以儒爲業 母洪氏 夢有異人 持明珠授曰 善自保護 仍而有娠 辛丑年九月四日甲辰時生焉 孩提之年 將蕉葉爲冊匣 聲常如讀書之聲也 年纔八歲時 讀大學至曾子曰 十目所視大文 讀尊貴人 問其嚴之意 師有恐怖之說 諸人皆稱曰奇童 年十五擧而不中 十九遂出家 入楞迦山實相寺 從大選 兼仲德印彦師祝髮 執侍五年"

(1550)에 폐지(1503)되었던 승과제도가 부활하고, 서산대사가 선교양
종판사(禪敎兩宗判事)가 되는(1555) 등, 성종 이후 계속되던 불교 압제
정책이 문정왕후와 보우에 의해 불교 중흥의 흐름으로 변화하던 무
렵이었다. 고승들의 유년 시절과 같이 불가에 입문하는 흥미로운 이
야기는 그의 행적에 나타나지 않는다. 8살에 『대학』을 읽고 과거를
응시했다는 기록은 그의 출가가 쉽지 않았음을 짐작하게 한다.

5년 동안 그는 인언대선을 곁에서 모시며 경론을 열람하다 문득
'무상(無常)'을 느끼고는 지리산으로 들어간다. 거기서 그는 부용영관
(芙蓉靈觀, 1485~1571)을 만나게 되어 선교(禪敎)를 두루 공부하며 3년
동안(1565~1567)을 모신다.[25] 그즈음 보우의 제주 유배(1565)나 도첩
제, 승과제 폐지(1566) 등 불교 억압의 기운이 되살아나고 있었다. 20
대 중반의 영허는 또다시 불교 탄압의 국면에 들어서던 시기에 3년
동안이나 부용영관을 모셨던 것이다. 부용은 서산의 스승이었으며,
영허의 삶에 많은 영향을 끼친 인물로 판단되는데, 〈부설전〉의 다음
대목을 먼저 살펴보자.

　　선사의 몸은 비록 속세에서 힘썼지만, 마음은 물외에 머물러, 삼업
을 부지런히 닦았고, 육도를 횡행하더니, 내외를 해통하게 되었으며,
그의 말은 글에 매임이 없었다. 그래서 사방의 이웃들이 기뻐하며 찾았
고, 먼 곳의 사람들도 이끌었다. 의사를 구하는 선비들도 바람처럼 몰
려들고, 약을 구하는 사람들도 폭주하여, 어리석음을 끊고 깨달음을 얻
었다. 마른 지푸라기를 적시듯 법보시를 널리 베푼 것이 어언 15년이나

---

25) 위의 책, 45쪽. "閱諸經論 一日忽念無常 不宜久住一處 訪智異山 參芙蓉大師 閱敎搜
　　禪 執侍三年"

되었다. …중략… 본현의 고인 이승계와 상사 김국보 등과 방외의 사귐
을 맺고 서로 한가한 가운데서 즐겼는데, 노소가 하나로 어우러져 매일
경전을 읽고 이치를 논하였다. 비바람이 불건 눈과 서리가 내리건 신앙
생활을 쉬지 않았는데, 마치 혜원이 연꽃을 완상하듯, 한퇴지가 옷에
마음을 두듯 하였다.[26]

부설은 민중과 어우러져 신앙생활을 하는 인물로 나타난다. 부설
이 입적한 이후에도 그를 추모하는 재가불자들이 성대하게 명양회
(冥陽會)를 열고, 월명과 등운은 반주삼매를 닦아 극락왕생하는 것으
로 나타나 거사불교적, 정토불교적 면모를 〈부설전〉은 보여주고 있
다. 그런데 이러한 〈부설전〉의 표현은 서산이 그린 부용영관의 삶과
너무나 닮아 있다.

스님은 그 성품이 온아하고 사랑하거나 미워하는 정이 끊어졌으므
로 생각이 오로지 평등하여 한 숟갈의 밥이라도 남을 보면 평생 나누
어 주었으니 전생에 심은 자비의 종자를 여기서도 볼 수 있다. 또 그
문장은 진실하고 바르며 사물의 이치에는 밝고 똑똑하며 공부하는
사람을 가르칠 때에는 부지런히 노력하여 게으르지 않았다. 무릇 칠
요(七曜)와 구장(九章)과 천문과 의술을 모두 통달하였고 나아가서는
『중용』을 품고 다니며 『장자』를 끼고 다니는 사람들도 모두 스님에
게 와서 의문을 풀었다. 그러므로 문턱이 닳도록 찾아오는 뛰어난 선

---

26) 〈浮雪傳〉, 앞의 책, 41쪽. "身在塵勞 心懸物外 精修三業 廣行六度 解通內外 語涉典
章 四隣歡心 八表引領 求醫之士風趨 服藥之人輻輳 聾騃盡醒 稿枯悉潤 法施敷揚 十
有五年 …중략… 本縣高人李公承桂上舍金公國寶等 結爲方外之交 相與閑中之樂 忘
老少一內外 日與講論經理 風雨雪霜 不輟音信 譬遠公之賞蓮 喩韓子之留衣"

비들은 모두 살아서 이별하는 설움을 품었고 뜰에 가득한 승려와 속
인들은 모두 가고 머무는 마음을 안타까워했다. 그러므로 호남과 영
남 두 지방의 속인 가운데 삼교에 통달한 사람은 모두 스승의 덕이었
으니 전단을 옮겨 심으면 다른 것에서도 같은 향내가 난다고 함과 같
다.[27)]

부용영관은 대중과 함께 밥을 나누고 천문, 의술을 베풀며 속세에
서 깨달음을 추구해 갔다는 점에서 거사불교적 측면이 나타난다. 그
리고 서산은 부용을 일러 "조사의 공안을 들어 보여 사람들로 하여금
힘을 다해 참구함으로써 활연히 크게 깨달아 그 문에 들어가게 하였
다."[28)]라고 하여 임제종풍을 강조했지만, 위와 같이 유불도를 회통
하고 삼장교학에 조예가 깊어 승속을 가리지 않았음을 알 수 있다.
또한 부용당이라는 당호가 "몸은 속세에 있지만 항시 서방을 생각했
기 때문에 부용이란 당호를 썼다."[29)]는 서산의 진술은 부용영관이
정토불교적 면모도 지닌 인물이었음을 알려준다. 아마도 영허는 〈부
설전〉을 창작하면서 그가 스승으로 모셨던 부용영관의 사상과 행적
을 염두에 두었을 것으로 보인다.

〈부설전〉을 들여다보면 선수행을 하던 영조, 영희와 함께 오대산

---

27) 休靜, 「芙蓉堂先師行蹟」, 『淸虛集』 권3, 『한불전』 7, 755쪽. "師平生叶性溫雅 情節
　　愛憎 念專平等 至於一匙之飯 見人則分之 其夙植慈悲之種 亦可見矣 兼又文字尤正
　　義理明柝 凡教學者 亹亹不倦 凡七曜九章 天文醫術 莫不通焉 至於懷中庸挾莊子者
　　亦莫不決疑焉 是故溢門英儒 俱懷別之恨 盈庭法俗 共鰥去留之心 是故湖嶺兩南 以
　　白衣 通三教者 乃師之風也 可謂栴檀移植 異物同熏也"
28) 위의 책, 755쪽. "是故常常提起祖師公案 令人盡力參究 以豁然大悟爲入門也"
29) 위의 책, 755쪽. "身雖寄世 想在西故 以芙蓉堂稱之"

을 찾아가던 부설은 두릉에 도착해 대중과 더불어 불교신앙 활동을
전개한다. 소설은 부설을 가리켜 "노인이 물으면 답을 하기를 밤낮으
로 계속 하니 완연히 마명 보살의 지혜로운 말씀과 같고 용수 보살의
강물과 같은 설법이었다. 사람이나 귀신이 서로 기뻐하고, 원근 가릴
것 없이 함께 기뻐하였고, 미물까지도 무릎을 굽힐 정도로 지극한 보
물을 얻음과 같이 했다."30)라고 하였고, 재가자들과의 신앙생활을
일러 "비바람이 불건 눈과 서리가 내리건 신앙생활을 쉬지 않았는데,
마치 혜원이 연꽃을 완상하듯, 한퇴지가 옷에 마음을 두듯 하였다."31)
라고 서술했다. 또한 〈염불(念佛)〉32)이나 〈염불승(念佛僧)〉33)과 같은
그의 시에서도 이런 정토불교적 면모가 잘 드러난다. 〈염불〉은 아미
타정토 연화대에 왕생하는 꿈을 꾸면서, 관음보살과 함께 물 긷고,
대세지보살과 함께 잠을 청하는 일상에서 정토를 확인하고 있다. 이
렇듯 영허가 창작한 〈부설전〉이나 시 작품은 재가불교적이며 정토신
앙적인 면모를 드러내는데, 이는 어디에서 비롯된 것일까?

영허는 지리산에서 부용영관을 3년 간 모신 후 풍악산으로 가서
학징대사(學澄大師)에게서 계율을 익히고, 묘향산으로 가서 서산대사
에게 팔만진전에서 의심되는 바를 묻는다. 그리고 상비로암에서 10

---

30) 〈浮雪傳〉, 앞의 책, 41쪽. "隨間而答 日夜往復 宛若馬鳴之智辯 龍樹之懸河 人神胥悅
遠近同歡 蠅手屈膝 如獲至寶"
31) 위의 책, 41쪽. "風雨雪霜, 不輟音信. 譬遠公之賞蓮, 喩韓子之留衣."
32) 위의 책, 37쪽. "心香也一炷 日夜想西方 夢入華池裏 身遊寶樹傍 觀音同汲水 勢至共
眠床 開佛眞知見 無非極樂堂"
33) 위의 책, 36쪽. "淨土修行路 人間功德林 施爲增白業 開口吐黃金 六字同千念 三觀只
一念 彌陀在何處 淸淨妙言音"

년 동안 머물며,34) 영허는 한동안 『능엄경』과 『선요』를 읽고, '일물
(一物)'을 노래하면서 선적 깨달음의 경지를 노래했다.35) 이처럼 그
는 서산을 만나면서 오묘한 선리(禪理)를 추구하며 정진했던 것이
다.36) 영허의 〈부설전〉 창작이나 사상의 배경에는 그가 가까이서 대
했던 서산의 영향력을 생각해 보아야 한다.

서산은 한국 선사상의 기반을 다진 인물로 사교입선(捨敎入禪), 선
주교종(禪主敎從)의 입장을 지니고 화두를 두고 참선에 정진하는 간
화선을 본령의 수행 방식으로 삼은 인물이다. 그는 "선(禪)과 교(敎)
는 일념에서 일어난 것으로, 심의식이 미치는 곳 즉 사량에 속하는
것을 교라 하며, 심의식이 미치지 않는 곳 즉 참구에 속하는 것을 선
이라고 한다."37)라고 하여 선과 교의 차이점을 들어 말했다. 그리고
"공부하는 사람은 연기문을 지키지 말고, 언제나 자신의 참모습을 반
조해서 조사의 활구(活句) 위에서 모든 것을 끊어버린 뒤 다시 깨어나
야 비로소 얻을 것이다."38)라 하여 선 중심적 사상을 피력한 인물이
다. 그렇지만 서산은 결코 교를 버려야 할 것으로 본 것은 아닌데,
왜냐하면 모든 사람들이 바로 선으로 들어가기 어려운데 무조건 교

---

34) 涵影堂, 앞의 책, 45쪽. "又往楓嶽山參學澄大師問諸日用之事 又入妙香山參西山大師
　　問八萬眞詮疑惑處 住上毗盧庵十載"

35) 〈讀楞嚴〉, 〈讀禪要〉, 〈一物〉(『暎虛集』, 앞의 책, 37쪽).

36) (一) 一入西門古路忘 隨流隨處沒思量 山中歲月誰能紀 只見槐陰靑又黃(〈忘機〉, 위의
　　책, 37쪽).

37) 休靜, 『心法要抄』, 『한불전』 7, 648쪽. "禪敎起於一念中 心意識及處卽屬思量者敎也
　　心意識未及處卽屬參究者禪也"

38) 위의 책, 652쪽. "故學者不守於緣起門 常常返照自己面目 常以祖師活句上 絶後再始
　　得"

를 버리라 하는 것은 접근 자체를 어렵게 한다고 보았기 때문이다.
따라서 상근기의 사람은 바로 선으로 들어가야 하겠지만, 하근기의
사람은 교의를 배우고 닦는 데서 선의 길로 들어설 수 있다고 보았
다.39) 그는 "사람마다 성품에서는 비록 부처이지만 실지 행동의 측
면에서는 중생"40)이라 하고 이치와 현실 사이의 괴리를 들어 유심정
토 자성미타만을 믿고 염불수행을 부정하는 것에 대해 비판적이었으
며, 선의 입장에서 정토신앙까지 받아들인다. 그래서 그는 강경한 어
조로 "마명(馬鳴)이나 용수(龍樹)가 다 조사(祖師)이지만 모두 분명히
언교(言敎)를 드리워 왕생의 길을 간절히 권했거늘, 나는 어떤 사람
이기에 왕생을 부정하는 것인가? …중략… 조사의 문하에서도 혜원
(慧遠)과 같이 아미타불을 부르는 이가 있었고, 서암(瑞巖)처럼 주인
공을 부른 이도 있었다."41)라고 정토신앙을 말하며, 반드시 선 수행
만이 삼매에 도달할 수 있는 길임을 거부하고 중도적 실천법을 주장
했다.42) 〈부설전〉에 나타나는 '용수, 마명, 혜원'의 계보나 거사불교
적이며 정토불교적인 실천은 이와 같은 서산의 사상을 계승한 데서
비롯된 것이라 하겠다.

　　영허는 기축년(1589)에 옛날에 머물던 능가산으로 돌아와 『지장경』
을 송독하다가 꿈속에서 지장이 감로수를 정수리에 붓는 꿈을 꾼다.

---

39) 김영태, 『西山大師의 生涯와 思想』, 博英社, 1975, 168쪽.

40) 休靜, 『禪家龜鑑』, 『한불전』 7, 641쪽. "性則雖佛 而行則衆生"

41) 『禪家龜鑑』, 위의 책, 641쪽. "又 馬鳴龍樹悉是祖師 皆明垂言敎 深勤往生 我何人哉
　　不欲往生 …중략… 故祖師門下 亦有或喚阿彌陀佛者(慧遠) 或喚主人公者(瑞巖)"

42) 鄭光均(法常), 「西山休靜의 禪淨觀 硏究」, 동국대학교 선학과 석사학위논문, 1999,
　　100~102쪽.

꿈을 깨고서는 마음이 활연해져 거칠 것이 없었다. 지옥에서 고통 받는 중생들까지 성불할 때까지 자신의 성불을 뒤로 미루고 중생들과 아픔을 함께 나누겠다는 서원을 세운 지장보살은 영허와 겹친다. 그후 인언대사 입적 후 팔도를 누비고 다닌다. 그리고서 그는 묘향산, 광덕산 연대암 등에서 비구, 거사들과 함께 정토업을 닦으며, 임진왜란 직후에는 실상사에 승려들을 결집시켜 경론을 강하였다.43)

그의 행적에서 부용과 서산의 가르침을 받는 과정이 개인적으로 찾던 깨달음의 여정이었다면, 49세에 능가산으로 돌아온 후는 그 깨달음을 어떻게 실천으로 옮길 것인가를 고민했던 시기라 하겠다. 당시 불교계를 보면, 명종 21년(1566) 이후 형성된 산중승단에서 서산의 사상을 이어 선정일치(禪淨一致)의 기치를 내걸었지만 염불을 수용하는 단계에 그칠 뿐 대중적 확대로까지 나아가지 못하고 있던 상황이었다.44) 영허는 이러한 불교계 상황을 자신의 문제로 받아 안았던 것으로 보인다. 마침내는 그 고민이 무르익어 대중 지향적 실천을 다짐하는 순간이 지장보살의 관정(灌頂)이라는 꿈속 체험으로 나타난 것으로 보인다. 아마도 〈부설전〉의 창작은 이 시기(1589~1608)에 이루어졌을 것이다. 비구나 거사들을 이끌기 위해 자신의 사상과 실천 방향을 드러낸 〈부설전〉의 창작이 있었을 것이다.

43) 涵影堂, 앞의 책, 45쪽. "己丑還入楞迦舊栖 讀地藏經 夜夢地藏 將甘露水灌頂 夢罷心中豁然無礙 辛卯年恩師大選入寂 多毗後還巡八壤 天地爲家 自妙香山 一山結一夏 或比丘或居士 咸使修淨土業 以之成實 而乙巳春 又入實相寺 大集僧侶 講諸經論 丁未春往廣德山蓮臺庵 住過三春秋"
44) 이봉춘, 「불교계의 동향」, 『한국사 31, 조선 중기의 사회와 문화』, 국사편찬위원회, 1998, 394쪽.

그리고 그가 대중과 함께 닦았던 정토업은 〈부설전〉의 마지막에 등장하는 등운·월명의 실천행과 관련된다. 소설은 "자애로운 아버지와 똑같이 속세에서의 덕을 사랑하여, 연등을 밝혀 부처의 마음을 이으려 했다. 보배로운 곳에서 도탑게 놀면서, 또는 목욕재계한 비구니로 반주삼매를 닦고, 정토 구품연화대를 계속 염하였다."[45]라고 서술하고 있다. 영허는 여기 보이는 반주삼매법이나 정토 염불로써 대중과 만났을 것이다. 반주삼매는 지루가참이 번역한 『반주삼매경』을 기반으로 하여, 누구나가 서방 아미타불을 염하되 한 마음으로 염불을 행함으로써 아미타불을 보고 왕생할 수 있도록 만드는 경지를 일컫는다. 여산 혜원이 이를 기반으로 대중을 이끌었으며,[46] 서산대사도 염불삼매를 통해 아미타불을 관함으로써 『반주삼매경』의 관법을 사용했던 것으로 나타난다.[47] 따라서 서산의 선정일치 사상을 계승한 영허는 〈부설전〉에 나타나듯 대중들을 반주삼매법과 염불로 이끌었을 가능성이 높다. 영허는 그렇게 대중과 함께 하다가 기유년(1609) 69세에 "대중은 각기 무상하고 신속함을 염(念)하여 진중하고 진중하라."라고 이르고 시멸했다. 그리고 49재를 당하여 문인들이 무차대회를 여니 재를 올릴 때마다 서기가 뻗쳤다고 한다.[48] 조선중

---

45) 〈浮雪傳〉, 위의 책, 42쪽. "戀慈父同塵之德 懷煙燈續佛之心 優游寶所 沐浴毗尼 鍊得 般舟三昧 繼念淨土九蓮"

46) 坪井俊映 著·韓普光 譯, 『淨土教槪論』, 如來藏, 1984, 119쪽.

47) 서산의 『心法要抄』(『한불전』, 7, 651쪽)에는 『五門禪經要用法』의 師子奮迅三昧와 念佛三昧나, 『般舟三昧經』의 관법과 유사한 수행 방식이 나타나고 있다(정광균, 위의 논문, 111~112쪽).

48) 涵影堂, 앞의 책, 45쪽. "戊申年六月入頭流山臺巖 己酉年二月五日丈室閉關 逾時而 開 召大衆云 汝等諸人各以無常迅速爲念珎重珎重 默然圓寂 年六十九歲送終之夕 祥

기 불교계에서 산승들이 대중과 멀어져 있던 상황에서 본격적으로
거사불교, 정토불교를 표방하고 대중을 이끌었던 영허는 그렇게 입
적하였다.

결국 영허는 부용과 서산의 사상을 계승하면서 거사불교적이며 정
토불교적인 실천을 행한 승려라 하겠다. 그리고 〈부설전〉은 영허가
그러한 대중 지향적 불교사상을 흥미롭게 드러내고자 창작한 소설인
것이다. 이제 불교사나 고소설사는 영허를 선정일치의 기치 아래 정
토신앙으로 대중과 함께 한 승려이자, 그것을 〈부설전〉이라는 소설
로 구현한 작가로 그 위상을 제고해야 할 것이다.

3. 〈부설전〉의 서사구조와 소설사적 의의

1) 〈부설전〉의 서사구조

〈부설전〉은 세 층위의 서사가 결합되어 있다. 첫 번째 서사적 층
위(ㄱ)는 산중득도의 과정을, 두 번째 서사적 층위(ㄴ)에서는 파계와
보살행 사이의 갈등을 제시하고 있다. 그리고 세 번째 서사적 층위
(ㄷ)에서는 재가성도의 과정을 서사화하고 있다. (ㄱ)에서는 승전(僧
傳)의 체재를 그대로 수용하면서 대중과 절연된 득도가 지닌 문제점
을 비판했으며, (ㄴ)에서는 대승 보살행이라는 대원칙을 견지하면서
소승계를 초월하는 부설의 의지가 천명되었다. (ㄷ)에서는 재가성도

光洞天瑞氣盤空 七七之齋門人設無遮大會 無一齋而無瑞氣矣"

를 위해서는 성범(凡聖)을 분별하는 이견(二見)을 제거하고 정토 지향
의 선수행을 해야 함을 드러내었다.

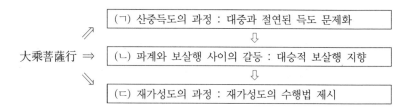

(ㄱ)의 서사적 층위에서는 수행자의 산중 득도 과정이 이야기되었
는데, 승전의 서사관습을 그대로 따랐다. 곧 일반적인 승전의 서사
형태에서 주인공의 출생(①)과 성장(②), 출가와 청익(請益)(③), 수행
(④)과 오도(悟道)(⑤) 등이 이야기되었다. 간략한 흐름은 이렇다.

> ①신라 진덕여왕 때 서라벌 남쪽 향아에 진광세가 태어난다. - ②태
> 어나면서부터 영리하고 남달랐으며, 스님을 좋아하고, 살생을 싫어한
> 다. - ③불국사 원정선사(圓淨禪師)를 만나 삭발하고 부설(浮雪)이란
> 법명을 얻어 정진한다. - ④기숙(耆宿)을 찾고자 영희·영조와 함께 운
> 수행각을 떠난다. - ⑤세 선승은 능가산 법왕봉 밑에 묘적암을 짓고
> 정진해 깨달음을 얻고는 오도시(悟道詩)를 짓는다.

성장 과정에서부터 탁월했던 부설은 출가를 하고 도반들과 만행을
벌이다 깨달음을 얻는다. 동북아에 널리 퍼졌던 승전들이 보여주던
극심한 고행이나 기행이적(奇行異蹟) 따위의 감동적 연출은 없다. 서
술자는 세 선승의 깨달음에 대해 평이하게 진술할 따름이다. 사실 서

술자는 산야에 은둔하며 깨달음을 얻는 선승들에 대해 달갑잖은 시
선을 숨기고 있다. 서술자에게 그들의 득도는 부정적인 것으로 인식
되었다. 그들의 득도는 '능가산'에서 이루어진다. 일반 대중과 절연
된 공간이다. 평화와 고요함 속에서 자신의 삶을 반조하여 실체를 깨
달을 수 있는 공간으로 자연만한 곳이 어디 있을까. 영조는 자연 속
에서 선정에 들어 차별 없는 이치를 보고, 삼승을 이루었다고 했다.
그런데 그렇게 옥을 캐어 놓았건만 새들만 울어댈 뿐이다. 그래서 법
문만을 참구할 따름이라 했다.49) 또한 영희도 마음의 근원을 씻어내
고 골짜기의 봄과 산새들의 재잘거림을 듣는데, 그 속에서 '무생락'
을 느낀다고 했다.50) 삼라만상에 깃든 진리를 깨달았는데, 그들의
깨달음은 다분히 자족적이다. 영조와 영희는 법열(法悅)에 들떠 노래
하지만 그것이 진정 끝이 아니라고 서술자는 은근히 말할 순간을 기
다린다. 왜냐하면 대승적 견지에서 그것은 깨달은 자가 머물 자리일
수 없기 때문이다.

　그렇지만 서술자가 부설마저도 부정한 것은 아니다. 부설은 뜰의
꽃들과 창밖 새들의 소리를 마음대로 듣고, 곧바로 '여래지'로 들어
갈 것인데 구차하게 참구할 필요가 없다고 한다.51) '여래지'란 '불지
(佛地)', 곧 대승적 깨달음의 경지[究竟覺]를 일컫는다. 마명보살은 일

49) 〈浮雪傳〉, 앞의 책, 40쪽. "占得幽居地 萬松嶺上庵 入禪看不二 探道喜成三 采玉人誰
　到 含花鳥自喃 蕭然無外事 一味法門參"

50) 위의 책, 40쪽. "雲收歡喜嶺 月入老松庵 慧劍精千萬 心源蕩再三 洞天春寂寂 山鳥語
　喃喃 咸佩無生樂 玄關不用參"

51) 위의 책, 40~41쪽. "共把寂空雙去法 同棲雲鶴一間庵 已知不二歸無二 誰問前三與後
　三 閑看靜中花艷艷 任聆窓外鳥喃喃 能令直入如來地 何用區區久歷參"

찍이 '대승이란 수레는 모든 부처님이 본래 타고 간 수레이며, 모든
보살이 다 이 수레를 타고 불지에 도달할 수 있었다.'[52]라고 했다.
보살은 수행자로서 자신의 문제에 앞서 타인을 구해야겠다는 서원과
자비를 실천하며, 중생을 교화하려는 자이다. 부설의 시는 바로 보살
행을 실천하겠다는 서원을 드러내는 것이다.

> ⑥두릉에 사는 청신거사 구무원이 세 선승들을 잘 대접한다. - ⑦봄
> 비가 진창을 만들어 세 선승은 그 집에 오랫동안 머물며 설법을 계속한
> 다. - ⑧묘화가 목숨을 걸고 부설과 결혼하기를 간청하고, 그녀의 부
> 모 또한 간절히 바란다. - ⑨갈등하던 부설은 보살의 자비로움을 생각
> 하여 소박하게 혼례를 치른다. - ⑩파계를 안타까워하며 영희와 영조
> 는 떠나고, 부설은 두릉에 남는다.

(ㄴ)의 서사적 층위에서는 파계와 보살행 사이의 갈등이 이야기되
었는데, 작가가 지향하는 사상과 구체적 실천 방식이 제시된다. 오대
산으로 가던 세 선사는 구무원의 집에서 융숭한 대접을 받고, 봄비
때문에 오랫동안 그곳에 머문다. 그런데 아름다운 묘화가 목숨을 내
걸고 부설과 결혼하고 싶어 한다. 산속에서 깨달음을 얻은 선승에게
그 요구는 파계와 보살행 사이의 갈등을 불러일으킨다. 그는 금석 같
은 뜻을 접고서 욕망을 좇아 살 수 없다고 생각한다. 도의 계율을 저
버릴까 두려움에 떨면서도 보살의 자비로움을 생각한다.[53] 소설의

---

52) 馬鳴, 『大乘起信論』. "一切諸佛本所乘故 一切菩薩皆乘於入佛地故"
53) 〈浮雪傳〉, 앞의 책, 41쪽. "浮雪抗志 金石方堅 未敢爲欲所醉 詎能色塵所迷 深恐冤家
防道之戒 又念菩薩慈悲之意"

핵심 사상과 결부된 내적갈등의 상황이다. 그런데 서술자는 그 갈등
의 상황을 심화시키지 않고, 부설이 보살행을 선택하고 소박한 혼례
를 치렀다고 처리해버린다. 또한 그들의 혼례를 "연꽃이 물 위에 피
는 것에 비할 만한 것[比蓮花之着水]"으로 표현해 대승보살행임을 암
시한다. 부설의 내적갈등보다는 그의 결혼을 못마땅하게 여기는 영
희·영조의 모습을 대조적으로 서술한다. 영조는 "부질없는 지혜가
헛된 견해를 이루고, 편벽된 자비는 애연(愛緣)에 이르고야 말았네."[54]
라 하고, 영희도 "삼생의 괴로움 벗어나기 어려운데, 구무원의 집에
한 생각 매달려서야."[55]라고 안타까운 심정을 노래한다. 두 선승은
혼례를 파계로, 부설은 보살행으로 여김을 서술자는 문제적 상황으
로 제시한다.

> 깨달음은 평등을 따르되, 행함은 평등을 따르지 않고,
>> 悟從平等行無等
> 깨달음은 인연 없음에 매이지만, 제도는 인연 있음에 매여 있다네.
>> 覺契無緣度有緣
> 세상에 처하여 몸을 진리에 맡기니 마음은 드넓고,
>> 處世任眞心廣矣
> 집에 머물며 도를 이루어 몸은 튼실하도다.　　在家成道體胖然
> 둥근 구슬이 손바닥에 있으니 붉고 푸른빛이 구별되고,
>> 圓珠握掌丹靑別

---

54) 위의 책, 41쪽. "但智成空見 偏悲涉愛緣"
55) 위의 책, 41쪽. "未免三生累 寃家一念懸"

밝은 거울 앞에 나서니 오랑캐와 漢人이 뚜렷하도다.

明鏡當臺胡漢懸

색과 소리에 걸릴 것이 없으니,   認得色聲無罣碍

굳이 산골짜기에 오래 앉을 일이 없으리로다.   不須山谷坐長年

　부설이 두 도반에게 읊은 게송은 대승보살행으로써 재가성도할 것
임을 밝힌 것이다. 수련(首聯)은 진리적 세계와 세속적 세계의 양 측
면을 변별하고 있다. 현실의 모든 존재는 평등하지 않은 인연에 매어
나타나지만, 본질적으로는 그러한 것들을 초월한 평등의 세계, 인연
에 매이지 않는 세계라 말한다. 세속과 승의(勝義)의 세계에 대한 진
리, 이제설(二諦說)을 드러낸 것이다. 함련(頷聯)에서는 진리에 몸을
맡겼으니 마음은 드넓어지고 재가성도를 이루어 몸 또한 튼실해질
것이라 했다. 경련(頸聯)에서는 손바닥 안의 붉고 푸른 구슬, 거울 앞
의 오랑캐와 한인을 구별하듯 깨달음의 상황에서 지향해야 할 방향
이 뚜렷해졌음을 말한다. 따라서 마지막 연에서는 세속의 삶에서 걸
림이 없는 경지에 다다랐으니 산승으로 머물 일이 없다고 한다. 대중
들을 이끄는 보살행이 자신의 길임을 두 도반에게 확고히 한 것이다.
부설은 이렇게 자신의 의지를 천명하고 도반들에게 "도란 검은 비단
을 입느냐, 흰옷을 입느냐에 있지 않으며, 꽃밭에 있어야 하느냐 들
판에 있어야 하느냐에 있지 않다네. 모든 부처님들이 방편으로써 중
생을 이롭게 하려는 데 뜻을 두었다네."[56]라고 하여 대승보살행을
말한다.

---

56) 위의 책, 41쪽. "道不在緇素 道不在華野 諸佛方便 志在利生"

이처럼 파계를 뛰어넘는 부설의 대승보살행의 정신은 마명, 용수,
서산 등과 연결된 것이다.[57] 소설 문면에서도 부설을 일러 마명, 용
수와 같은 인물임을 드러내기도 한다.[58] 일심(一心)에 출세간/세간,
진여상(眞如相)/인연상(因緣相)이 모두 있다고 본 마명[59]은 대원평등
방편의 서원을 세우는 것이 보살임을 주장했다.[60] 그리고 용수는 변
화하지 않는 진리[勝義諦]와 생멸이 계속되는 진리[世俗諦]를 말하며,
그 진리의 체득 없이 열반을 얻을 수 없다고 했다.[61] 서산은, 학인(學
人)은 부처님의 참다운 가르침으로 변하지 않는 것과 인연 따르는 것
이 마음의 본바탕과 형상이며, 그것을 당장 깨치고 오래 닦아야 한다
[頓悟漸修]고 했다.[62] 그러면서 대승은 마음을 거두는 것으로써 계율
을 삼는다고도 했다.[63] 결국 그들의 사상을 수용한 작가는 수행자가
대승계를 지키며, 돈오점수의 자세를 지켜야 함을 주인공 부설의 모
습을 통해 드러냈던 것이다.

---

57) 황패강(위의 책, 376~386쪽)은 여러 대승경전이나 설화들을 분석하면서 『維摩經』이
   나 여러 설화들을 통해서 보듯 모든 중생의 구원이라는 대승적 차원과 결부시킨다면
   '愛欲도 곧 깨달음'일 수 있다고 해석했다.
58) 앞의 책, 41쪽. "外示僧佉之服 內弘龍猛之學矣/ 隨問而答 日夜往復 宛若馬鳴之智辯
   龍樹之懸河"
59) 馬鳴, 위의 책. "謂摩訶衍略有二種 有法及法 言有法者 謂一切生心 是心則攝一切世
   間出世間法 依此顯示摩訶衍義以此心眞如相 卽示大乘體故 此心生滅因緣相 能顯示
   大乘體相用故"
60) 위의 책. "四大願平等方便 謂發誓願盡未來際 平等救拔一切生 令其安住無餘涅槃"
61) 龍樹, 『中論』第四卷 第三十二張 寶. "若不依俗諦 不得第一義 則不得涅槃"
62) 『禪家龜鑑』, 앞의 책, 636쪽. "故學者先以如實言教 委辨不變隨緣二義 是自心之性相
   頓悟漸修兩門是自行之始終"
63) 위의 책, 639쪽. "大乘攝心心爲戒 細絶其本"

⑪부설은 불도에 정진해 15년 동안 대중에게 법보시를 베푼다. - ⑫법을 이을 등운·월명이 태어나고, 대중과 어울려 신앙생활을 한다. - ⑬부설은 별당을 짓고, 아프다며 홀로 5년 동안 수행하여 깨달음을 얻는다. - ⑭명산을 편력하던 영조·영희가 찾아와 생숙(生熟)을 겨룬다. - ⑮부설은 대결에서 이기고 열반에 든다. ⑯부설의 부도를 세우고, 명양회(冥陽會)를 연다. - ⑰부설과 등운이 출가해 정토불교를 실천하고 입적한다. - ⑱묘화가 부설원을 세우고, 산문의 석덕(碩德)들이 등운암과 월명암을 세운다.

(ㄷ)의 서사적 층위에서는 부설의 재가성도 과정을 이야기함으로써 주제의식을 뚜렷이 드러내었다. 그 구성을 보면 재가 수행의 과정이 구체적으로 나타나고, 수행에 따른 성도의 면모는 찾아온 두 도반과의 생숙(生熟) 대결로 나타난다. 그리고 두 자녀에게 선정일치의 수행법이 제시되고, 암자의 건립과 관련된 후일담이 덧붙여졌다. 부설이 행하는 법보시나 재가수행, 성도 과정은 대승보살행이 구체화된 것이다. 수행자로서 인연에 매여 혼인하고 자식까지 낳았지만 부설은 결코 색욕을 즐기거나 세속에 매이지 않는다. 묘화의 마음에 일었던 애욕의 불이 꺼진 후 부설은 다시금 선정 수행을 통해 열반을 이룬다. 그러한 과정의 서술을 통해 작가는 선교일치의 사상이나 재가자의 수행 방식을 제시했다. 즉 유불과 승속을 초월하며, 혜원이 대중을 이끌 듯 재가자로서의 수행과 대중 선도에 힘을 다한다. 그러면서도 부설은 재가불자로서 성도를 위해 처자를 멀리하고, 옛 업장을 정련하고, 육문(六門)에서 비롯된 이견(二見)을 제거해 본성을 든는다. 그렇게 5년 동안 수행해 결국 부설은 화엄법계, 원각을 깨닫는

다.64) 이러한 부설의 수행과 깨달음은 서산의 사상과 이어져 있다. 일찍이 서산은 자성 가운데는 성범(凡聖)이 따로 없으며, 그 "이견(二見)을 놓아 버리면 한 생각이 홀로 우뚝하다."라고 했으며, 중생의 마음 밖에서 부처를 찾아서는 안 된다고 했다. 자성미타와 서방미타를 다르다고 보아서는 안 된다고 했다.65) 서산의 사상이나 표현은 이처럼 소설 속에 그대로 나타났다.

이렇듯 부설이 '새로운 깨달음'을 얻고 난 후 생숙(生熟) 대결이 이어졌다. 물을 가득 담은 병을 대들보에 걸고 세 사람은 그 물병을 친다. 두 도반의 물병이 깨지면서 물 또한 흘러내리지만 부설이 때린 병의 물은 대들보에 매달려 있게 된다. 산중 득도에서부터 다른 면모를 보여주었던 부설과 두 도반은 생숙 대결을 통해 진정한 깨달음의 세계가 무엇인지를 다시 한번 보여준다. 병은 육근(六根)과 육진(六塵)에 메여 있는 세속의 몸을 가리킨다. 병 속의 물은 진성(眞性)을 뜻한다. '생멸(生滅)의 문은 무상(無常)하고, 공환(空幻)이 진여(眞如)'인데, 병이 깨짐과 동시에 물마저 흩어져버림은 생멸의 문에 빠져 진정한 깨달음을 얻지 못함을 드러내게 된다. 오랫동안 총림을 돌아다녀도 생멸의 문에서 허우적대는 영조와 영희는 부설에게 무릎을 꿇게

---

64) 〈浮雪傳〉, 앞의 책, 41쪽. "於是毛塵人事 掃委二兒 別搆一堂 精鍊舊業 傷財劫賊 本由六門 除滅二見 返聞聞性 一眞獨露 非假方便 陽不能行 故稱病夫 粥藥須人 便利無氣 潛心做工 決意成道 慕毗耶之杜口 戀少林之面壁 期及五秋 解徹明星 再淨餘塵 重崇智嶽 頓轡於華嚴法界 宴坐於圓覺妙場 只自怡悅 莫能說破"

65) 『心法要抄』, 앞의 책, 652쪽. "自性中 本無凡聖二見 二見放下 一念獨立 一念獨立 現前一念者 人人本源心 亦是一法 亦是靈知之心 衆生心外覓佛 溺相求佛故 佛在西我在東 於此各立自性彌陀西方彌陀 願學者不惹此見"

된 것이다.[66] 이를 통해 영허는 세속에 머물더라도 진정한 깨달음을 얻을 수 있다고 다시 한번 강조하고 있는 것이다. 이렇게 깨달음을 전한 부설은, 게를 짓고는 하늘에 구름이 자욱하고 신선의 음악이 하늘에서 들리는 가운데 단정히 앉아 허물을 벗고 열반에 든다.

이렇게 보인 부설의 환상적인 생숙대결이나 열반으로 이야기는 일단락되는 듯하다. 그런데 다시금 그들의 자녀는 부설이 전한 법을 이어받아 대중을 이끌며 정토불교를 실천한다. 반주삼매를 바탕으로 한 선정일치의 수행 방식을 드러냈다. 등운이 열반에 들 때 다음과 같은 게송을 통해 〈부설전〉이 궁극적으로 지향하는 주제의식을 명확히 하고 있다.

꿈을 깨니 삼생의 꿈이 사라지고,	覺破三生夢
정신은 구품연화대에서 놀고 있네.	神遊九品蓮
바람이 잦아드니 맑고 지혜로운 바다요,	風澬淸智海
달이 떠오르니 소슬한 가을 하늘이어라.	月上冷秋天
떠나가는 길에는 신선의 음악 가득하고,	輦路盈仙樂
아름다운 연못에서 진리의 배에 오르네.	瑤池駕法船
반야삼매에 깊이 들어,	般若三昧熟
극락에 가는 길이 참으로 기쁘도다.	極樂去怡然

연화대에 올라 아미타불을 관하는 정토수행과 반야삼매라는 공관

---

66) 〈浮雪傳〉, 위의 책, 42쪽. "靈光獨曜逈脫根塵 體露眞常 不拘生滅 遷流者似瓶之破碎 眞性本靈明 常住者如水之懸空 公等遍參知識 久曆叢林 豈不攝生滅爲眞常 空幻化守 法性乎 欲驗來業自由不自由 便知常心平等不平等 今旣不然"

(空觀)을 통해 극락왕생한다고 했다. 곧 선과 정토수행을 겸수함으로
써 열반에 들고 있음을 말한 것이다. 근기에 따라 어떤 수행자라도
염불을 선수행으로 대치함으로써 열반에 이를 수 있다는 서산의 선
정겸수(禪淨兼修)[67] 사상과 잇닿아 있다. 〈부설전〉이 지향하는 수행
방식이 등운의 열반송을 통해 제시된 것이다. 마지막 단락은 부설 일
가의 불교사상과 수행법이 대중에게 이어졌음을 말한 부분이다. 사
찰 창건연기의 결말과 유사한 처리 방식을 보여줌으로써 부설 일가
의 이야기가 진실임을 드러내려 한 것인데, 허구적 서사물이 역사로
읽힐 여지를 이 단락에 숨기고 있는 것이다.

2) 〈부설전〉의 서사적 특징과 주제

부설이라는 영웅적 인물을 통해 수행의 방향을 제시하는 〈부설전〉
은 세속적 재미와 진리성을 두루 갖춘 소설이다. 서산의 사상과 수행
방식이 한 문제적 인간의 움직임을 통해 흥미롭게 서사화된 것이다.
여기서는 앞서 전개한 서사적 특징과 주제를 정리해 보도록 하자.

서사구조의 특징으로, 첫째, 〈부설전〉은 주인공 부설과 두 도반의
대결 구도를 적절하게 활용했다. 물론 이러한 서사적 특징은 일찍이
노힐부득과 달달박박, 광덕과 엄장, 원효와 의상 등 불교 서사물들에
서 다양하게 나타났던 것이다. 그런데 그 서사물들이 보여주는 대결
구도는 〈부설전〉 전반에 걸쳐 나타나는 내면의식의 정밀한 대비와는

---

67) 김영태, 『西山大師의 生涯와 思想』, 博英社, 1975, 212쪽; 정광균(法常), 앞의 논문,
   106쪽.

다르다. 산중에서 두 도반의 자족적 깨달음은 부설이 대승보살행을
다짐하는 깨달음과 대비되며, 소승계(小乘戒)와 대승계(大乘戒)의 대
비, 생숙(生熟) 대결 등이 나타난다. 〈부설전〉은 이처럼 인물 간의 대
결 구도를 통해 소설의 긴장감을 유지하면서, 소설의 주제를 선명하
게 부각시키는 기능을 담당한다.

둘째, 서사적 특징은 〈부설전〉이 삽입시를 적극 활용했다는 점이
다. 등장인물의 내면의식과 핵심 사상을 정밀하게 드러내는 기재로
삽입시를 사용했다. 삽입시를 이해하지 못한다면 서사 전개의 중요
한 맥락을 놓치는 상황이 발생될 수 있다. 산중에서의 두 도반의 시
는 부설의 시와 성격이 다르다. 부설은 보살행의 실천을 다짐하는 것
에 비해 두 도반은 법열에 들뜬 경지를 드러낸다. 두 번째 서사적 층
위에서도 두 도반의 게송은 소승계(小乘戒)에 매여 부설의 파계를 안
타까워하고 있지만, 부설은 혼인이 대승보살행의 실천을 위한 것이
라 정당하다고 노래한다. 소설 말미의 등운의 게송은 이 작품의 주제
의식을 명확하게 제시한다. 이는 대승경전 속의 게송과 같은 성격을
드러내는 것이다. 〈부설전〉은 그와 같이 등장인물의 내면의식은 물
론이거니와 핵심 사상을 삽입시에 투영시키고 있다.

셋째, 불교용어의 적절한 활용과 대구·전고를 활용한 수식적 문
체의 사용이다. 이러한 문체는 다양한 불경들과 서산의 『선사귀감』
을 비롯한 다양한 논소(論疏)들을 통해 이룩되었다. 예컨대 부설에게
성적인 욕망을 드러내는 묘화를 가리켜 '아난지마등(阿難之摩登)'이라
서술한다. 이는 그가 읽었던 『능엄경』에 등장하는 이야기를 바탕으
로 한 것이다. "어찌 만물의 나고 죽음이 무상하고, 공환(空幻)이 진

리[法性]를 지어냄을 모르는가?"[68]와 같은 표현은 용수의 공(空)이나 인연에 대한 이해를 필요로 한다. 그리고 이런 표현들은 독자들로 하여금 불문에 들게 하는 실마리를 제공한다고 하겠다.

넷째, 〈부설전〉은 기존 승전의 서사양식을 혁신하여 재가불자의 성도 문제를 담아냈다. 첫 번째 서사적 층위에서는 승전이 취하는 '출생, 성장, 출가, 청익, 수행, 오도'의 과정을 취했다. 두 번째 서사적 층위를 또 다른 수행 과정으로, 세 번째 서사적 층위를 수행과 오도, 대중 교화와 시멸 등으로 말할 수도 있다. 그러나 황패강의 표현처럼 기존 승전이 취했던 '잡다한 행장 나열식의 승전'과는 거리가 있다.[69] 〈부설전〉은 승전의 사실 지향성을 벗어나 허구적 인물을 내세우면서 재가불자의 고행과 성도 역정을 드러냈다. 그러면서 작가의 사상적 지향점이나 당대 승단에 대한 비판적 인식까지 투영시켰다.

〈부설전〉은 이와 같은 서사기법을 사용하면서 궁극적으로는 대승보살행의 문제를 주제화했다. 이때 대승보살행이란 승속을 초월하여 대중을 깨달음에 이르게 하는 행위이다. 물론 이는 대승불교의 기본적인 가르침 중의 하나다. 소설에서는 그 대승보살행의 대원칙을 '불사음계(不邪淫戒)'와 연결 지음으로써 소설적 흥미를 유발시키고 있다. 보살의 지계와 범계(犯戒)의 문제는 일찍이 신라의 불교사상가들도 천착했던 것이며,[70] 그 문제와 결부되어 최근의 구비와 문헌 전승물들도 출연하고 있다고 볼 수 있다. 곧 대승보살행, 보살의 지계

---

68) 〈浮雪傳〉, 앞의 책, 42쪽. "豈不攝生滅爲眞常 空幻化守法性乎"
69) 황패강, 앞의 책, 1975, 375쪽.
70) 고익진, 『한국의 불교사상』, 동국대출판부, 1987, 283쪽.

문제는 시대를 초월하는 보편적 문제라 하겠는데, 〈부설전〉은 그 문제를 주제화했다는 점에서 의미가 깊다.

또한, 이 주제의 소설화는 창작 당시의 상황과 연결해 보았을 때 독특한 의미를 지닌다고 볼 수 있다. 선초부터 불교계는 조선왕조의 억압 정책으로 고통을 당해야 했다. 보우나 문정왕후에 의해 잠시 흥불(興佛)의 기운이 돌기는 했지만 오래 가지 않았고, 명종 21년 무렵에는 서산을 중심으로 한 산중승단이 형성되기에 이른다. 이때 산중승단은 서산의 선정일치라는 사상 아래 염불을 수용하기도 하지만 이를 대중들에게까지 확대하는 면모까지 보여준 것은 아니었다.[71] 당시의 불교가 대중과 멀어지고 있었던 것이다. 이러한 시대 상황을 작가인 영허는 비판적으로 바라보았다. 세속 현실과 떨어져 산 속에서 은둔 수행하는 것은 깨달음을 얻고자 하는 자의 진정한 자세라고 생각지 않았다. 그래서 그는 스스로 정토염불이나 반주삼매를 바탕으로 하면서 대중을 이끌었던 것이다. 게다가 대중을 발심케 하고 재가불자들이 바른 수행을 할 수 있도록 〈부설전〉을 창작했다. 재가불교, 선정일치를 바탕으로 한 정토불교를 표방하고 있는 이 소설은 작가의 사상적 지향점을 놀라울 정도의 정밀한 짜임새로 드러냈다. 이처럼 〈부설전〉의 주제는 역사적 정황과 연결되어 세속 대중과 함께하는 불교를 일으켜야 함을 드러내고 있는 것이다.

---

71) 이봉춘, 「불교계의 동향」, 『한국사 31·조선 중기의 사회와 문화』, 국사편찬위원회, 1998, 394쪽.

3) 〈부설전〉의 소설사적 의의

〈부설전〉은 한국고소설의 형성에 주도적인 역할을 담당했던 불교적 전기소설의 연장선 위에 위치하는 작품이다. 앞에서 밝힌 〈부설전〉의 서사적 특징 중에서 삽입시의 적극적 활용, 불교용어와 대구・전고의 적절한 활용, 승전의 서사양식 혁신 등은 불교적 전기소설이 지니는 일반적 특성이라고 볼 수 있다. 그리고 현실에 대한 비판적 인식을 바탕으로 한 지식인의 소설적 형상화라는 측면에서 앞서 살핀 주제가 불교적 전기소설과 연결되고 있음을 알 수 있다.[72] 그런데 전기소설이 일반적으로 드러내는 현실계와 비현실계의 넘나듦이라는 구조적 측면은 〈부설전〉에 와서 변화를 보인다.

나려시대의 불교적 전기소설인 〈백월산양성성도기〉, 〈조신전〉, 〈김현감호〉, 〈왕랑반혼전〉 등의 작품은 부정적 현실을 타파하고 오도(悟道)와 성불, 정토왕생 등을 꾀하고 있다. 노힐부득과 달달박박은 관음보살의 화신에 의해 미륵불과 미타불로 변화한다. 관음보살의 가피력으로 조신은 꿈을 통해 깨달음을 얻고 정토사를 지으며 선업(善業)을 쌓는다. 김현은 『범망경』을 강하여 범의 저승길을 인도하고 호원사를 창건한다. 왕랑은 명부로 여행을 떠나기도 하고 마침내는 극락에 왕생한다. 이렇듯 환상적이며 비현실적인 '이계(異界)・이류(異類)가 실재함'을 바탕으로 하여 나려시대의 불교적 전기소설이 창작되었음을 보여준다. 그런데, 이러한 창작의 배경에는 부정적 현실을

---

72) 불교적 전기소설의 개념에 대해서는 필자의 「불교적 傳奇小說 연구 서설」(『불교어문논집』 8집, 한국불교어문학회, 2003)을 참조하기 바란다.

타파하고 오도, 성불, 정토왕생에 이르려는 데 서사적 지향점이 있
다. 일원론적 세계인식을 바탕으로 차별과 억압·종속의 사회상을
변혁하려 했다. 그리고 이 변혁은 개인적 자각을 기반으로 한 보시와
참선과 같은 불교적 실천을 통해 달성될 것이라고 보았다.

　그런데『금오신화』에 이르면 이계·이류의 실재성은 부정된다. 즉
김시습은 선불교적 현실주의의 입장에서 이전처럼 현실을 벗어나 불
보살들의 영험을 절대화하거나, 현실에서 벗어난 삶을 이야기하는
불교적 결구를 거부했다.『금오신화』는 생(生) 밖의 세계를 부정하고
인간 의식이 만들어낸 생 속의 저승과 음계(陰界)라고 표현한다. 실
상 〈이생규장전〉의 이생이나 〈만복사저포기〉의 양생이 여귀(女鬼)와
만나는 것도 현실 속에서 이루어지며, 〈취유부벽정기〉의 홍생이 선
녀를 만난 것도 취중이다. 〈남염부주지〉에서 박생의 염부주 여행은
꿈이요, 〈용궁부연록〉에서의 한생의 용궁 여행도 거실에서 꾼 꿈일
뿐이다. 이는 기존의 불교적 전기소설이 지녔던 이계·이류를 인간
의식이 만들어내는 ‘내면풍경’임을 확고히 함으로써 생 밖에서 생을
찾으려는 인간의 미혹을 타파하려 한 데서 비롯된 것이다.[73]

　〈부설전〉에 이르러서는 크게 두 가지 다른 면모를 보인다. 그 하
나는 애정의 문제다. 성도의 대결 구도를 유사하게 취하는 〈백월산
양성성도기〉는 관음보살의 가피로써 애정의 문제를 해결한다. 그런
데, 〈부설전〉에서는 불교적 윤리의 문제 즉 주인공 자신의 종교적 신
념과 결부시킨다. 등장인물 주체의 판단에 따라 혼인을 결행하며,

---

73) 오대혁,「金時習의 선불교적 현실주의와『金鰲新話』」,『한국문학연구』26, 한국문학
　　연구소, 2003.

"그 여인이 관음보살의 화신이었다."라는 따위의 서술은 없다. 이전의 불교적 전기소설에서 애정은 남녀의 불행을 낳게 하면서 깨달음으로 이끄는 요소인데, 〈부설전〉에서는 세속적 혼인이 대승보살계의 입장에서 보면 반드시 잘못된 길이 아닌 열반을 향해 가는 과정으로 인식된다.

둘째, 〈부설전〉에는 기존의 불교적 전기소설이 일반적으로 지녔던 환상성(fantasy)과 다른 면모가 나타난다. 나려시대의 불교적 전기소설들은 미천한 존재에서 고귀한 존재로의 '변신'을 그린다. 이계·이류를 서사화하는 데서 비롯된 경이로운 것(the marvelous)이다. 그런데 『금오신화』에 이르러서는 그러한 이계·이류가 서사의 주된 모티프로 활용되지만, 결국 인간의식이 만들어낸 것임을 강조하는 결구를 맺어 기괴함(the uncanny)으로 나타난다. 환상은 부정의 대상이다. 그런데 〈부설전〉에 이르러서는 그런 환상의 세계는 거의 사라진다. 굳이 찾자면 생숙(生熟) 대결이나 열반 대목이 있다. 그러나 이전의 환상에 비한다면 대단하지 않다. 〈부설전〉은 재가불자나 승려의 수행과 깨달음이라는 당대의 세계를 그릴 따름이지 이전의 환상적 시공간의 제시는 나타나지 않는다. 〈부설전〉에 이르러 불교적 전기소설이 지니는 현실과 비현실의 넘나듦이라는 전기적 특성은 사라지고 있다.

4. 맺음말

〈부설전〉은 수행자가 색욕에 빠진 여인을 아내로 맞고 세속 대중을 깨달음으로 이끈다는 내용을 지닌 소설이다. 그런데 기존의 논의 과정에서 간과한 사실들이 참으로 많았는데, 이 글은 그러한 문제점들을 창작연원과 관련해서, 그리고 그것이 파생시킨 소설의 구조나 주제, 소설사적 의의 등에서 비판적으로 들여다보고 새로운 주장들을 제시하려 했다.

창작연원과 관련해 먼저 부설의 실재성 여부를 살폈다. 부설은 원래 〈부설전〉이라는 소설 속 인물이었다. 근대 이전의 채영, 정약용, 김택영 등에 의해 언급되었던 부설은 그때만 하더라도 역사인물로 단정 짓기를 꺼리던 인물이었다. 그런데 근대학문이 들어서고 한국 불교의 정체성을 확립하고자 한 불교사가들의 민족주의적 성향은 소설 속 인물을 역사인물로 만들어내는 '상상력'을 발휘하게 했다. 다음으로 영허라는 작자의 행적과 사상을 〈부설전〉의 창작과 연관 지어 살폈다. 창작자라 알려진 영허의 삶을 그에 관한 행적이나 시문들을 자세하게 살핌으로써, 그가 실존 인물인 부설의 설화를 채록하여 소설화한 것이 아니라 부용영관이나 서산의 사상을 계승하면서 자신의 실천적 방향을 그대로 투영해 〈부설전〉을 창작했음을 밝혔다. 따라서 불교사나 고소설사는 영허를 선정일치의 기치 아래 정토신앙으로 대중과 함께 한 승려이며, 그것을 〈부설전〉이라는 소설 속에 구현했던 작가로 그 위상을 제고해야 함을 강조하였다.

다음으로 서사구조와 그 특성, 소설사적 의의에 주목하였다. 〈부설전〉은 산중득도의 과정, 파계와 보살행 사이의 갈등, 재가성도의 과정이라는 세 층위로 이루어졌으며, 부용영관과 서산의 사상을 계승한 대승보살의 실천 방향을 매우 치밀하게 구조화한 소설임을 밝혔다. 또한 이 소설은 부설과 두 도반의 대결 구도, 삽입시의 활용, 불교용어·대구·전고를 활용한 수식적 문체, 승전의 서사양식 혁신이라는 서사적 특성을 지닌다고 했다. 그리고 대승보살행의 주제화에는 창작 당시 대중과 멀어져 있던 산중 승단의 은둔 수행을 비판하면서 재가불자들의 바른 수행을 이끌고자 했던 작가의 의지가 숨어있다고 했다. 마지막으로 소설사적 측면에서, 〈부설전〉은 나려시대의 불교적 전기소설이나 『금오신화』에 등장하던 이계·이류와 같은 환상적 요소가 거의 사라지고, 재가불자나 승려의 수행과 깨달음이라는 당대 현실의 문제를 그려냈음을 밝혔다.

Ⅳ. 〈浮雪傳〉의 傳奇的 性格과 소설사적 의미

유정일

1. 머리말

〈부설전〉은 영허대사(暎虛大師, 1541~1609)의 시문집인 『영허집』[1] 권3에 부(賦)의 항목으로 전하는 전기소설(傳奇小說) 작품이다. 이 작품은 일찍이 김태준에 의해 '승전으로서 상당한 소설적 체재를 가진' 작품으로 인정받은[2] 후, 황패강에 이르러 월명암과 관련해 현전하

---

1) 『暎虛集』은 동국대학교 도서관에 소장되어 있는 刊本으로 『한국불교전서』권8에 실린 『영허집』의 저본이 된다. 『한국불교전서』권8 주에서 『영허집』은 1635년(인조13년) 新坡居士序跋本과 同覆刻本이 있다고 했다. 필자가 동국대학교 도서관에서 확인한 『영허집』자료는 전 4권이 5침안정법으로 묶여 한 책으로 전하고 있는 복각본이었다. 작품은 〈普應堂暎虛大師行狀〉, 권1 오언절구, 跋, 권2 오언율시, 〈暎虛大師詩文集序〉, 권3 칠언율시, 賦(〈오대산부〉·〈낙천가〉·〈부설전〉), 권4 遊山錄(3편) 순으로 되어 있었다. 현전하는 最古本〈부설전〉은 『영허집』권3 소재의 작품과 전남 부안 소재의 월명암에 소장된 필사본 작품이다.
월명암 소장본은 표지 전후 2장을 포함하여 총 10장으로 되어 있다. 본문 1면당 10행으로 필사되었고 구결토가 달려 전한다. 이 필사본은 월명암에서 출판한 『부설전(附 月明庵事蹟記及詩文論集)』(불기 2544)과 申宗興 編譯한 『부설전』(불기 2526)에 영인되어 있다.
2) 金台俊, 『朝鮮小說史』, 學藝社, 1939, 42쪽.

는 〈부설전〉 필사본의 존재 양상이 현지답사를 통해 구체적으로 드
러난 바 있다. 논자는 소론을 통해 〈부설전〉의 주제를 출가·재가의
분별을 초월한 경지, 다시 말해 박해일여(縛解一如)의 높은 세계를 구
현한 것으로 보고, 〈부설전〉을 소승적 계망(戒網)을 극복한 대승적
경지가 문학적으로 실현된 소설이라고 했다.3) 같은 해 김영태는 〈부
설전〉의 작자는 영허대사이고 그의 시문집인 『영허집』 가운데 〈부설
전〉이 개재되어 있음을 밝혔으며, 그것이 필사본으로 현전하는 월명
암본의 원본이라고 했다.4)

　이렇게 작품의 실체가 하나둘 드러나면서 〈부설전〉을 차용주는 소
설적 요소를 상당히 갖추고 있으며 흥미도 있는, 파계한 승려의 성도
담(成道譚)으로 간주하고자 했고,5) 김승호는 승전 가운데 소설형으
로 다루면서 소설로의 경사된 면모에 대해 살폈다.6) 박희병은 〈백월
산양성성도〉와 함께 〈부설전〉을 거론하면서 불교적 전기소설이라고
언급해 전기소설로 논의되기에 이른다.7) 이런 단편적인 논급을 바
탕으로 최근 들어 다시 본격적인 논의가 진행된 바 있다. 경일남의
경우는 〈부설전〉을 득도와 해탈의 문제를 놓고 주인공 부설과 영
조·영희의 인물대립을 통해 성도추구 과정을 그리는 작품으로 이해
하고자 했다.8) 김승호는 이전의 견해9)에서 더 나아가 〈부설전〉을

---

3) 黃浿江, 「〈浮雪傳〉研究」, 『新羅佛敎說話硏究』, 일지사, 1975, 364~396쪽 참조.
4) 金煐泰, 「〈浮雪傳〉의 原本과 그 作者에 대하여」, 『韓國佛敎學』 제1집, 1975, 87~95
　쪽 참조.
5) 車溶柱, 『韓國漢文小說史』, 亞細亞文化社, 1989, 96쪽 참조.
6) 金承鎬, 『韓國僧傳文學의 硏究』, 民族社, 1992, 157~170쪽 참조.
7) 박희병, 『한국전기소설의 미학』, 돌베개, 1997, 70쪽 참조.

소설적 담론에 도달한 작품으로 인정하면서, 김영태의 견해와 같이
〈부설전〉을 영허대사가 생장한 만경지방에 유전해 오던 부설 이야기
를 축으로 하여 창작된 소설작품이라고 했다. 그리고 〈부설전〉의 소
설성을 담보해 주는 요소들로 핵심적 사건의 선별, 장면제시적 서술,
오도송과 산문의 자재한 조화, 등장인물의 심리묘사 등을 지적하면
서 〈부설전〉을 이적(異蹟) 중심의 성도이야기를 넘어 불교소설사에
서 주목할 만한 작품으로 평가했다.[10] 한편, 오대혁의 경우는 부설
이란 인물이 실존 인물이라는 기존의 견해에 대해 회의하고 영허가
부설이라는 인물을 창조해 소설을 썼을 것으로 보았다. 그러면서
〈부설전〉을 나려시대의 불교적 전기소설이나 『금오신화』에 등장하
던 이계(異界) · 이류(異類)의 환상적 요소가 거의 사라지고 재가불자
나 승려의 수행과 깨달음이라는 당대 현실 문제를 그려낸 소설로 평
가했다.[11]

기왕의 연구를 더듬어 보면, 전기소설 연구자들 사이에서 적어도
〈부설전〉은 불교소설 내지 불교적 전기소설이라는 점에서 의견이 모
아지는 듯하고[12] 〈백월산양성성도기〉와 『금오신화』 등의 작품과 함

---

8) 경일남, 「〈부설전〉의 인물대립 의미와 작가의식」, 『어문연구』 34, 어문연구학회,
   2000, 195~212쪽 참조.

9) 김승호, 앞의 책.

10) 김승호, 「16세기 승려작가 暎虛 및 〈浮雪傳〉의 소설사적 의의」, 『고소설연구』 11, 한
   국고소설학회, 2001, 145~174쪽 참조.

11) 오대혁, 「〈浮雪傳〉의 창작연원과 소설사적 의의」, 『어문연구』 47, 어문연구학회, 2005,
   227~254쪽 참조.

12) 대부분의 문학사에서는 아직 〈부설전〉을 다루지 않거나 조동일의 『한국문학사(제3판)
   1』(지식산업사, 1994, 197쪽)에서처럼 傳으로 보고 있다. 이 점은 〈부설전〉의 전기소

께 거론되고 있으며, 소설의 주인공인 부설이 역사적 인물인가에 대
한 여부가 새롭게 제기되고 있음을 알 수 있다. 하지만 〈부설전〉을
전기소설이라고 하면서도 이 작품에서 드러나는 전기성의 실체와 다
른 전기소설 작품과 비교해 같고 다른 점이 무엇인가에 대해서는 꼼
꼼히 진단해 내지 못한 감이 없지 않다. 본고에서는 이런 기존 연구
를 반성적인 입장에서 수렴하면서 전승양상에서 드러나는 〈부설전〉
의 특성에 주목하고 〈부설전〉이 지니고 있는 전기적 성격과 소설사
적 의미에 대해 살피기로 한다.

2. 삽입시의 성격과 생숙(生熟) 시험의 서사적 의미

구체적으로 논의하기 위해 우선 작품의 내용을 서사단락으로 나눠
살펴보기로 한다.

> ① 신라 진덕여왕 때 향아라는 곳에 진광세가 있었는데 태어나면서
>   부터 영특했고 스님을 좋아했으며 살생을 싫어했다.
> ② 어린 나이에 출가해 현묘한 이치를 통달했으며 법명은 부설이라
>   했고 자는 천상(天祥)이라고 했다.
> ③ 기숙을 찾아뵈려고 동지인 영조와 영희와 함께 구도의 길을 떠나
>   묘적암에 이르러 배움이 극에 다다르고 각기 양진시(養眞詩)를 나
>   누었다.
> ④ 다시 문수보살이 머무는 도량인 오대산을 찾고자 북쪽으로 가는

설사적 의미와 장르적 성격에 대해 아직 제대로 정리하지 못한 결과라 할 수 있다.

도중 백련지 옆에 있는 구무원의 집에 비로 인해 오래 머물게 되었다.

⑤ 주인집 딸 묘화가 부설의 설법에 감응해 부설을 목숨을 걸고 사모하게 되었다.

⑥ 부설은 계율 대신에 보살의 자비로움을 택하여 묘화와 혼례를 치렀다.

⑦ 이를 보고 절망한 영조·영희는 게를 지어 부설에게 주고 부설도 화답하며 이별을 고했다.

⑧ 부설은 환속해 15년 동안 법보시를 행하며 자녀로 등운과 월명을 두었다.

⑨ 두 아이를 아내에게 맡기고 별당에서 정련해 성도를 결심하게 되었다.

⑩ 부설은 영조·영희와 재회하고 그동안 이룬 공부의 생숙(生熟)을 시험해 이긴 뒤, 게를 짓고 열반에 들었다.

⑪ 부설의 행적에 중생들이 감화되고 등운과 월명도 머리 깎고 수도해 월명은 서천으로 가고 등운도 계송을 짓고 입적했다.

⑫ 묘화는 110세를 누린 뒤 죽음에 임해 부설원을 세우고 산문의 석덕(碩德)들은 두 자녀의 이름을 딴 암자를 지었다.

단락 ①과 단락 ②는 일반적인 전(傳)의 인정기술 부분과 같다. 게다가 〈부설전〉 이전의 전기소설 작품집인 『금오신화』나 『기재기이』에 등장하는 전기소설의 주인공이 대부분 회재불우지사(懷才不遇之士)의 문사형인 점과는 사뭇 다르게 이 작품에서는 부설이란 재가불자가 주인공으로 등장하는 점에서 전기소설의 유형이라기보다는 승전의 양식에 접근하고 있는 것이 사실이다. 하지만 단락 ③에서 볼 수 있는 바와 같이 구도의 방법을 놓고 영희와 영조가 부설과 대립하

는 구체적인 양상이 삽입시인 양진시를 통해 드러난다. 이는 전기소
설의 성립기에 드러난 작품인 〈최치원〉을 비롯해 전기소설 발전기에
드러난 작품집인『금오신화』의 작품 안에서 볼 수 있는 일반적인 현
상으로 전기소설에서 서사와 삽입시가 유기적으로 교직되어 있는 양
상과 동일한 차원으로 받아들여진다. 작품 안에 개재된 양진시 자체
가 서사적 흐름에 동참하고 있기 때문이다. 〈부설전〉 내에서 이런 삽
입시의 역할은 영희가 능가산에 이르러 묘입선적(妙入禪寂)하며 양진
시를 통해 '모두가 무생의 낙을 지닐 수 있으니 현관(玄關)에 드는 것
조차도 부질없다'13)고 하자 부설은 '곧 여래지에 들어갈 수 있는데
어찌 구구하게 오래 머물겠는가'14)라고 화답한 뒤, 다시 길을 떠나는
이야기 부분에서 쉽게 확인된다. 서사와 삽입시 간의 이런 유기적인
교직관계는 작품 속에서 계속해 드러난다. 다른 예를 단락 ⑦을 통
해 확인할 수 있다. 영조와 영희가 드러내는 부설과의 대립적 관계는
모두 섬세한 삽입시를 통해서 형상화되고 있는 것이다. 이런 사실을
통해서 〈부설전〉 안에서 삽입시가 서사적 진행에 온전히 기여하고
있음을 알 수 있다.

　물론 일반적인 승전의 경우에도 게송이 삽입되는 예가 없지 않다.
〈단도개〉15)라는 승전 작품을 보더라도 짧은 작품 안에 3수의 게송이
개재되어 있다. 하지만 〈부설전〉에서처럼 등장인물들이 대립적인 상
황 속에서 시문으로 의사를 소통하는 유기적 차원에서 삽입시문이

---

13) 暎虛, 〈浮雪傳〉. "咸佩無生樂, 玄關不用叅."
14) 暎虛, 〈浮雪傳〉. "能令直入如來地, 何用區區久歷叅."
15)『高僧傳』, 東國譯經院, 1998, 326~329쪽.

활용되지는 않는다. 등장인물 한 사람이 압축된 의미를 일방적으로
전달하는 형식이거나 아니면 주인공을 찬양하거나 앞서 서술했던 내
용을 요약해 제시하는 기능만을 담당하는 것이 일반적인 게송의 역
할이다. 〈부설전〉과 함께 불교계 전기소설로 거론되기도 하는 〈백월
산양성성도기〉만 하더라도 제목 자체에서 성도담을 중심으로 엮어
진 이야기임을 그대로 드러낸다. 그리고 〈백월산양성성도기〉에 개재
되어 있는 게송은 어떤 문식을 드러내는 차원이 아니라 관음보살이
여인으로 현신해 노힐부득과 달달박박에게 그들의 암자에서 묵고 가
고자 하는 의도를 전하는 것에 불과하다.

　물론 〈백월산양성성도기〉와 〈부설전〉의 서사 핵심은 깨달은 자와
깨닫지 못한 자를 서로 대비시켜 깨달음의 참의미와 그 방편적인 문
제를 제기하는 것으로 창사담과 결부되어 이야기가 전승된다는 측면
에서 동궤에서 논의될 수 있다. 하지만 삽입시의 서사적 역할과 작가
가 부여한 창작적 의미에서 이 두 작품 사이에는 일정한 거리가 존재
한다. 한수 한수가 오도(悟道)의 경지를 드러내고 있는 〈부설전〉의
삽입시는 〈백월산양성성도기〉의 그것과는 다르게 그 자체만으로도
시문학적 가치가 인정되어 시선집을 통해 별도로 전승되어 왔다는
사실과[16] 〈부설전〉은 〈오대산부(五臺山賦)〉와 〈낙천가(樂天歌)〉 등의
작품과 함께 부(賦)의 항목으로 분류되어 『영허집』에 실려 있는 작품
이란 점에 주목할 필요가 있다. 부(賦)의 본령은 그야말로 문장의 수
식을 펼쳐서 문학작품을 제작하고 사물을 관찰하여 감정과 사상을

---

16) 寶鼎, 『大東詠選』, 『韓國佛教全書』 12.

표현하는 것으로17) 문장 수식이 강조되고 전고를 통해 자신의 학문을 드러낼 수 있는 장르이다. 그러므로 부는 비시비문(非詩非文)의 형식으로 서정을 하면서도 시와 다르고 서사와 설리(說理)를 하면서도 산문과 다르다고18) 평가되기도 한다. 마치 전기소설의 발생 문제를 거론할 때, 온권이 글재주를 주사(主司)에게 내세우기 위해 지어졌다고 보는 것처럼19) 부 또한 문학적 재능을 과시하기에 충분한 장르였던 것이다. 영허의 〈부설전〉이 부로 취급되어 문집에 실려 전해졌다는 사실은 그만큼 이 작품에서 삽입시의 문학적 가치가 중시되고 작품 자체의 운문적 미감이 절대적이었다는 것을 시사하는 것이다. 영허대사의 행장에도 있는 바와 같이, 영허는 현재 월명암과 〈부설전〉 관련 설화가 전승되어 오는 김제군 부근인 만경현20)에서 자랐고 비록 과거에 합격하지는 못했지만 유학 공부도 남달리 뛰어났으니21) 〈부설전〉에 개재되어 있는 삽입시를 짓기에 부족함이 없었던 것으로 보인다. 이런 정황으로 미루어 짐작해 보면, 영허는 만경현 주변에 전승되어 오던 부설거사에 대한 괴이한 이야기를 바탕으로 전의 형

---

17) 유협(최동호 역편), 『문심조룡』, 민음사, 2000, 120쪽 참조.

18) 許世旭, 『中國古代文學史』, 法文社, 1989, 107쪽.

19) "唐之擧人, 先籍當時顯人以姓名達諸主司, 然後投獻所業, 逾數日又投, 謂之溫卷. 如《幽怪錄》、《傳奇》等皆是. 蓋此等文備衆體, 可見史才、詩筆、議論. 至進士, 則多以詩爲贄, 今有唐詩數百種行于世者是也."(趙彦衛, 『雲麓漫鈔』卷8)(『影印文淵閣四庫全書』子部170, 臺灣商務印書館, 1983)

20) 『東國輿地勝覽』卷34에 의하면 김제군 경계 부근이고 신라 때 이름을 고쳐 김제군 영현으로 만들었다고 한다(국역 『신증동국여지승람』 Ⅵ, 민족문화추진회, 1985, 453쪽 참고).

21) 〈普應堂暎虛大師行蹟〉, 『暎虛集』, "本士族子, 居于萬頃縣不欺之鄕, 以儒爲業. (中略) 諸人皆稱曰奇童, 年十五擧而不中, 十九遂出家."

태를 따서 운문적 필치로 그의 문재(文才)를 동원해 〈부설전〉을 창작
했던 것으로 여겨진다. 그러므로 〈부설전〉 자체를 창작물로 여겨 그
의 문집에도 싣고 있는 것이 아닐까 한다.

　이와 같이 〈부설전〉이 삽입시가 서사와 유기적으로 결합해 형상화
된 소설이라는 점과 더불어 전기소설로 볼 수는 또 다른 근거는 단락
⑩에서 드러난 공부생숙(工夫生熟) 시험의 기이성 때문이기도 하다.
이 기이성은 사실 지괴소설과 전기소설에 공통적으로 드러나는 속성
인 점에 유의할 필요가 있다. 환속한 뒤 부설은 이웃들에게 덕을 베
풀고 법보시를 행하면서도 전생의 업장을 정련하는 데 게으름이 없
었다. 재가하기 이전에 가고자 했던 문수보살이 머무는 도량인 오대
산으로 수행하러 가는 것도 포기하고 오직 본성을 찾고 거짓 방편을
멀리하며 중생에게 덕을 베푸는 것을 수행의 으뜸으로 삼았다. 부설
의 이런 삶은 소승적 차원의 구도에서 벗어나 대승적 차원의 구도행
을 실천한 것이다. 대승은 출발점부터 수행자를 위한 것이라기보다
재가불자를 위한 길이었으므로 수행보다는 믿음, 깨달음보다는 부처
님의 자비에 의한 구제가 그 주안이었고, 만인의 구제는 부처님의 자
비와 보살의 이타행 이외에는 있을 수 없는 것이기 때문이다.22) 부
설은 묘화에 대한 자비를 실천하기 위해 재가하고 그가 찾고자 했던
문수보살행은 결국 포기하게 된다. 문수보살은 지혜를 상징하는 보
살이라는 점을 생각할 때, 부설의 이런 행동은 더 이상 불법의 지혜
를 탐구하는 것에도, 법문의 규율을 지키는 것에도 얽매이지 않게 된

22) 高崎直道(洪思誠 편역), 『불교입문』, 우리출판사, 1988, 175쪽 참조.

것을 의미한다. 바로 이런 자각성지(自覺聖智)가 그가 바라던 여래지
였던 것이다.

영조와 영희는 명산을 편력하며 수행한 뒤, 다시 구무원의 집에서
부설과 재회한다. 이때 부설은 업으로부터 자유로운가의 여부를 확
인하기 위해, 이 두 사람에게 병에 물을 담아 대들보 위에 걸어 놓고
물병을 깨뜨려 보라고 한다. 두 사람이 깨뜨린 물병의 물은 병이 깨
짐과 동시에 쏟아졌지만 부설의 물병의 물은 병이 깨진 뒤에도 여전
히 대들보에 매달려 있었다. 불교적 영험류의 이야기에서 자주 등장
하는 소재가 이런 병수(瓶水)에 대한 것이다. 이승(異僧)인 승정(僧定)
에 대한 이야기를 보면 병에 물이 저절로 가득 찼다는 내용이 있고,
동사리(東闍梨)에 대한 이야기에서도 그가 마시는 병의 물이 겨울에
는 따뜻했고 여름에는 시원했다는 내용이 보인다.23) 모두 『법화경』
을 열심히 외운 결과로 드러난 영험인 것이다. 〈부설전〉에서도 비현
실적인 병수의 시험은 부설의 구도가 완성된 것을 의미하면서 동시
에 영조와 영희의 수행에 문제가 있음을 드러낸 영험의 현시라 할 수
있다. 단, 『법화영험전』에 등장하는 병수에 관련된 이야기는 영험의
현시 그 자체일 뿐이지만, 〈부설전〉에서 '병수(瓶水)'는 '병(瓶)'과 '수
(水)' 각각에 비유적 의미를 대조시켜 주제적 의미를 드러내고 있다.
부설이 구도의 완성을 증험해 보인 뒤에 영조와 영희에게 말한 내
용24)을 통해서 '병(瓶)'은 근진(根塵)과 생멸을, '수(水)'는 진상(眞常)

23) 了圓, 『法華靈驗傳』卷上, 〈瓶水自滿〉; 『法華靈驗傳』卷下, 〈瓶水冬溫夏冷〉, 『韓國
佛敎全書』6, 동국대학교 출판부, 1979, 555쪽, 561쪽 참조.
24) 映虛, 〈浮雪傳〉. "瓶碎水懸. 因謂二人曰: '靈光獨曜, 迥脫根塵, 體露眞常, 不拘生滅.

과 진성(眞性)을 비유한다는 사실을 알 수 있다. 서사적 맥락에서 볼
때, '병(瓶)'(계율과 지혜)에만 집착했던 영조와 영희의 구도 방법은 허
상으로, '수(水)'(중생을 구제하여 이롭게 하는 길)를 택한 재가불자 부설
의 구도 방법은 진성의 가치로 드러난다. 즉, 현상적이고 가시적인
계율은 깨달음을 얻고 해탈을 하는 데 본질적인 것이 아닌 방편적인
것이라는 사실을 주제화시키면서, 영조와 영희의 구도는 덜 익은 것
이고 부설의 구도는 완숙된 것으로 드러난다. 허상은 진성을 담을 수
없고 진성은 허상을 넘어선 최고의 참가치를 지닌다는 주제를 함축
적으로 제시한 것이다. 생숙 시험을 통해 득도와 해탈을 증험한 재가
불자 부설은 다음과 같은 게를 지어 오도(悟道)의 경지를 시적으로 응
축시킨다.

> 눈으로 보는 바가 없으니 분별할 것이 없고,   目無所見無分別
> 귀로는 소리 없는 진리만을 들으니 시비가 그치는구나.
>
> 　　　　　　　　　　　　　　　　　　　　耳聽無聲絶是非
> 분별과 시비를 모두 거두니,   分別是非都放下
> 단지 마음의 부처만이 보이고 저절로 귀의하게 되는구나.
>
> 　　　　　　　　　　　　　　　　　　　　但看心佛自歸依

　영험류의 서사물에 등장할법한 이 비현실적인 생숙시험의 전말로
인해 〈부설전〉은 '기이한 이야기'로 여겨져 왔다. 김택영도 부설을
입전한 부설거사의 논평 부분을 통해서 부설에 대한 이야기를 '기담

遷流者, 似瓶之破碎, 眞性本靈明, 常住者如水之懸空'."

이사(奇談異事)'라고 했다. 그리고 이런 정사(正史) 이외의 기이한 이 야기가 인멸되는 것을 방지하고자 입전한다는 그의 취지를 밝히고 있다.25) 여기서 주목해야 할 것은 바로 이 부설관련 이야기의 '기이 성(奇異性)'에 대한 문제이다. 어떤 이야기가 '기이'하다는 것은 전기 소설이 발생할 때부터 추구했던 서사 내용의 핵심26)인 동시에 동아 시아 한자문화권에서 부단히 이어져 온 지괴물(志怪物)의 핵심이기도 하다. 지괴가 정사에서 빠진 내용을 보충하기 위해 지어졌다는 사 실27)과 함께 사전(史傳)문학도 이런 보사적(補史的) 가치가 존중되어 온 바28)를 감안할 때, 부설이란 인물의 영적(靈跡)을 입전하고자 한 창강의 의도를 잘 파악할 수 있다. 게다가 「부설거사전」에서 보사적 의미를 운운한 것을 볼 때, 부설 관련 전승의 '기이성(奇異性)'의 중심 에는 다분히 지괴적 성격이 내재되어 있음을 인정하지 않을 수 없다. 이런 의미에서 〈부설전〉에 보이는 '기이성'은 지괴와 맞닿아 있고 창 강의 평론에 드러나는 기재 의도도 지괴의 전통과 가치를 내함하고 있는 것이다. 〈최치원〉으로부터 『금오신화』를 거쳐 『기재기이』까지 의 작품들에서 드러나는 일반적인 전기성(傳奇性)의 내용은 전기적 인물이 비현실적 세계를 경험하거나 비현실적 인물과 만나는 것이

---

25) 金澤榮, 〈浮雪居士傳〉, 『韶濩堂集』卷13. "吾邦拙於文字, 除正史外, 奇談異事萬不 傳一, 況於浮屠之家乎? 乃此蹟遠在七百年之外, 而能不就湮滅, 宜乎其人之傳爲寶 也."

26) 胡應麟, 〈二酉綴遺中〉, 『少室山房筆叢』卷36, 上海書店出版社, 2001, 371쪽. "至唐 人乃作意好奇, 假小說以寄筆端."

27) 이 부분에 대한 자세한 논의는 유정일, 「『殊異傳』逸文의 분류와 장르적 성격 –지괴서 사 전통의 맥락을 중심으로–(『어문학』 85, 한국어문학회, 2004)에서 개진했다.

28) 苗壯, 『筆記小說史』, 浙江古籍出版社, 1998, 23~24쪽 참고.

대부분이다. 이와 다르게『해동고승전』권1 소재 〈아도전(阿道傳)〉에
서 볼 수 있는 바와 같이 승전류를 위시한 보사적 성격의 지괴물에서
는 주인공이 기이함을 현시하는 주체가 되기 일쑤다. 〈부설전〉에서
드러난 '기이성'은 기이함을 추구했던 전기소설의 전기적 성격에서
벗어난 것으로 고승의 이적을 현시하는 승전적 지괴성을 지닌다고
하겠다. 하지만 작품 안에서 삽입시를 통해 문식(文飾)이 드러나고
있고, 개인의 창작 시문집에 실려 있다는 사실에서 전기소설적 경사
를 인정하지 않을 수 없다.

3. 문헌 전승양상에서 드러난 장르적 연변

어떤 작품이 구비나 문헌을 통해 전승된다는 사실은 일정한 전승
적 가치나 특별한 의미가 있어 향유층을 형성하고 있다는 것을 의미
한다. 구비전승은 물론이고 문헌전승의 경우에도 이본이 많다는 것
은 그만큼 많은 독자층을 확보하고 있었다는 증거가 되는 동시에 다
양한 서사적 진폭을 형성해 왔다는 의미도 된다. 이런 전승과정에서
빚어지는 필연적 결과가 바로 변이로서 그 과정을 통해서 서사의 원
형이 탈색되는 경우도 있지만 대개 그 서사물의 중요한 핵심은 고스
란히 남게 된다.

〈부설전〉은 원본으로 인정되는 영허대사의『영허집』권3 소재 〈부
설전〉으로부터 최근 백운이 부설거사의 전기를 바탕으로 지은 불교
소설 〈부설거사〉까지 실로 다양한 전승 양상을 보여 주는 작품이다.

이런 모습은 〈최치원〉을 제외한 여타의 전기소설 작품들에서 볼 수
없는 현상이기 때문에 주목해 살필 필요가 있다. 다음은 부설거사에
대한 문헌 전승물과 부설거사 관련기록들이다.

①暎虛, 〈浮雪傳〉, 『暎虛集』 卷3, 1635.
②普月居士, 〈浮雪居士傳〉, 『朝鮮佛敎月報』 16·17, 佛敎月報社, 1913.
③權相老, 〈浮雪行迹〉, 『朝鮮佛敎略史』, 신문관, 1917.
④李能和, 〈浮雪功熟水懸空中〉, 『朝鮮佛敎通史』下, 신문관, 1918.
⑤金澤榮, 〈浮雪居士傳〉, 『韶濩堂集』 卷13, 1922.
⑥鄭宇洪, 〈浮雪居士의 蓄妾成道〉, 『韓國佛敎史話』, 經書院, 1965.
⑦金完山, 〈白蓮池의 奇緣〉, 《法施》 3·4·5호, 1967, 1968, 1968.
⑧金泰洽, 〈浮雪居士〉, 『浮雪傳(附 月明庵事蹟記及詩文論集)』, 월
  명암, 불기 2544.
⑨李揆溢, 〈浮雪居士와 妙花〉, 『浮雪傳(附 月明庵事蹟記及詩文論
  集)』, 월명암, 불기 2544.
⑩백운, 〈부설거사〉, 불광출판사, 1993.
⑪鄭鎭亨, 〈浮雪居士와 妙花夫人에 對한 說話〉, 『浮雪傳(附 月明庵
  事蹟記及詩文論集)』, 월명암, 불기 2544.
⑫寶鼎, 『大東詠選』, 『韓國佛敎全書』 12.
⑬采永, 〈西域中華海東佛祖源流〉 新羅祖師條, 1764, 『韓國佛敎全
  書』 10.
⑭丁若鏞, 〈大東禪敎攷〉, 『韓國佛敎全書』 10.

①부터 ⑪까지의 작품들은 재가불자인 부설이란 인물에 대한 문
헌전승물이다. 이 가운데 특히 ⑥부터 ⑩까지의 작품들은 부설의 종
교적 발자취와 성도담을 현대소설로 각색한 것이고 ⑪은 문헌설화

이며 ⑬과 ⑭는 부설이란 역사적 인물에 대해 간단히 언급한 불교문 헌들이다. ⑫는 〈부설전〉에 나오는 영조, 영희, 부설, 등운 등의 인 물들이 작품 안에서 읊은 시만을 따로 적시하고 있는 시선집이다. 비 록 이것들은 이전의 작품을 그대로 전사하거나 개작한 것에 불과하 지만 제목을 달리 다는 방법으로, 혹은 〈부설전〉의 내용을 가감삭제 하는 방법으로 개작자 내지 게재자의 전승 태도를 드러내고 있어 부 설과 관련된 전승물 각편에서 중요하게 다루고자 했던 부분들을 시 사해 주는 자료가 된다. 우선 각 자료의 성격을 대략적으로 파악한 뒤에 중요한 부분을 다시 거론하기로 한다.

②는 영허대사의 〈부설전〉 내용을 그대로 옮겨 불교 간행물에 게 재한 것으로 17호에 속게(續揭)할 때에는 '월명암기본(月明庵寄本)'이 라고 그 출처를 밝히고 있다. ③은 불교사서에 있는 작품으로 삽입 시가 삭제된 채, 〈부설전〉의 주요 서사 골격만을 국한문혼용체로 간 단히 소개하고 있는 작품이다. 제목에서 알 수 있는 바와 같이 부설 거사의 행적이 중심이 된 작품이다. ④의 작품 역시 〈부설전〉을 그 대로 불교사서에 옮겨 실은 것으로 작품의 맨 뒤에 소자쌍행(小字雙 行)으로 '부설거사전'이라고 밝혔지만 제목을 〈부설공숙수현공중(浮 雪功熟水懸空中)〉이라고 하여 부설거사의 비현실적인 기이한 법력에 주목해 싣고 있다. 이 작품은 중국의 『대장경보편(大藏經補編)』[29]에 수록되기도 한다. ⑤는 창강의 문집 속에 실린 작품으로 『소호당집』 권13 전(傳) 항목의 전기 가운데 한 작품으로 개재되어 있다. 영허의

---

29) 藍吉富, 『大藏經補編』 31, 『朝鮮佛敎通史』 下, 〈浮雪功熟水懸空中〉, 台北華宇出版 社, 1985, 606~607쪽.

〈부설전〉과 같이 개인의 창작 문집 속에 실려 있다는 사실 이외에도
부설에 관한 이야기의 전승 태도가 논평 부분에 기술되어 있어 부설
거사 관련 서사물의 장르적 성격을 가늠할 수 있도록 돕는 자료가 된
다. 불교사화집에 실린 ⑥은 부설이 환속하여 묘화와 결혼을 성취[축
첩(蓄妾)]하고 득도해 열반[성도]하는 과정을 삽입 게송과 함께 실으면
서 서사화한 작품이다. 특히 이 작품에서는 승려를 사랑하는 묘화의
심경과 불계(佛戒)와 자비 사이에서의 갈등하는 부설의 심경을 애정
성취의 측면에서 비중 있게 다루고 있다. ⑦에 이르러서는 전(傳)의
인정기술에 해당하는 일대기의 전개부분이 완전히 삭제된 채, 묘화
와 부설의 만남 부분부터 소설이 시작되고 있고 이것에 서사적 초점
이 대부분 맞춰져 있다. 게송은 삭제되었지만 부설의 비현실적 득도
의 현시과정은 그대로 서사화되고 있고 부설의 열반과 그 후일담, 그
리고 월명암의 창사담을 연결시켜 서사화했다. ⑪은 작품 서두에 드
러난 바와 같이[30] 김제군 성덕면 고현마을에 전해오는 기이한 설화
로 일명 〈부운각씨(浮雲閣氏)〉라고도 한다. ⑬은 채영이 집록한 문헌
으로 부설거사와 관련해 '유장(有狀)'이라고 기록했다. 이에 따르면

---

30) 이 문헌 설화의 서두는 다음 같이 시작된다.
　　"황해의 물결이 잔잔히 와닿는 金堤郡 聖德面 古縣마을에 오래전부터 전해 내려오는
　　기이한 설화가 있다. 一名 〈浮雪閣氏〉의 이야기로 불리는 이 설화는 우리의 옛 佛敎說
　　話 가운데 최초로 전해지는 유일한 것으로 알려져 있다고도 한다. 백제 의자왕 십 년
　　무렵에 고현마을(일명 부서울마을)에 성은 仇氏요 이름은 무원이라는 불교신자가 살고
　　있었다. …"
　　그리고 이 설화 뒤에 添記한 후일담이 또 있는데 그 내용은 부설과 묘화에 대한 이야기
　　가 아니라 이들의 아들 딸인 月明과 登雲에 대한 이야기이다(鄭鎭亨, 〈浮雪居士와 妙
　　花夫人에 對한 說話〉, 『浮雪傳(附 月明庵事蹟記及詩文論集)』, 월명암, 불기 2544, 174~
　　177쪽).

부설거사와 관련된 행장류가 있었던 것으로 추측된다. 하지만 여기
서 말한 '장(狀)'이 영허의 〈부설전〉을 의미하는 것인지, 별도의 다른
문헌을 의미하는 것인지는 알 수 없다. 정약용이 찬한 ⑭에서는 부
설거사를 비롯해 영조와 영희 선사도 실존하는 인물로 기록하고 있
다. 다산은 이들 모두를 성적(聲跡)이 끊겨 없어진 선사로 분류하고
있다.31) 어쨌든 ⑬과 ⑭ 두 문헌은 부설거사가 실존인물이라는 사실
을 방증하는 자료가 되는 셈이다.

  이 같은 문헌전승과 관련된 문헌들을 꼼꼼히 살펴보면 〈부설전〉의
전승과정을 짐작할 수 있다. 우선 기이한 설화 내지는 지괴물이 유전
되어 오다가 그것을 바탕으로 전기소설인 영허대사의 〈부설전〉이 지
어졌고, 이 〈부설전〉과 설화가 바탕이 되어 창강의 〈부설거사전〉이
입전되었던 것이다. 또한 〈부설전〉이 다양한 불교사서와 문헌을 통
해 전승되면서 서사의 골격이 현대소설로 각색되어 드러난 것으로
판단된다.

  일련의 전승과정에서 주목되는 부분이 바로 전기소설과 설화 작품
에 등장하는 인물들의 전승적 변이에 대한 것이다. 〈부설전〉에서 묘
화는 출가한 부설거사가 구제해야 하는 여인일 뿐, 그 이상의 의미가
부여되지 않는다. 계율에 따른 깨달음과 지혜만을 구하는 영조와 영
희에게 있어서 묘화는 도반인 부설을 환속하게 만든 부정적 인물인
동시에 구도자들을 현혹시키는 장애 그 자체일지도 모른다. 〈부설
전〉에서 묘화는 꿈속에서 연꽃을 보고 낳았다는 인물로 용모와 재예

---

31) 丁若鏞, 〈大東禪敎攷〉, 『韓國佛敎全書』 10, 동국대학교 출판부, 1986, 513쪽. "其絶
　　無聲跡者, 開列名字, 以備後考."

가 있으며 절조까지 있는 여인으로 등장한다. 하지만 이야기가 전개
되면서 묘화의 그런 요조숙녀적인 성격은 사라지고 연모해서는 안
될 부설을 사랑하게 되는, 어떻게 보면 모순적인 성격의 소유자로 돌
변한다. 다른 측면에서 묘화의 이런 행동에 대해 운명적이라고 말할
수도 있겠지만, 〈부설전〉이란 작품 속에서는 부설로 하여금 심리적
갈등을 겪게 하고 도반들과 다른 길을 걷게 하는 역할로 존재할 뿐이
다. 작품 속에 등장하는 인물들 중 가장 이해할 수 없는 성격의 소유
자가 묘화라는 사실은 부정할 수 없다. 하지만 〈부설전〉 안에서 작가
는 묘화라는 인물의 불심이나 됨됨이를 시험하고 단정적으로 평가하
려 하지 않는다. 이야기의 핵심을 인물들의 선악시비를 가려내는 것
에 두지 않은 것이다. 작품의 결말 부분에서 묘화는 죽기 전에 집을
희사해 부설원을 세웠고 장수했다는 사실밖에 이야기 되지 않는
다.32) 마치 생숙 시험을 마친 뒤 부설이 지은 오도시의 내용처럼 〈부
설전〉에서는 어떤 인물에 대해서도 시비를 가리거나 분별하지 않는
다. 오직 영조와 영희의 소승적 측면의 구도가 온전한 것이 아님을
드러낼 뿐이다. 이 점은 〈부설전〉이 어떤 도덕적 측면에서의 교시성
을 드러내고자 지어진 텍스트가 아니라는 사실을 시사해 준다.

　이와 다르게 ⑪의 설화 작품에서는 시대적 배경도 신라가 아닌 백
제로 되어 있고 묘화의 아버지 구무원의 인정기술 내용이 작품의 첫
머리에 놓여 있다. ⑪에서 묘화는 부처님 곁에 있는 연꽃을 꺾은 죄
에 대한 벌로 적강해 벙어리로 살면서 부설을 만나고 그 첫 만남을

---

32) 暎虛, 〈浮雪傳〉. "其母妙花, 壽考百有十年. 將啓手足, 捨家爲院, 以浮雪爲名."

계기로 말문을 여는 과정이 그려진다. 그리고 다시 부설에 대한 인정
기술과 묘화와의 결합, 그리고 득도와 영희·영조 등과의 생숙 시험
이 차례대로 이야기되어 있다. 묘화는 다음과 같은 말을 하면서 부설
거사와의 인연을 운명적인 필연으로 돌린다.

> 부설스님과 소녀는 전생에도 인연이 있었고 금생에도 인연이 있으니
> 인과를 따르는 것이 바로 불법이라.[33]

이렇게 설화 속의 묘화는 〈부설전〉 속에서의 인물과 다르게 적극
적인 자세로 부설을 설득하는 여성으로 등장한다. 작품 안에서 다루
고 있는 서사량으로 볼 때, 묘화는 부설과 거의 동등한 인물로 그려
져 오히려 영조와 영희에 대한 이야기 부분은 축소된 양상을 보인다.
대신 서사적 초점은 묘화와 부설의 만남과 결연 부분에 맞춰져 있다.
〈부설전〉에서는 '진정한 구도란 무엇인가'라는 종교적이고 구도적
성격의 질문을 던지고 다시 그 범주 안에서 소설적으로 답하고 있다.
이야기를 풀어가는 방식으로 〈부설전〉에서는 부설과 그의 도반들이
각기 다른 길을 걷게 되는 과정에 주목했지만, 설화에서는 시각을 넓
혀 묘화라는 보통 여성의 애정문제에 대해서도 섬세하게 다루고 있
다. 묘화의 애정문제에 대한 관심은 여기서 그치지 않는다. 설화 뒤
에 첨기되어 있는, 부설의 자녀인 월명과 등운에 대한 후일담에서는
월명이 부목(負木)의 성욕을 만족시켜 주기 위해 자신의 몸을 허락하
는 이야기가 등장한다. 월명은 결국 애욕과 견성(見性)의 두 갈래 길

---

33) 鄭鎭亨, 앞의 책, 169쪽.

에서 견성 쪽을 택하고 애욕의 대상이었던 부목을 죽이게 된다. 월명은 그 업보로 인해 지옥에 가게 될 것이 두려워 구도에 정진해 마침내 염라대왕으로부터 그 죄에 대해 용서를 받게 된다는 내용이다. 〈부설전〉과 달리 설화에서는 묘화의 애욕과 부설과의 만남이 구체적으로 다뤄지고 있는 것이다. 설화작품은 〈부설전〉에 전혀 없는 월명의 구도담이 애욕과의 관련성 속에서 전승되면서 애욕의 성취와 구도의 완성이란 문제를 대비적으로 풀어내고 있다. 부설 관련 설화는 그 전승 과정에서 묘화에 대한 내용이 두텁게 각색되고 의미 지워졌으며, 재가불자의 구도 과정보다는 묘화의 애욕에 관한 서사가 확장되는 방식으로 전승되고 있는 것이다. 〈부설전〉에 비해 향유자가 흥미롭게 받아들일 수 있는 조건들이 채워진 셈이다. 〈부설전〉은 전기소설로서 부설이란 인물의 기이한 행적을 삽입시를 통해 드러내는 데 의미를 두었고, 설화적 전승에서는 부설과 묘화의 결연 그리고 묘화의 애욕을 흥미롭게 드러내는 데 의미를 두고 있다.

4. 종교적 인물의 영적(靈跡)과 그 소설사적 의미

전기소설은 허구적 대리인을 통해 비현실적인 전기적 경험 세계를, 이야기 속에 삽입시문을 유기적으로 구조화시켜가며 드러내는 소설의 한 하위 장르이다. 전기소설에서는 허구적 인물을 등장시켜 이야기를 꾸며 낼 수 있기 때문에 비현실적인 다양한 세계관을 드러낼 수 있었다. 예컨대 일반적인 전기소설 작품들과 『수이전』 일문 작품들 사이에서 드러나는 가장 중요한 변별적 자질은 작품 속에 등장

하는 인물들이 역사적 성격을 지닌 인물인가 아니면 문학적인 가치
를 드러내기 위해 허구적으로 제시된 인물인가에 대한 여부이다. 왜
냐하면 그것으로 인해 이야기에서 드러내고자 하는 서사의 핵심이
사실적 기록에 가치를 두고 있는 것인지, 아니면 흥밋거리 그 자체로
서의 가치가 존중되는 것인지를 판단할 수 있기 때문이다. 그러므로
전기소설 작품에서는 당연히 문학적 의도가 작의(作意)로 드러나게
마련이어서 문식이 가미되고 서사가 확대된다. 텍스트의 작의를 무
엇에 둘 것인가의 의도는 작가의 몫이지만 그 텍스트의 가치를 평가
해 쓰임새를 정하는 것은 독자의 몫이 될 수 있다.

　전기소설 작품 가운데에는 텍스트의 작의와 쓰임새가 일치하는 순
수한 소설 작품이 있는가 하면 그렇지 않은 작품도 존재한다. 〈최치
원〉에서처럼 역사적 인물이 전기소설의 주인공으로 등장하는 작품
이 바로 그것이다. 〈최치원〉이 『육조사적편류』(〈쌍녀분기〉)나 『태평
통재』(〈최치원〉) 그리고 『대동운부군옥』(〈선녀홍대〉) 등의 문헌에 일
문으로 유전될 수 있었던 것은 최치원이란 역사적 인물의 보사적(補
史的) 가치가 인정되었기 때문이다.[34] 〈부설전〉 또한 다양한 문헌전
승의 과정과 장르적 연변의 과정을 거친 작품이란 점에서 〈최치원〉
과 궤를 같이 한다고 볼 수 있다.[35] 앞서 거론한 다양한 문헌을 통해
서 볼 때 부설거사는 실재했던 역사적 인물로 이능화의 『조선불교통

34) 이 문제에 대해서는 유정일, 「『수이전』 일문 〈최치원〉의 장르적 성격과 소설사적 의미」,
　　『어문학』 87, 한국어문학회, 2005에서 자세히 다뤘다.
35) 최치원에 대한 이야기 전승 양상에 대해서는 한석수가 『최치원전승의 연구』, 계명문화
　　사, 1989에서 자세히 다뤘다.

사』와 같은 불교사서류에서도 다뤄져 왔다. 부설거사는 영적(靈跡)을 남긴 승려의 신분이고 최치원은 불후의 문명을 남긴 문장가라는 데 차이가 있을 뿐이다. 〈부설전〉에서는 부설거사가 보여 준 생숙 시험이라는 영적을 통해서 서사적 기이성을 드러내고 있으며 영적의 주인공이 역사적으로 실존했던 승려라는 점에서『수이전』일문으로 전하는 〈아도〉나 〈원광〉의 서사적 전통을 잇는 작품으로 평가할 수 있다. 또한 〈부설전〉은 승전 작품집인『해동고승전』에서 흔히 드러나는 일반적인 고승의 영적을 기록하는 작품의 차원을 넘어서 삽입시문을 통해 문예미를 강조하고 있는 전기소설로 경사된 작품이란 점에서 승전의 전기적 가능성을 확인시켰다. 〈부설전〉은 애욕과 구도의 문제를 대립적으로 드러내고 있으며, 소승적 구도(求道)를 부정하고 대승적인 구도를 추구해 성도하는 서사구조를 띤다는 측면에서 〈백월산양성성도기〉와 맞닿아 있는 작품임에 틀림없다. 하지만 〈백월산양성성도기〉에서는 한 인간이 겪은 전기적 경험의 기이함을 드러냈다기보다는 대승적 구도의 실천 자체를 중요시하고 있고 텍스트 자체에서도 기록적 가치에 의미를 두고 있기[36] 때문에 전기소설이

---

36)『삼국유사』에 실려 있는 〈백월산양성성도기〉는 그 첫머리에 "白月山兩聖成道記云: 白月山在新羅仇史郡之北, 峰巒奇秀, 延袤數百里, 眞巨鎭也, 古老相傳云."이라고 되어 있어 이전에 있었던 자료를 재록한 흔적을 여실히 보여 주고 있으며, 논평부분도 드러나 있는 것을 볼 때『삼국사기』에 실리지 못했던 遺事들을 수습한 보사적 성격의 텍스트라 할 수 있다. 게다가 배경이 된 백월산에 관한 지명 유래를 작품의 서두에 구구하게 드러내어 이 텍스트가 소설적 가치와 의도로 전승될 수 없는 한계를 스스로 노출시켰다. 반면 현전하는 〈부설전〉(동국대소장 간본『영허집』소재)의 경우는 단일 작품으로 필사되어 소설적 유통 과정을 거쳤으며『영허집』내에서도 유독 이 작품에만 구결토가 붙어 있어 유달리 읽혀졌다는 사실을 짐작할 수 있다.

지향하는 서사와 일정한 거리가 있음을 지적하지 않을 수 없다. 〈부
설전〉은 기존의 성도담과 승전의 서사적 전통을 이어받으면서 전기
소설의 서사양식을 발전적으로 흡수해 전기소설적 면모를 보여준 작
품이라고 평가할 수 있다. 〈부설전〉도 〈최치원〉처럼 기본적으로 역
사인물지괴적 성격을 띠고 있지만, 〈아도〉나 〈원광〉처럼 승전적 전
통을 그대로 답습하지 않고 16세기에 유행한 전기소설의 글쓰기 방
식의 자장 안으로 들어온 작품이라는 점에서 전기소설사적 의의를
찾을 수 있다.

　〈부설전〉이 지어진 시대는 이미 〈최치원〉을 거쳐 『금오신화』와
『기재기이』가 창작된 때였다. 〈최치원〉이 최치원이라는 역사적 인물
의 비현실적 일화를 바탕으로 전기소설적 면모를 보여 주었지만 작
품의 주인공이 역사적 인물이라는 점에서 소설로서의 완벽한 허구성
은 드러낼 수 없었다. 한국 전기소설사의 흐름에서 볼 때, 『금오신화』
와 『기재기이』에 이르러서야 비로소 전기소설 속의 주인공이 모두
허구적 인물로 대체되어 〈최치원〉이 지닌 이런 소설적 한계로부터
자유로울 수 있게 된다. 그 이후의 작품으로 보이는 〈부설전〉은 다시
역사적 인물을 소설 세계로 끌어들이는 결과를 빚고 있다. 게다가
〈부설전〉에서 드러나는 전기적 성격은 승전적 성격의 지괴 작품에서
드러나는 기이성을 그대로 답습하고 있는 모습을 보여 준다. 전기소
설사적 맥락에서 볼 때, 이 점 또한 〈부설전〉의 한계라 할 수 있다.

5. 맺음말

이 글에서는 〈부설전〉의 전기적 성격과 부설 관련 이야기의 전승
에서 드러난 장르적 연변 양상에 대해 살핀 뒤, 〈부설전〉이 갖는 전
기소설사적 의미에 대해 진단했다. 앞서 거론한 바와 같이 김태준의
『조선소설사』 이래, 〈부설전〉은 적잖게 소설사에 오르내렸음에도 불
구하고 그 소설성과 작품이 지닌 소설사적 의미에 대해서는 아직 뚜
렷한 평가를 얻어내지 못하고 있는 작품이다. 전기소설의 서사문법
에서 중요한 것은 기이한 것을 추구하는 전기성과 문식을 드러내는
삽입시가 얼마만큼 서사와 잘 연결되어 문예미학을 창출해 내는가의
여부이다. 따라서 본고는 〈부설전〉의 전기소설적 특성을 규명해 내
기 위해 작품을 분석하는 한편, 이야기와 삽입시 사이에 드러난 유기
적 관계에 주목하고자 했다. 지금까지 논의한 바를 정리하면 다음과
같다.

〈부설전〉에 등장하는 '생숙(生熟)' 시험은 이 작품이 전기소설로 인
정받을 수 있는 핵심적인 요소이지만 일반적인 전기소설에 드러나는
전기성과 일정한 거리가 있음을 지적하면서 전기소설 작품으로서의
한계를 노정시켰다고 보았다. 〈최치원〉이나 『금오신화』 그리고 『기
재기이』 같은 〈부설전〉 이전의 전기소설 작품들에서 드러나는 전기
성은 전기적 인물이 비현실적 세계를 경험하거나 비현실적 인물과
만나는 내용으로 드러나지만, 승전류를 위시한 보사적 성격의 지괴
물에서는 주인공이 기이함을 현시하는 주체가 되고, 그의 영적(靈跡)
은 기이성을 드러내는 서사적인 핵심이 된다고 했다. 그러므로 〈부

설전〉에서 드러난 '기이성'은 기이함을 추구했던 전기소설의 전기적 성격에서 벗어난 것으로 고승의 이적을 현시하는 승전적 지괴성을 지닌다고 했다. 그렇지만 〈부설전〉은 작품 안에서 삽입시를 통해 문학성이 드러나고, 그 삽입시들이 개인의 창작 시문집에 실려 있다는 사실에서 전기소설적 경사를 인정하지 않을 수 없다. 〈부설전〉에서 '병수(瓶水)'에 의한 생숙 시험은 주제적 의미를 드러내 주는 핵심 모티프로서 '병(瓶)'은 근진(根塵)과 생멸을, '수(水)'는 진상(眞常)과 진성(眞性)을 비유한다고 보았다. 생숙 시험은 현상적이고 가시적인 계율은 깨달음을 얻고 해탈을 하는 데 본질적인 것이 아닌 방편적인 것이라는 사실을 주제화시키면서, 영조와 영희의 구도 결과는 덜 익은 것으로, 부설의 구도 결과는 완숙된 것으로 드러내는 역할을 한다. 허상은 진성을 담을 수 없고 진성은 허상을 넘어선 최고의 참가치를 지닌다는 주제를 함축적으로 제시한다고 보았다.

〈부설전〉은 유전해 오던 기이한 설화 내지는 지괴물을 바탕으로 영허대사가 지었고, 이 〈부설전〉과 설화를 바탕으로 창강이 〈부설거사전〉을 입전했다. 또한 〈부설전〉은 다양한 불교사서와 문헌을 통해 전승되었고 현대소설로도 각색되었다. 이렇게 다양한 장르로 연변된 부설 관련 이야기 가운데 가장 흥미로운 이야기는 설화 작품이다. 전기소설인 〈부설전〉과 부설 관련 설화 작품을 비교한 결과, 부설 관련 설화는 〈부설전〉에 전혀 없는 월명의 구도담이 애욕과의 관련성 속에서 전승되면서 애욕의 성취와 구도의 완성이란 문제를 대비적으로 풀어내고 있다는 사실을 알 수 있었다. 부설 관련 설화는 그 전승 과정에서 묘화에 대한 내용이 두텁게 각색되고 의미 지어 졌으며, 재가불자의 구도 과정보다는 묘화의 애욕에 관한 서사가 확장되는 방식으로 전승되고 있다는 사실에 주목했다. 그 결과, 〈부설전〉은 부설이란 인물의 기이한 행적을 삽입시를 통해 드러내는 데 의미를 두었고, 설화적 전승에서는 부설과 묘화의 결연 그리고 묘화의 애욕을 흥미롭게 드러내는 데 중점을 두고 있다는 사실을 알 수 있었다.

〈부설전〉의 주인공이 역사적으로 실존했던 승려라는 점에서는 〈아도〉나 〈원광〉의 서사적 전통을 잇는 작품이라고 할 수 있다. 하지만 〈부설전〉은 이들 작품과는 다르게 영적을 기록하는 차원을 넘어서 삽입시문을 유기적으로 서사와 구조화시켜 문예미를 강조하고 있는 전기소설로 승전의 전기적 가능성을 확인시킨 작품이다. 또한 〈부설전〉은 애욕과 구도의 문제를 대립적으로 드러내고 있으며, 소승적 구도(求道)를 부정하고 대승적인 구도를 추구해 성도하는 서사구조를 띤다는 측면에서 〈백월산양성성도기〉와 맞닿아 있는 작품이다. 하지만 〈백월산양성성도기〉에서는 대승적 구도의 실천 자체만을 중요시하고 문학적 가치에 비해 보사적 가치를 우위에 두고 있기 때문에 전기소설이 지향하는 서사와 거리가 있다고 보았다. 이런 논의를 통해서 주변 작품들과의 유사성을 짚어 내고 변별적 거리를 확인하고자 한 것이다. 〈부설전〉은 기존의 성도담과 승전의 서사적 전통을 이어받으면서 전기소설의 서사양식을 발전적으로 흡수해 16세기에 유행한 전기소설의 글쓰기 방식의 자장 안으로 들어온 작품이라고 했다. 역사적 인물을 주인공으로 등장시켰던 〈최치원〉이 지닌 소설적 한계가 『금오신화』와 『기재기이』에 이르러서야 비로소 극복되는데 〈부설전〉은 역사적 인물을 소설 세계로 다시 끌어들임으로써 전

기적 인물을 허구적으로 형상화시키지 못한 한계를 노정시킨 작품이
라고 할 수 있다.

V. 〈浮雪傳〉의 構圖와 禪的 체계 연구

이미숙(현욱)

1. 머리말

본고는 보응당 영허 해일(普應堂 暎虛海日, 1541~1609)[1]의 작품인
〈부설전〉[2]에 쓰인 전고(典故)를 바탕으로 내용을 분석하고, 작품에
내재된 사상을 밝히는 것을 목적으로 한다. 〈부설전〉은 전거(典據)가
되는 고사(故事)를 통해 불교적인 사상을 가진 인물들을 형상하고 불
교용어로 그 특징을 표현한다. 그리고 인물들 간의 대립되는 갈등을

---

1) 보응당 영허 해일은 『暎虛集』의 작자이다. 그러나 1966년 동국대학교에서 불서목록을
간행하면서 『영허집』의 작자를 暎虛 善影(1792~1880)으로 잘못 기록하였다. 이는 영
허 해일의 號와 영허 선영의 號가 같아 『영허집』을 영허 선영의 문집으로 오기한 것이
다. 이에 둘의 혼란을 피하기 위하여 '보응당 영허 해일'이라 밝혔다. 이하 보응당 영허
해일은 '영허'로 약칭 한다.

2) 본고에서 다루는 〈부설전〉은 동국대학교 도서관에 소장되어 있는 목판본인 『暎虛集』에
실려 있는 것을 저본으로 삼는다. 『영허집』은 목판본 4권 1책으로 동국대학교 중앙도
서관에 3본이 소장되어 있는데, 표지와 목차만 다를 뿐 동일판본의 형태이다. 이 문집
에는 「暎虛大師詩集序」, 「跋」, 「普應堂暎虛大師行蹟」과 함께 1권에는 오언절구 5수
와 칠언절구 17수가, 2권에는 오언율시 29수, 3권에는 칠언율시 14수와 「賦」 작품인
〈오대산부 강원도〉·〈낙천가〉·〈부설전〉이, 4권에는 「遊山錄」인 〈두류산〉·〈향산〉·
〈금강산〉이 수록되어 있다.

사상으로 긴밀하게 관계 맺으며 선적(禪的) 체계를 이룬다. 이는 작품의 산문(散文)과 운문(韻文)의 유기적 관계, 용어의 치밀한 주입, 그리고 수행과정과 깨달음의 내용 연계에서 두드러지게 나타난다.

〈부설전〉은 내용, 주제, 구성의 측면에서 다른 작품들과 확연한 차이를 보이고 있다. 수행과 깨달음의 과정을 다룬 작품 가운데 〈광덕 엄장〉과 〈남백월이성 노힐부득 달달박박〉은 〈부설전〉과 같은 구조인 산문과 운문으로 이루어져 있다. 두 이야기는 승려가 관세음보살의 도움을 받아 깨달음을 이룬다는 내용이다. 하지만 주인공의 사유와 감정을 시를 통해 드러낸다는 내용은 나타나지 않는다. 반면에 〈부설전〉은 인물들에 대한 형상을 전고를 차용하여 면밀하게 나타내고, 산중에서 수도(修道)한 승려와 세간에서 수행(修行)한 재가불자의 대결 구조 안에서 재가불자의 승리로 이끌어낸다. 또한 양진시(養眞詩)와 증별시(贈別詩)를 통해 부설과 두 도반의 사상의 차이를 선과 교[禪敎]를 바탕으로 분명하게 제시해놓았다. 그리고 내면의 갈등과 핵심 사상을 이야기와 연관시켜 시에 명확하게 드러냈다.

〈부설전〉의 흐름은 산문으로 이야기를 담아내고 운문으로 핵심내용을 이루는 '산문-운문'을 네 번 반복하는 형태로 구성하고 있다. 이 흐름은 구조적인 면과 사상적인 면으로 나누어 살펴볼 수 있다. 구조적인 면은 세 승려가 법을 구하기 위하여 유력(遊歷)하는 과정과 깨달음, 부설이 묘화의 구애로 갈등하는 과정에서 선택한 자비행, 부설과 영희·영조가 법거량 하는 과정과 부설의 열반, 그리고 등운·월명의 수행과 열반의 과정이다.[3] 이는 〈부설전〉의 핵심이 화제시(話題詩)[4]와 사상이 연관되어 나타나기 때문에 화제시를 기준으로 나

눌 수 있다. 첫째, 부설과 영희・영조가 수도하고 난 후 읊은 양진시,
둘째, 부설이 재가불자로 남게 되면서 부설과 영희・영조가 자비의
관점을 표명한 증별시, 셋째, 부설거사의 전법과 증도시(證道詩),5)
넷째, 등운・월명이 수행한 후, 등운이 열반에 이르러 지은 열반시
(涅槃詩)로 유형화할 수 있다. 이러한 구분은 작품이 불도(佛道)를 이
루는 과정을 네 단계로 구성하고 있기 때문에 '〈부설전〉의 구도와 선
적 체계'를 논의하는데 유용한 방법이 될 것이다.
　〈부설전〉은 작품의 존재여부가 확인되지 않은 상태에서 부설에 대
해 언급하기 시작했다. 채영은『불조원류』를 간행하면서 부설과 영
희・영조를 신라시대의 인물로 기록한다.6) 이름만 거론되던 부설은

---

3) 서사 단락을 나누는데 있어서 김승호는 도반들과의 구법 행각, 묘화와의 만남과 진세에
　서의 수도 생활, 옛 도반과의 해후 및 성숙의 검증, 후일담으로서의 처・자식의 성도로
　구분하였고(김승호, 「16세기 승려작가 暎虛 및 〈浮雪傳〉의 소설사적 의의」,『고소설
　연구』11, 한국고소설학회, 2001, 145~176쪽), 경일남은 詩를 오도시, 증별시, 열반시
　로 나누고 이를 중심으로 부설의 일대기를 구법담, 환속담, 해탈담으로 나누었다(경일
　남, 「부설전에 나타난 게송의 양상과 기능」,『불교문화연구』2, 2003, 89~111쪽). 오
　대혁은 산중득도의 과정, 파계와 보살행 사이의 갈등, 재가성도의 과정으로 나누었다
　(오대혁, 「〈浮雪傳〉의 창작연원과 소설사적 의의」,『어문연구』47, 어문연구학회, 2005,
　227~258쪽).
4) 본고에서 話題詩는 〈부설전〉에 들어 있는 詩를 칭한 것이다. 기존의 연구에서는 작품
　에 수용된 운문을 삽입시라고 하였다. 그러나 이에 관하여 정하영은 「〈雲英傳〉作中漢
　詩의 敍事的 機能」을 통해 삽입시라는 말은 기존의 것을 '借用' 또는 '活用'한다는 의미
　가 있어 적절하지 않다고 하여 '作中詩' 또는 '作中漢詩'라는 용어를 써야 한다고 하였
　다. 필자는 이 논의를 참고로 〈부설전〉의 詩가 산문에서 나타내지 못한 부족한 부분을
　보완하고, 주제와 내용, 산문과 운문이 밀접한 관계를 맺으며 중심 내용을 詩로 함축해
　서 보여주는 소제목과 같은 역할을 한다는 뜻으로 話題詩라고 쓴다.
5) 본고에서 證道詩는 인연 따라 깨달음을 얻은 것을 證이라 하고, 수많은 성인들이 실천
　한 것을 道라고 한 뜻에서 쓴 것이다. 이는 영가 현각 撰・범천 언기 註,『永嘉證道歌』
　의 "從緣悟入之謂證 千聖履踐之謂道"의 내용을 참고하였다.

1878년 〈부설전〉이 발견되고7) 계속해서 실존 인물로 언급된다.8) 하
지만 정우홍은 부설이 실존했다는 객관적 증거도 없이 많은 사람들
에게 우리나라 불교의 사실(史實)9)을 알릴 목적으로 기술한다. 그리
고 이능화는 우리나라 불교를 연구하는데 참고할 만한 불교사가 없
어『삼국사기』와『삼국유사』를 근거로 하여 불교사를 집술하면서 참
고했다10)고 한다. 그러나『삼국사기』나『삼국유사』에 부설을 비롯한

---

6) 채영,「西域中華海東佛祖源流」,〈新羅祖師〉,『한국불교전서』권10, 1764, 129쪽. "靈
   照禪師 靈熙禪師 …중략… 浮雪居士 有狀"

7) 김택영,「浮雪居士傳」,『김택영전집』2, 亞細亞文化社, 1978, 169쪽에서 "金澤榮曰
   余至邊山月明庵 臨月淨臺下觀渤海 山僧示古蹟如此 吾邦拙於文字 除正史外奇談異
   事 萬不傳一 況於浮屠之家乎"라고 하였다. 이는 김택영(1850~1927)이 1878년 월명
   암에서 처음 〈부설전〉을 보았다고 한 것이다.

8) 〈부설전〉이 발견된 후에도 부설은 신라시대 고승으로 다뤄진다. 이에 대해 권상로는
   〈부설전〉을 正史體로 간략히 서술하고 부설을 신라시대의 고승으로 다루었다(권상노,
   「浮雪行迹」,〈三國佛教〉,『조선불교약사』, 신문관, 1917, 45~47쪽). 이어 이능화도
   부설을 신라시대의 고승으로 다뤘다. 또한 〈부설전〉의 제목을「浮雪功熟水懸空中」이
   라고 했지만 글의 말미에「浮雪居士傳」이라고 출처를 밝히고 있다(이능화,「浮雪功熱
   水懸空中」,『조선불교통사』下, 신문관, 1918, 210~215쪽). 이는 그 후 정우홍의『韓
   國佛教史話』까지 계속 이어져 역사적인 史實로 인정 되었다(정우홍,「浮雪居士의 蓄
   妻成道」,〈삼국시대〉제1편,『한국불교사화』, 통문관, 1965, 49~63쪽). 신종홍은〈부
   설전〉의 書頭에서 이 작품은 史料的 古典籍 사실에 대한 의심의 여지가 없다고 했다
   (신종홍,『부설전』, 경성문화사, 1982).

9) 정우홍,「自序」, 앞의 책, 1965, 5~6쪽에서 "그동안 斯界의 歷史로는 李能和先生의
   朝鮮佛教通史와 勸相老先生의 朝鮮佛教略史가 …중략… 모든 사람으로 하여금 趣味
   를 가지게 하면서 …중략… 우리나라 佛教의 史實을 알게 할 道理가 …중략… 이의
   材料에 있어서는 三國遺事를 비롯하여 三國史記, 東國通鑑等의 古籍과 및 前記 두
   先生의 著書中에서도 많이 取하였으며, 그밖에 다시 절간의 口碑와 傳說을 새로이 많
   이 주어모음에 힘썼다"고 하였다.

10) 이능화,「三國麗鮮國史考據」, 앞의 책, 1918, 2쪽에서 "其在三國 則考據三國史 三國
    遺事 …중략… 又得古人文集 高僧碑狀 訛者辨之 誤者正之 彙成一書名曰朝鮮佛教通
    史"라고 했다.

영희·영조에 대한 기록은 나타나지 않는다.

〈부설전〉은 『조선불교월보』에 「부설거사전」이 수록되고[11]부터 설화와 소설의 장르에 대한 뚜렷한 구분 없이 잡지나 단행본으로 번안되었다.[12] 이러한 〈부설전〉의 이야기는 포교를 목적으로 간행[13]되어 대중에게 읽혔다.

이렇게 〈부설전〉은 이야기로만 회자되고 있는 부설이 실존 인물인지 아니면 허구적 인물인지에 대한 면밀한 고증 없이 역사적 실존 인물로 다뤄왔다. 그리고 〈부설전〉의 번역과 번안[14]을 통해서 부설이라는 재가불자의 수행 과정을 두드러지게 드러내고 수행 방향과 깨달음을 나타냈다. 또한 불교계에서 발행하는 잡지나 단행본에서는

11) 권상로, 「浮雪居士傳」, 『조선불교월보』 16·17, 불교월보사, 1913.

12) 불교 설화로 전제하고 독자들의 口味에 맞추어 현대적으로 바꾸어 놓은 작품에는 송백운, 「浮雪居士」 上·2·3·4·5, 《법륜》, 1971; 이규일, 「浮雪居士와 妙花」, 상·중·하, 《거사불교》, 1971; 윤승운, 「浮雪居士」, 《대중불교》, 1992.9.10; 백운, 「부설거사」, 『부설거사·관혜조사·보덕굴』, 불광출판사, 1993; 김도용, 「浮雪居士傳」, 《거사림》 제28집, 1997.12, 78~86쪽 등이 있다. 불교 소설로 소개하고 변형된 이야기들을 부가한 작품에는 김태흡, 『부설거사』, 불교시조사, 1932; 김완산, 「白蓮池의 奇緣」, 《법시》 3·4·5, 1967.11, 1968.1, 1968.2 등이 있다.

13) 김태흡은 월명암에 소장된 〈부설전〉 내용을 모본으로 하여 『부설거사』의 기본 틀을 유지하면서 약간의 살을 붙여 포교총서로 세 차례 간행하였다(초판: 1932.12.15; 재판: 1935.5.28; 삼판: 1936.2.25).

14) 〈부설전〉에 대한 번안들은 완전히 새로운 형태가 아니라, 그 속의 부설과 영희·영조, 묘화, 그리고 등운·월명을 기본 토대로 부설 一家의 이야기로 전개하고 있다. 그리고 원문에 대한 완역은 신종홍, 앞의 책, 1982; 봉래산 월명암, 『부설전(附 月明庵事蹟記 及詩文論集)』, 1987; 이능화 원편·동국대학교 불교문화연구원 역편, 『역주 조선불교통사』 4권, 동국대출판부, 2010 등이 있다. 이는 『영허집』의 〈부설전〉을 대본으로 삼아 월명암 소장 한문 필사본의 〈부설전〉을 교감해 본 결과, 『영허집』의 〈부설전〉에는 없으나, 월명암 필사본에 첨입된 "幻身隨生滅"이 있는 것으로 보아 월명암 소장본을 바탕으로 이룬 것임을 알 수 있다.

포교를 위해서 부설에 대한 고승적인 면모를 부각시켰다. 대중들에게 이 이야기를 널리 알리기 위하여 장르성격에 대한 논의 없이 재미와 진리성을 갖추어 흥미롭게 다루었던 것이다.

반면, 근래에 이르러 문학연구자들은 〈부설전〉의 창작시기, 작가, 사상, 시 등에 대해서 논의한다.15) 작품의 원본인 『영허집』의 목판본과 월명암 필사본으로 존재하고 있는 두 본이 확인16)되면서 본격적인 연구를 진행한 것이다.

첫째, 창작시기에 대한 연구는 〈부설전〉이 신라 말에서 고려 초에 창작한 것이라는 논의가 있다. 〈부설전〉의 형성시기를 나말여초로 본 논의는 구전(口傳)과 필전(筆傳)의 내용을 고려해서 월명암 연기사실(緣起事實)과 창건주 부설에 대한 사적(事蹟)기록을 근거로 제시한다.17) 그리고 작품에 실려 있는 오언시와 칠언시의 형식이 그 당시 일반인에게는 유행되지 않았다는 근거로 구전되는 부설의 성도(成道)

---

15) 근래의 〈부설전〉 연구자들은 장르 성격을 구체적으로 다루면서 창작시기, 작가, 사상, 詩 등을 논의한다. 장르성격에 대해서는 대부분 소설로 보고 있다. 이에 대한 대표적인 논의 중 황패강, 「〈浮雪傳〉研究」, 『신라불교설화연구』, 일지사, 1975, 364~398쪽; 김승호, 앞의 논문, 145~176쪽; 차용주, 『한국한문소설사』, 아세아문화사, 1989, 93~96쪽은 전승되어 오던 설화가 소설화 된 것으로 논의 하였고, 박희병, 『한국전기소설의 미학』, 돌베개, 1997, 70쪽; 유정일, 「〈浮雪傳〉의 傳奇的 性格과 소설사적 의미」, 『동양고전연구』 26, 2007, 125~148쪽은 전기소설로 이해하였으며, 오대혁, 앞의 논문, 227~258쪽은 소설로 규정지었다.

16) 변산 월명암에 소장되어 있는 한문 필사본을 발견한 자료는 황패강, 앞의 책, 1975, 364~398쪽이 있고, 동국대학교 도서관에 소장된 『영허집』을 발견한 자료는 김영태, 「〈浮雪傳〉의 原本과 그 作者에 대하여」, 『한국불교학』 1, 한국불교학회, 1975, 87~95쪽이 있다.

17) 황패강, 앞의 책, 1975, 374쪽.

V. 〈浮雪傳〉의 構圖와 禪的 체계 연구 133

설화와 동시에 저작되지 않았다고 분석했다.18) 이 두 논의는 월명암
의 사전(寺傳)으로 전하고 있는 한문 필사본을 근거로 나말여초에 찬
술되었다고 본 것이다.

둘째, 작자에 대한 연구는 16세기 영허의 창작이라고 보는 논의가
있다. 영허의 창작으로 본 논의는 영허가 능가산에 돌아온 49세나
승려들을 모아 경론을 강의하던 65세 때 썼을 것이라는 분석과 49세
(1589) 부터 68세(1608) 사이에 찬술한 것으로 구분한다.19) 이 논의들
은『영허집』에 수록되어 있는 〈부설전〉과 영허의 행적을 근거로 제
시했다. 그러므로 16세기에 영허가 능가산에서 깨달음을 얻은 후에
대중들이 흥미를 갖고 불법을 접할 수 있도록 창작한 것으로 본 것
이다.

셋째, 사상을 살핀 연구는 선정일치(禪淨一致)를 중심에 둔 작품의
고찰과 대승사상을 전하고 있다는 논의로 구분된다. 〈부설전〉에 담
겨진 사상을 선정겸수(禪淨兼修)로 본 연구20)는 영허의 행적과 작품
을 연계하여 작품에 담긴 사상이 영허의 선사상임을 밝혀내는 단초
를 마련했다. 하지만 그것을 부용과 서산의 가르침을 받았다는 근거
를 주장하며 그들의 사상을 계승해서 〈부설전〉을 표현했다고 하기에
는 어려운 측면이 있다. 영허의 행적과 시 작품에『능엄경』,『선요』
등 구체적인 경전을 제시하여 선승으로서의 삶21)을 드러내고 있을

---

18) 차용주, 앞의 책, 1989, 93~96쪽.
19) 이와 관련한 영허의 창작 시점의 논의에 대해 김영태, 앞의 논문, 1975, 95쪽; 김승호,
    앞의 논문, 2001, 148~153쪽은 49세나 65세라고 하였고, 오대혁, 앞의 논문, 2005,
    238~240쪽은 49세부터 68세 사이라고 했다.
20) 오대혁, 앞의 논문, 2005, 233~250쪽.

뿐만 아니라, 〈부설전〉의 인물들을 형상하거나 핵심 사상을 드러낼
때 여러 서적에서 내용들을 이끌었는데 이는 경전의 가르침과 상통
하기 때문이다. 또한 대승사상을 전하고 있다는 연구[22]는 『유마경』
의 가르침에 나타난 실천행이 작품에 수용되었다고 파악한다. 이는
영허가 어느 하나의 사상에만 국한하지 않았음을 확인할 수 있는 자
료이다. 하지만 〈부설전〉에 나타난 사상을 대승사상의 투영으로 본
것은 작품에 나타난 핵심 사상을 설명하기에는 부족한 자료이다.

넷째, 시를 고찰한 연구는 시가 부설의 일대기를 구분하는 기준점
이 된다는 분석과 시가 인물의 내면을 전달하는 소통 장치라고 하는
논의가 있다. 시가 서사 단락을 나누는 기준이 된다고 밝힌 연구[23]
는 〈부설전〉에 나타난 8편의 시들을 오도시, 증별시, 열반시로 구분
하고 그 중에서 5편을 분석하였다. 그리고 시가 작품의 주제를 함축
적으로 표현하는 데 활용되었다고 보았다. 그러나 시가 서사 단락을
요약·부연하는 내용을 지니고 있다고 밝혔음에도 구체적인 핵심 내

---

21) 영허의 사상을 禪사상으로 제시한 작품에는 〈讀楞儼〉 진공을 깨달아서 즐거우니 봄바
   람에 거침없이 노래 부르네 일생이 헛된 꿈과 같고 삼계가 공화와 같구나 묶임과 풀림
   은 나로 말미암으니 어디에 가든지 다른 사람에게 있지 않네 닦고 닦아 본래의 묘한
   이치에 합하게 되면 모두들 함께 라라가를 부르리.(了悟眞空樂 春風浩浩歌 一生同幻
   夢 三界若空華 縛脫元由我 縱橫不在他 修修合本妙 大家共囉囉)와 〈讀禪要〉 하늘에
   있는 달을 보지 못하고 한갓 四道를 찾는 羊일 뿐이네 神丹은 곧 죽은 자를 일으키고
   법어는 곧 고향으로 가게 하네 조략한 것은 말 앞에 드러나 있고 정미로운 것은 말
   밖에 감추어져 있으니 편안하고 여유롭게 체득하고 맹렬하게 스스로 당체를 이어가리
   라.(不覩當天月 徒尋四道羊 神丹便起死 法語卽回鄕 粗略言前露 精微說表藏 優游能
   體會 猛烈自承當) 등이 있다.
22) 황패강, 앞의 책, 1975, 380~386쪽; 김승호, 앞의 논문, 2001, 158~165쪽.
23) 경일남, 「부설전에 나타난 게송의 양상과 기능」, 『불교문화연구』 2, 2003, 89~111쪽.

용을 찾지 못한 아쉬운 면이 있다. 시가 인물의 의사를 소통한다고
본 연구24)는 서사 단락을 나누어 살피면서 시가 서사(敍事)와 유기적
으로 결합하고 인물들이 대립하는 상황에서 의사를 소통하기 위해
활용했다고 밝혔다. 그리고 내용의 구체적인 양상이 산문과 운문의
유기적인 관계를 통해 드러난다고 언급했다.

〈부설전〉의 시는 사건의 갈등과 긴장감이 집중되는 곳에 배치되어
이야기를 이끌어가고 있다.25) 이 시들은 작품의 핵심을 말하고 있는
것으로 시를 통해 영허가 전달하고자하는 핵심 사상이다. 때문에 시
를 정밀하게 살펴야 영허가 지향하는 사상의 중요한 맥락을 잡을 수
있다.26) 그런데 이 두 논의는 시에 함축된 의미보다는 시가 문학적
기능으로서 중요한 역할을 하고 있다는 점에 초점을 맞추어 시의 문
학성을 밝힌 것이다.

〈부설전〉에 내재된 불교사상의 차이는 서사 흐름에서 작품 속 인
물들의 입장이 서로 다른데서 기인한다. 그 갈등을 해결하는 방법은
사상과 연결되어 산문과 운문이 밀접한 관련성을 갖고 나타나고 있
기 때문에 산문과 운문을 연관시켜 면밀하게 볼 필요가 있다. 그러나
기존의 연구들은 작품을 분석하는 데 한계를 보이고 있다. 이는 〈부
설전〉에 쓰인 전고가 전체적인 서사 흐름에 밀접하게 관련된다는 사
실을 간과한데서 온 결과가 아닌가 한다. 이러한 점은 〈부설전〉에 활
용된 전고의 해석을 기반으로 사상적인 측면에 접근하는 방법을 통

---

24) 유정일, 앞의 논문, 2007, 129~136쪽.
25) 김승호, 앞의 논문, 2001, 166쪽.
26) 오대혁, 앞의 논문, 2005, 248~249쪽.

해 해결될 것으로 보인다. 이러한 연구는 작품의 면밀한 분석이 가능해져 영허가 〈부설전〉을 창작하는 데 있어서 어떤 서적들을 보고 어떻게 참고하였는지 알 수 있을 것이다. 뿐만 아니라, 등장인물들의 사상과 작품에서 분명하게 드러내고자 하는 사상을 논리적으로 설명해 낼 수 있게 될 것으로 본다. 더 나아가 이 연구를 통해 〈부설전〉의 창작 시기와 창작 의도, 〈부설전〉의 장르와 특성 등을 알아내는 데에 중요한 실마리를 찾게 할 수 있을 것으로 본다.

2. 영허 해일과 〈부설전〉

영허는 선과 교[禪敎]를 바탕으로 정진한 선승이었다. 이 장에서는 〈부설전〉의 내용을 다루기에 앞서 작자인 영허의 사상을 선적(禪的)으로 바라볼 수 있는 근거를 살펴보고자 한다. 이에 영허의 생애와 사상에 대해 살펴보고, 〈부설전〉에 어떻게 반영되어 있는지 알아보고자 한다.

영허의 생애와 사상은 『영허집』에 수록되어 있는 「영허대사시집서」, 「발(跋)」, 「보응당영허대사행적」과 그의 작품에 자세히 나타나 있다. 〈부설전〉은 『영허집』에 실려 있는 작품이 발견되기 전까지 구전과 월명암에 소장된 이야기로만 전하고 영허가 작자라는 근거에 관한 기록은 어떤 것도 발견되지 않았었다. 하지만 『영허집』에 수록되어 있는 〈부설전〉이 발견되고, 작자인 영허의 행적 등을 통해 영허와 부설이 노닐었던 곳이 능가산임이 드러난다. 영허의 고향이 두릉[김제군 만경현]이고 영주산[능가산]에서 삭발하였다[27]는 기록은 영허

가 깨달음을 얻고 많은 승려들에게 경론을 강의했던 곳과 부설이 세
간에 머물면서 수행하고 법을 펼쳤던 곳이 같은 장소임을 발견한 것
이다. 이는 작품의 중심이 되는 갈등 공간이면서 법을 실천한 두릉이
영허의 고향과 같은 곳임을 밝힌 것이다. 이러한 상관성은 영허가
〈부설전〉을 창작했다는 직·간접적인 근거가 된다고 할 수 있다.

   또한 영허의 다른 작품을 연관 지어 보면, 〈부설전〉을 창작하면서
참고 했던 서적들이 있었음을 짐작할 수 있다. 그렇다면 영허가 〈부
설전〉 인물들의 모습을 어디에 근거를 두고 형상하고, 어떤 사상을
취하여 작품을 창작하였는지 영허의 생애와 사상, 그리고 그의 다른
작품을 살펴보면서 밝혀보고자 한다.

   대사의 법휘는 해일이고 별호는 영허이며 거처하는 곳을 普應堂이라
   하였다. 姓은 김씨이며 본래 사대부의 아들로 萬頃縣의 不欺村에 거주
   하면서 儒學을 業으로 하였다. 어느 날 어머니 홍씨의 꿈에 어떤 신이
   한 사람이 가지고 있던 밝은 구슬을 주면서 "스스로 잘 간직하라"고 말
   하였다. 이에 곧 임신하여 신축년(1541) 9월 4일 갑진시에 태어났다.
   두세 살 때 파초 잎으로 서갑을 만들어 놀고 항상 글을 읽었다. 그는
   겨우 8살에 『대학』의 '증자가 말한 열 눈으로 보고 열 손가락으로 가리
   키는 바이니 엄하도다'라고 하는 본문에 이르러서, 여러 존귀한 사람들
   이 그 지엄함을 뜻하는 것이 무엇인가라는 물음에 "두려워하고 조심하
   는 뜻입니다."라고 말하였다. 이에 많은 사람들이 奇童이라 하였다. 그
   러나 15살(1555)에 과거를 보았는데 급제하지 못하였다.···28)

----

27) 天台山人, 「暎虛大師詩集序」, "스님의 고향은 두릉이며 영주산에서 삭발하였다(師本
   家杜陵 上瀛洲山落髮)."

이 글은 함영당이 쓴 영허의 행적으로, 영허의 태어날 때부터 출가하기 전까지의 과정에 대해 구체적으로 언급한 부분이다. 영허는 어려서부터 글 읽는 것을 생활화하고 8살 때『대학』을 읽고 많은 사람들로부터 기동이라고 불리었다. 그가 과거시험을 치렀다는 기록은 유학(儒學)으로 입신하고자했다는 것이다. 유가의 글에 능했던 그가 〈부설전〉에 쓴 '석씨포송지추(釋氏抱送之雛), 한자지유의(韓子之留衣), 양왕지무신(襄王之巫神)' 등은『두소릉시집』,『창려문초』,『문선』등에 나오는 글로 자신이 읽었던 내용을 이끌어서 쓴 것이다. 이 같은 유가(儒家)의 글은 영허가 〈부설전〉을 창작하면서 인물을 서술할 때나 어떤 상황을 비유할 때 유가의 글에서 차용하였음을 유추할 수 있는 단서들이다. 또한 영허가 〈두류산〉에서 최치원과 진감국사의 만남을 이야기하고 있는 내용을 보면 최치원의 글을 보았을 것이라 짐작할 수 있다.

　　…우주는 좁고 좁으며 강해를 돌고 도니 천왕모와 의신조는 바람 따라 흘러와 향적에 머물고, 숲과 샘은 놀라워 경물을 밝게 비추니 최치원과 진감국사는 나란히 불일에 상주하였네. …중략… 보고 깨달은 지극히 묘한 이치를 부끄러워하며 산천의 끝없음을 흠모하고, 石門에 들어가 큰 숨을 내쉬며 최치원의 고풍을 우러른다. …중략… 아아! 산은 사람을 만나기 어렵고 사람은 산을 만나기 어려우니, 최치원과 방장산

---

28) 涵影堂,「普應堂暎虛大師行蹟」,"大師法諱曰海日 別號曰暎虛 所居室曰普應 姓曰金氏 本士族子 居于萬頃縣不欺之鄕 以儒爲業 母洪氏 夢有異人 持明珠授曰 善自保護 仍而有娠 辛丑年九月四日甲辰時生焉 孩提之年 將蕉葉爲冊匣 聲常如讀書之聲也 年纔八歲時 讀大學至曾子曰十目所視大文 諸尊貴人 問其嚴之意 師有恐怖之說 諸人皆稱曰奇童 年十五擧而不中…"

은 천년의 즐거움이요. 승려는 선비를 만나기 어렵고 선비는 승려를 만나기 어려우니, 어사와 진감국사는 일대의 기쁨이네. 오직 나만이 두公[최치원, 진감국사]에 미치지 못함을 헤아리고 또한 옛 것을 좋아하나 한가로움이 없으니 금석에 새긴 글의 청건함으로 시선을 돌려 억지로 걸음을 늦추어 천천히 돌아간다.…29)

위의 글은 영허의 작품인 「유산록(遊山錄)」 가운데 〈두류산〉의 일부이다. 영허는 지리산[두류산]을 유람하면서 최치원의 고풍을 우러르며 최치원과 진감국사의 만남을 찬탄하고 있다. 이는 영허가 최치원이 쓴 〈진감화상비명 병서〉를 보았음을 짐작할 수 있는 것이다. 영허는 실제 〈부설전〉의 내용에 〈진감화상비명 병서〉에 있는 글을 여러 차례 인용한 것으로 보인다. 뿐만 아니라, 진감국사의 행적과 유사한 내용을 신고 있는데 〈부설전〉에 담겨있는 일부분을 보면서 살펴보도록 한다.

…법명은 부설이고 자는 천상이다. …중략… 지금까지 조롱박이나 풀과 같이 매여 있는 것을 통탄하다가, 德 있는 스님들을 참방하려고 갑자기 뜻을 같이한 영조·영희스님과 벗을 삼았다. 그들은 모두 …중략… 남쪽바다로 배를 타고 가서 행적을 두류산에 의탁했고, 경은 사아함을 통연했고, 논은 오명의 논들을 정밀하게 공부했다. 송화가루를 먹

---

29) 暎虛海日, 「遊山錄」, 〈頭流山〉, 『暎虛集』. "…宇宙陝窄 江海回環兮 天王母義神祖 風流而爰居香積 林泉駭愕 景物耀榮兮, 崔學士鑑國師 列局而常住佛日 …중략… 愧見覺之至妙 美山川之無窮 入石門而太息 仰崔子之高風 …중략… 嗚呼 山遇人難 人遇山難 孤雲方丈 千載同般 僧逢士難 士逢僧難 御史眞鑑 一代同歡 惟我揆二公之未及 亦好古而無閑 回視乎丹書之淸健 强緩步而徐歸…"

으면서 고요함을 관하고 대나무 열매를 먹으면서 道를 즐겼다. 어느 덧 3년이 지나 천관산에 사찰을 표시하는 건을 걸고, 5년 동안의 좌선을 마치고 능가산을 유람했다. 두루 유람을 마치고 가장 아름다운 곳을 가려 택하여 법왕봉 밑으로 나아갔다.···30)

위에서 부설은 한 곳에 매여 있지 않고 덕 있는 선지식들을 참방하려고 도반들과 남쪽 바다로 배를 타고 가서 3년 동안 수도하고, 5년 동안의 좌선을 마치고 두루 유람했다고 한다. 이는 〈진감화상비명병서〉에서 진감국사가 한 곳에 매달리지 않고 서쪽으로 가는 배를 타고 가서 선지식을 찾고, 고요히 3년 동안 수도하고, 다시 3년을 고행하고 유람을 마쳤다고 한 행적31)과 유사한 내용을 신고 있음을 알 수 있다. 유가의 경서에 능통했던 영허는 불문(佛門)에 들어와 수많은 불경을 연구하였던 것으로 보이는데 어려서부터 총명했던 영허가 불문에서 어떻게 선과 교를 접했는지 다음의 행적을 살펴보도록 한다.

···19살(1559)에 능가산 실상사에 들어가 大選겸 仲德인 印彦大師에게 삭발을 하고 5년 동안 시봉하며 여러 경론을 보았다. 하루는 갑자기 무상함을 느끼고, 오랫동안 한곳에 머무는 것이 마땅하지 않다고 생각

30) 〈浮雪傳〉. "···法名浮雪 字曰天祥 ···중략··· 旣以憫繫胞苴 參方耆宿 忽與同志靈照靈熙相友 彼皆 ···중략··· 桂棹南海 託跡頭流 經洞四含 論精五明 餌松花而觀寂 食練實而樂道 奄過三祀 掛巾天冠 畢坐五臘 飛錫楞迦 周遊覽罷 歷銓奇境 因就法王峯底···"
31) 崔致遠, 「碑」, 〈眞監和尙碑銘 幷序〉, 『孤雲集』 卷2. "···禪師法諱慧照 俗姓崔氏 ···중략··· 希微之旨 蓋以心求 吾豈匏瓜 壯齡滯跡 ···중략··· 寓足西泛 多能鄙事 視險如夷 ···중략··· 有鄕僧道義 先訪道於華夏 邂逅適願 西南得朋 四遠參尋 證佛知見 義公先歸故國 禪師卽入終南 登萬仞之峯 餌松實而止觀 寂寂者三年 後出紫閣 當四達之道 織芒屬而廣施憧憧者又三年 於是苦行旣已修 他方亦已遊···"

하고, 지리산으로 가서 부용대사를 3년 동안 모시면서 佛書를 열람하
고 禪書의 가르침을 공부하였다. 또 풍악산으로 가서 학징대사에게 계
율과 일상의 규범 등을 공부하였으며, 또 묘향산에 들어가 서산대사에
게 팔만진전의 의문스러운 것을 묻고, 상비로암에서 10년 동안 참선하
였다. 그리고 49세(1589)에 능가산으로 돌아와서 지장경을 독송하였는
데, 어느 날 밤 꿈에 지장보살이 감로수를 정수리에 부어주는 꿈을 꾸
고 깨달음을 얻었다.…32)

영허는 19살에 능가산 실상사로 들어가 인언대사에게 삭발하고 5
년 동안 시봉하면서 여러 경론을 보았다. 그리고 24살에 지리산에
있는 부용 영관(1485~1571)을 찾아가 3년 동안 모시면서 선과 교를
공부하고 조사의 공안을 들어 참구한다.33) 그의 수행은 풍악산으로
발길을 옮겨 학징대사에게 가서 일상의 일을 공부한다. 일상의 일이
란 계율과 수행 공동체의 청규를 말하는 것으로 대중과 함께 어떻게
화합하며 계율을 지키고 살아야 하는지에 대해서 배우는 것이다. 그
의 운수행각은 서산대사가 있는 묘향산으로 이어진다. 서산대사에게
서 팔만대장경의 의문스러운 문제들을 묻고 들었으며 39살에 상비로

---

32) 涵影堂,「普應堂暎虛大師行蹟」, "…十九遂出家 入楞迦山實相寺 從大選兼仲德印彦
大師祝髮執侍五年 閱諸經論 一日忽念無常 不宜久住一處訪智異山 參芙蓉大師 閱敎
搜禪 執侍三年 又往楓岳山 參學澄大師 問諸日用之事 又入妙香山參西山大師 問八萬
眞詮疑惑處 住上毗盧庵十載 己丑還入楞迦舊棲 讀地藏經 夜夢地藏 將甘露水灌頂 夢
罷心中豁然無礙…"

33) 이에 대해서는『淸虛集』3권, 〈芙蓉堂 行蹟〉의 "師平生 示人鉗鎚 若此之類也 是故常
常提起祖師公案 令人盡力參究 以豁然大悟 爲入門也"를 참고해 보면, 부용은 사람들
에게 조사의 화두를 들어 참구하도록 이끌었는데, 그의 가르침을 받은 영허도 그 영향
을 받았을 것으로 여겨진다.

암에 들어가 10년 동안 참선에 전념한다. 그리고 49세에 능가산으로
돌아와 『지장경』을 읽고 꿈에 지장보살의 관정(灌頂)을 받고 깨달음
을 얻는다.

　위의 행적은 영허가 교(敎)의 중요성을 인식하고 계율을 행하며 여
러 경론을 탐구하고 선(禪)을 참구하였음을 알 수 있다. 이 같은 학문
의 깊이와 실참 수행 과정 후의 깨달음은 작품을 창작하는 데 영향을
미치게 된다는 사실을 확인할 수 있는 자료이다. 수많은 경론을 보았
던 영허가 〈부설전〉에 차용하여 쓴 '구거지령낙발 죽마지치통현(鳩車
之齡落髮 竹馬之齒通玄), 외시승거지복 내홍용맹지학(外示僧佉之服 內弘
龍猛之學), 항지 금석방견(抗志 金石方堅)"등은 『역경도기』,[34] 『대당
서역기』,[35] 『선종영가집』 등의 불교와 관련된 글을 보고 인용했다는

34) 본고에서 『역경도기』는 『고금역경도기』와 『속고금역경도기』를 간략히 통칭한 말이다.
하지만 典故를 인용한 註에서는 원래의 이름을 그대로 적었다. 『고금역경도기』는 총
4권으로 당나라의 정매가 664년에서 665년 사이에 편찬하였다. 여기에 수록된 것들은
대자은사 번경원의 벽화에 그려진 그림을 보고서 지은 것으로 후한시대의 가섭마등에
서 부터 당나라의 현장에 이르기까지 6백여 년 동안의 번역자와 경·율·논 삼장의
번역에 뛰어났던 번역자들의 행적과 번역된 책들 목록이다. 『속고금역경도기』는 1권으
로 당나라의 지승이 730년에 서숭복사에서 편찬하였다. 『고금역경도기』의 속편으로
현장 이후부터 금강지에 이르기까지의 역경기록이다(동국역경위원 역, 『한글대장경
출삼장기집 외』, 동국역경원, 2000, 25~27쪽·581쪽 참조).
35) 『대당서역기』는 12권으로 당나라의 현장법사가 629년 8월에 장안을 출발하여 645년
1월에 돌아오기까지 전 후 17년간 체험하고 견문한 서역과 인도의 기후·풍토·언어·
종교·전설 등을 기록한 志記類로써 四部叢刊 史部에 수록되어 있다(현장 저·권덕주
옮김, 『대당서역기』, 일월서각, 1983, 376~383쪽 참조). 또한 석가의 고사를 자세하
게 적고 인도의 역사적인 사실을 열거하면서 기록했다. 인도의 풍속교화는 淸濁이 여
러 가지여서 그 개략만을 기술했으며 제불이 나타났던 곳이나 불타가 교화를 편 흔적
등을 열거하고 설명을 덧붙였다(현장 저·권덕주 옮김, 「讚」, 앞의 책, 1983, 368~
375쪽 참조).

것을 알 수 있다. 선과 교를 중요시 했던 영허는 깨달음을 얻고서도 보림(保任)을 위해 안거에 들어간다.

> …영허의 나이 51세(1591)에 은사스님이 입적하여 다비한 후 팔도를 돌아다니며 천지를 집으로 삼고, 묘향산으로부터 한 곳의 산문에서 한 철씩 하안거 결재를 하였다. 혹은 비구와 거사와 함께 정토업을 닦으면서 결실을 이루었고, 65세(1605)에 실상사에 들어가 많은 승려들에게 경론을 강의하였다. 67세(1607)에 광덕산 연대암으로 가서 머물면서 봄과 가을에 참선을 하였고 68세(1608)에 두류산 대암에 들어가 수행하다가 69세(1609)에 방장실을 열고 대중에게 "너희들 모든 사람들은 각기 무상함이 빠름을 생각하여 진중하고 진중하라"고 말하고 열반에 들었다. 열반하신 날에 상서로운 빛이 공중에 가득 찼으며, 문하인들이 49재 때마다 무차대회를 베풀었는데 재를 지낼 때 마다 서기가 나타났다.[36)]

영허는 안거에 들어 화두를 참구하고, 승려들을 모아서 경론을 강의했다. 수많은 승려들을 모아서 강의한다는 것은 참선을 통한 정진과 불교의 경론에 통달하지 않고서는 어려운 일이다. 그만큼 선과 교에 능했기에 가능했다고 할 수 있다.

이상의 영허의 행적을 통해서 그가 선·교를 바탕으로 불가와 유

---

36) 涵影堂, 「普應堂暎虛大師行蹟」. "…辛卯年 恩師大選 入寂茶毗後還巡八壤 天地爲家 自妙香山一山結一夏 或比丘或居士 咸使修淨土業 以之成實 而乙巳春 又入實相寺 大集僧侶 講諸經論 丁未春往廣德山蓮臺庵 住過三春秋 戊申年六月 入頭流山臺嚴 己酉年二月五日丈室閉關 逾時而開 召大衆云 汝等諸人 各以無常迅速爲念 珍重珍重 黙然圓寂 年六十九歲 送終之夕 祥光洞天 瑞氣盤空 七七之齋 門人設無遮大會 無一齋而無瑞氣矣"

가의 학문을 두루 갖추었음을 밝혔다. 또한 영허는 시에 능하여 시로
써 자신의 감정과 사상을 표출했다. 『영허집』의 서문을 「영허대사시
집서」라고 한 것은 영허가 시를 잘 지었다는 것이다. 다음은 영허가
시에 능했다고 한 천태산인 김지수(1585~1636)가 쓴 서문을 살펴보도
록 한다.

> 오래 전에 듣기를, 스님은 시에 능했다고 한다. …중략… 오래 전에
> 은거하는 곳에서 승려가 詩의 초고 한권을 가지고 와서 나에게 주면서
> 말하기를, "이것은 우리 스승님의 詩입니다. 듣건대, 公께서 우리 스님
> 의 詩를 보고 싶어 한다기에 감히 드리려고 찾아왔습니다. 장차 詩를
> 간행하려고 하니 원컨대 公께서 서문을 써주십시오."라고 하였다. 그것
> 을 펼쳐 보니 詩가 원만하면서도 밝으며 평담하고, 심히 차고 가파르지
> 않았으며 佛家의 기이함과 엉뚱함도 적었다. 그것을 요약하면 성정 또
> 한 크게 어그러짐이 없어서 儒家에 근본을 두고 말한 것에 합치된 것이
> 실로 많았다.…37)

위의 글은 영허의 시가 원만하고 불가와 유가의 학문을 두루 갖추
고 있음을 말한 것이다. 일반적으로 유가인들이 승려의 시를 평가할
때 '차고 가파르다[한초(寒峭)]'고 한다. 하지만 영허의 시에는 승려 시
의 약점이라고 할 수 있는 '차고 가파름'이 적고 유가의 근본에 합치

---

37) 天台山人, 「暎虛大師詩集序」. "舊聞師能詩 …중략… 歲月已深 一夕於郊扉 僧有執一
詩藁 授余而言曰 此吾師詩也 聞公欲見吾師詩 敢來相授 將詩入梓 願公之序之也 余
受而披閱之 則詩圓明平淡 未甚寒峭 [少]葱嶺來氣習 要之性情 亦無大詩 其合於儒之
有本有言者實多…"(여기에 '少' 字는 원문에는 '小'로 되어 있으나, 의미상 '少'가 옳을
듯하여 써넣었다.)

된 글이 많다고 하였다. 이렇게 시에 능했던 영허는 자신의 사상을
시로써 드러내었다. 다음은 영허의 시 2편을 통해 그의 사상이 어떻
게 드러나고 있는지 살펴보도록 한다. 먼저, 〈일물(一物)〉의 내용을
살펴보도록 한다.

   한 물건 〈一物〉

      나에게 한 물건이 있으니   吾家有一物
      꼬리도 없고 머리도 없네   無尾亦無頭
      출입하고 왕래도 함께하고   出入同來往
      나아가고 머무름도 함께 하네   行藏共去留
      궁구하여 찾으면 더욱 적막해지고   窮尋多寂寞
      움직여 쓰면 지극히 넉넉해지네   動用極優游
      얼굴을 보면 이름도 모양도 없지만   覿面無名狀
      만난 사람은 웃기를 그치지 않네.   逢人笑不休

   위 1, 2구의 "나에게 한 물건이 있으니 꼬리도 없고 머리도 없네"는
사람마다 본래 지니고 있는 불성(佛性)을 강조한 것이다. 영허를 보
지 않고도 그 시를 보게 되면 그 시를 짓게 된 정신과 사상을 알 수
있다.38) 이 시는 누구나 가지고 있는 자성(自性)을 행주좌와 어묵동
정의 언제 어디서나 낱낱이 밝게 드러낼 수 있음을 말한 것이다. 다
음은 〈답증희상인구어(答贈熙上人求語)〉의 내용을 살펴보도록 한다.

---

38) 新坡居士, 「跋」. "그 사람을 보지 않고 그 詩를 보게 되면 이에 가히 그 詩를 짓게
   된 유래(정신·사상)를 알 수 있다(不見其身 見其詩斯可已由來)."

희스님이 말을 구함에 대답해 주다 〈答贈熙上人求語〉

눈을 들어 푸른 하늘 밖을 보니	擧目靑天外
산하대지에 티끌이 끊어졌네	山河絶點塵
저마다 묘체가 깃들어 있고	頭頭咸妙體
물물이 모두 자연 그대로 이네	物物摠天眞
밤에 양원에서 술 취하여 춤추고	醉舞梁園夜
봄에 사수에서 높은 소리로 노래 부르는 것은	高歌謝樹春
색·성이 특별한 일이 아니라	色聲非別事
본래 사람의 일이네.	元是本來人

위에서 영허는 보고 듣는 일이 일상생활의 일이라고 한다. 이는 〈부설전〉의 증별시와 증도시에서 부설이 강조한 중심 이야기로 색과 소리가 본래 사람의 일임을 나타낸 것이다. 이는 모두가 부처가 될 수 있는 평등한 불성을 가지고 있어서 자신의 보물인 자성을 찾으면 성불할 수 있다는 영허의 사상을 알 수 있을 뿐만 아니라, 그가 불가와 유가의 학문을 두루 갖추고 있음을 확인할 수 있는 작품이다. 3, 4구의 "저마다 묘체가 깃들어 있고 물물이 모두 자연 그대로 이네[頭頭咸妙體 物物摠天眞]"와 5, 6구의 "밤에 양원에서 술 취하여 춤추고 봄에 사수에서 높은 소리로 노래 부르는 것은[醉舞梁園夜 高歌謝樹春]"은 불가와 유가의 글을 이끌어서 표현한 것이다.

〈일물〉 1, 2구의 항상 가지고 있는 한 물건39)과 〈답증희상인구어〉

---

39) 「頓漸品」, 『六祖壇經』. "一日 師告衆曰 吾有一物 無頭無尾 無名無字 無背無面 諸人 還識否"

의 3, 4구40)와 5, 6구41)는 옛 글에 나타나 있는 표현을 점화(點化)의
방법으로 활용한 것이다. 이렇게 영허는 자신이 읽었던 불가와 유가
의 내용을 이끌어서 작품에 반영한다. 다음은 영허가 선승(禪僧)임을
드러내고 있는 내용을 『영허집』 1권의 〈걸나복(乞蘿蔔)〉이라는 시를
통해 살펴보도록 한다.

  무를 구하며 〈乞蘿蔔〉42)

  조주문하에 출입하며 살아오면서   生來出入趙州門
  소탈한 살림살이 흰 구름과 같도다   計活蕭疎等白雲
  듣자니 대사는 禪과 德을 갖췄다 하는데   聞說大師禪具德
  진주의 참맛은 餘根을 빌려야 되네.   鎭州眞味借餘根

  영허는 1, 2구에서 자신이 선승이라는 것을 두드러지게 말하고 있
다. 그는 여기서 불가의 공안을 들어 수행 정진했음을 드러내고 있다.
  이와 같이 『영허집』을 통해 영허의 생애와 사상, 그리고 그의 다른
작품을 살펴보았다. 그 결과, 영허의 행적은 선교(禪敎)의 바탕이 불
도를 구하는 데 작용했음을 확인하였고, 〈부설전〉을 저술하는 데 영

---

40) 涵虛得通 編著, 「離相寂滅分」, 『金剛經五家解說誼』. "遠觀山有色 近聽水無聲 春去
    花猶在 人來鳥不驚 頭頭皆顯露 物物體元平 如何言不會 祇爲太分明"
41) 杜甫, 〈寄李十二白二十韻〉, 『杜少陵詩集』卷8. "昔年有狂客 號爾謫仙人 …중략… 醉
    舞梁園夜 行歌泗水春 …중략… 楚筵辭醴日 梁獄上書辰 已用當時法 誰將此義陳 老吟
    秋月下 病起暮江濱 莫怪恩波隔 乘槎與問津"
42) 蘿蔔은 선종의 공안인 大蘿蔔頭를 말하며 조주 종심(778~897)의 '진주 무' 화두를 말
    한다. 이는 조주스님이 말한 진주의 유명한 무가 어떤 맛인지는 본인이 직접 먹어보고
    맛보아야 알 수 있다는 것으로 본인이 수행해서 깨달아야함을 말한다.

향을 미치게 되었음을 파악할 수 있었다. 또한 승려들은 일반적으로 문집에 논(論)과 소(疏) 등을 실어 경·율·논 등에 대한 견해를 나타 내는데, 영허의 작품에는 논과 소 등이 없는 반면에 〈부설전〉이 있다 는 점은 이야기를 통한 새로운 형태로 불교의 교리를 반영할 것을 짐 작하게 하였다.

3. 구도(求道)에 따른 선교(禪敎)적 사유와 그 토대

〈부설전〉은 부설이 구도(求道)하는 과정에서 세간에서 스스로를 이롭게 하는 지혜와 다른 사람을 이롭게 하는 자비를 실천하면서 깨 달음을 얻었다는 이야기이다. 부설은 불도(佛道)를 이루어가는 과정 에서 구무원과 묘화를 만나 계율과 자비에서 갈등하고 이로 인해 영 희·영조와 심화된 갈등을 일으킨다. 이들은 부설의 수행과정에 중 요한 역할을 하면서 이야기를 이끌어가기 위해 일정한 모습으로 묘 사되었다.

앞서, 『영허집』을 통해 영허가 〈부설전〉을 창작할 때 작품의 전반 적인 내용에 불경과 불가 및 유가의 시문집 등을 인용하여 전체적인 내용을 서술하였음을 확인하였다. 인물들의 모습을 뚜렷하게 부각시 키기 위해 사용한 전고의 내용이 선교(禪敎)와 관련을 맺고 있다. 또 한 사건을 해결하는 데 있어서 그들의 모습으로 표현된 전고와 사상 이 이야기와 연결되어 긴밀한 관계를 맺으면서 하나의 틀로 귀결되 고, 두드러지게 나타낼 것을 짐작할 수 있었다. 실제로 부설이 세간 [백련지(白蓮池)]에서 실천해나가는 요소들이 선적(禪的)으로 나타나고,

이를 통해 깨달음을 이루어 갈등 상황을 해소한다.

이 장에서는 '〈부설전〉의 구도와 선적 체계'를 연구하는데 중요한
역할을 하는 인물들이 작품 내에서 어떤 모습과 역할을 하는지 규명
할 것이다. 또한 인물들이 자신이 처한 상황을 어떤 사상으로 이야기
하고 그 차이를 드러내는지 살펴볼 것이다. 그에 따라 각 인물을 서
술할 때나 사상을 이야기할 때 차용했던 전고를 상세하게 살핀다. 그
리고 그 의미를 분석하여 어떤 사상을 바탕으로 인물들을 형상하고,
어떤 사상으로 문제를 해결하는지 고찰해 보도록 한다.

1) 구도의 유력과 정혜(定慧)사상

(1) 부설과 영희·영조의 수도(修道)

영허는 부설과 영희·영조가 구도(求道)의 뜻을 같이하여 수행했던
행적을 서술하면서도 부설이라는 인물을 독자적으로 부각시켰다. 그
리고 부설과 사상적으로 대립하는 영희·영조를 뚜렷하게 구분하지
않고 동일 인물로 서술했다. 먼저, 주인공인 부설이 출가하기 전에
어떤 인물이었는지 내용 전개에 따라 살펴보도록 한다.

신라 진덕여왕이 즉위한 첫 해, 도성 안 남쪽 지역 향아에 진씨의
아들이 있었으니, 이름은 광세(光世)였다. 태어날 때부터 빼어나게 총
명해서 배우지 않고도 스스로 깨달아 알았다. 여러 아이들과 놀면서도
평범한 아이들 같지 않았는데, 혹은 서쪽을 바라보며 시간을 보내고,
혹은 숲속에 편안히 앉아 있곤 하였다. 스님을 만나면 기뻐하였고, 살
생하는 것을 보면 얼굴을 찡그렸다. 마침내 불국사에 가서 원정선사에
게 출가하였다. 구차를 가지고 놀 나이에 삭발하고, 밖에서 뛰어놀 나

이에 현묘한 이치를 통달하였다.····43)

〈부설전〉은 광세의 출생과 함께 시작된다. 부설의 어릴 때 이름은 광세이다. 그는 태어날 때부터 총명하고 남달라서, 서쪽을 바라보며 참선하고 살생하는 것을 보면 마음 아파했다. 어린 나이에 삭발하고, 현묘한 이치를 통달한다.

먼저, '광세'라는 이름에 대하여 구체적으로 살펴보도록 한다. 부설의 어릴 때 이름인 '광세(光世)'는 광세음보살(光世音菩薩)에서 차용한 것으로 보인다. 동일 인물을 한역하는 과정에서 축법호는 다라지엽(多羅之葉)에 적은 판본을 근거로 '광세음보살'이라하고 경명을 『정법화경』이라 했고, 구마라집은 구자지문(龜玆之文)을 원본으로 '관세음보살'이라 하고 경명을 『묘법연화경』이라고 하였다.44) 광세음보살은 세간의 고통과 소리를 듣고 모든 중생을 구원하는 자비심으로 이름한다.45) 본래 진리는 부처와 중생의 차별이 없지만 중생들이 감정에 눈이 어두워 괴로움을 받는다. 때문에 광세라는 명칭을 이끌어

---

43) 〈浮雪傳〉. "新羅眞德女主 啓祚年初 王都南內之香兒 有陳氏之子 名曰光世 生而穎悟 解自天然 群童戲嬉 不侔凡流 或西向移晷 或林間燕坐 逢僧則悅豫 見殺則嚬[蹙] 遂往 佛國寺 投圓淨禪師 鳩車之齡落髮 竹馬之齒通玄…"[蹙]은 원문에는 '感'으로 되어 있으나, 문맥상 '蹙'이 옳을 듯하여 써 넣었다."

44) 이는 번역할 때의 원본이 다른 것에서 經名과 인물의 명칭에 차이가 날 뿐, 동일 경전이고 같은 보살의 칭호이다(동국역경위원 역, 『정법화경 外』, 동국역경원, 1994, 9~13쪽·404~405쪽 참조).

45) 戒環 解, 「觀世音菩薩普門品」, 『妙法蓮華經』. "單發爲聲 雜比爲音 於世間衆苦雜聲 齊觀並救 號觀世音 …중략… 於音言觀者 以觀智應物之 謂觀卽眞觀淨觀慧慈悲是 也 觀觀之體 聞聞之性 本無苦樂 衆生不能返聞 循聲流轉故受諸苦惱 觀音不隨聲塵妄 起知見 故一切解脫 而令苦衆生持其名蒙 其觀者亦得解脫 實眞淨慈悲觀力加被故也"

서 모든 중생의 괴로움을 없애주고 즐거움을 주는 관세음보살의 대
자대비한 마음을 가진 인물로 부설을 제시하였다.

광세가 "혹은 서쪽을 바라보며 시간을 보내고, 혹은 숲속에 편안히
앉아 있곤 하였다."는 것은 진감국사의 행적 중에서 '혹서향위좌 이
구미상동용(或西向危坐 移晷未嘗動容)'46)을 인용했다. 영허는 이 구절
의 대구를 맞추기 위해 '혹서향이구 혹임간연좌(或西向移晷 或林間燕
坐)'라는 새로운 말을 만들었다. 이는 옛 사람들의 작품에 나타나 있
는 표현을 자신의 작품에서 새롭게 창조해내는 점화(點化)의 수법을
사용해서 광세가 어릴 때부터 불교적인 소양을 가지고 있다는 점을
강조한 것이다.

광세가 "구차를 가지고 놀 나이에 삭발하고, 밖에서 뛰어놀 나이에
현묘한 이치를 통달하였다."는 것은 현장의 행적47)을 인용했다. 부
설은 어려서부터 유가의 글을 배우고 대승경전을 외워서 인품이 특
별했고 무리 중에서도 총명했다. 어린 시절부터 근기가 보통 아이들
과 달랐던 광세는 장난감을 가지고 놀 5살 정도의 어린 나이에 불문

---

46) 〈眞監和尙碑銘 幷序〉, 『孤雲集』卷2. "禪師法諱慧昭 俗姓崔氏 …중략… 暨齔 從戱
必燌葉爲香 采花爲供 或西向危坐 移晷未嘗動容"

47) 靖邁 撰, 「齊蕭氏都建康 大唐李氏長安」, 『古今譯經圖紀』卷4. "沙門玄奘 河南洛陽
人 俗姓陳氏 潁川陳仲弓之後 鳩車之齡落綵 竹馬之齒通玄 牆刃干霄風神朗月"(寶達,
『金剛暎』上권과 周敦義 述・法雲 編, 『翻譯名義集』1권의 「翻譯名義序」, 〈宗翻譯
主〉篇 第11 내용도 동일하다.) 같은 내용이지만 書玉, 『沙彌律儀要略述義』上권의
「事義」, 〈玄奘〉에서는 "河南洛陽人 潁川陳仲弓之後 鳩車之齡落[影/采] 竹馬之齒通
玄 戒具云畢 偏肆毗尼 常慨敎缺傳匠 理翳譯人 遂使如意之寶不全 雪山之偈猶半 於
是杖錫西遊 法師討論一十七周 遊覽百有餘國 一切經書 畢究其妙 於貞觀十九年 廻靶
上京 勅弘福寺翻譯 廣如譯經圖記"라고 하였다.

에 들어가 삭발하고, 죽마놀이를 하며 뛰어놀 7살에서 14살[48] 사이
에 현묘한 이치를 통달했다. 이는 부설의 출가한 나이를 언급한 내용
으로 부설이 어린 나이에 출가했음을 밝힌 것이다. 이같이 어려서부
터 중생을 향한 자비심을 갖춘 광세가 어떤 모습의 승려였는지 아래
글에서 살펴보도록 한다.

> …법명은 부설이고 자는 천상이다. 서린 내린 소나무 같은 깨끗한 절
> 조와 물에 비친 달 같이 텅 빈 가슴을 지녔다. 계행은 구슬처럼 밝고
> 온전했으며, 선정에 들어서 육문[六根]이 고요하고 그윽해졌다. 인품
> 은 맑고 원대했으며, 식견과 도량은 널리 통하고 민첩하니, 영남 지방
> 의 덕 높은 승려들이 모두 그를 법기로 여겼다. 겉으로는 수론학파의
> 복장을 하고 안으로는 龍猛[용수보살]의 학문을 넓혔다. …[49]

광세는 부설이라는 법명을 받고 계(戒)와 정(定)을 갖추어 수행하
는 승려로 주위의 고승대덕에게 큰 인물이 될 것이라는 기대를 받는
다. 그는 겉으로는 수론학파의 모습을 하고 안으로는 용수보살의 대
승의 학문을 넓혔다.

부설이 "서리 내린 소나무 같은 깨끗한 절조와 물에 비친 달 같이
텅 빈 가슴을 지녔다."는 것은 영가 현각의 행적[50]을 인용했다. 이는

---

48) 『書敍指南』에서는 "五歲之戲曰 鳩車之戲"라고 하였고 "七歲之戲曰 竹馬之戲"라고 하
　　였다. 『後漢書』, 「郭伋前」에는 "兒童乘竹馬迎拜"라고 하였고, 「陶謙傳」에서는 "年十
　　四 獨乘竹馬爲戲"라고 하였다.

49) 〈浮雪傳〉. "…法名浮雪 字曰天祥 霜松潔操 水月虛襟 戒珠光而全 定門幽而靜 器宇沖
　　遠 識度通敏 嶺南高德 咸用器之 外示僧佉之服 內弘龍猛之學矣…"

50) 玄覺 撰 · 魏靜 述 · 行靖 註, 「禪宗永嘉集序」, 『禪宗永嘉集』. "大師俗姓戴氏 永嘉人

부설이 맑은 절개와 신념 등을 굽히지 않는 기개를 가지고 계율을 달같이 깨끗이 하고 자비를 행했다는 의미이다.

부설의 "계행은 구슬처럼 밝고 온전했으며, 선정에 들어서 육문[六根]이 고요하고 그윽해졌다."는 것은 달마급다의 '계지이이정 정수유이결(戒地夷而靜 定水幽而潔)'이라는 행적[51]을 인용했다. 부설은 선정에 들어 안·이·비·설·신·의 여섯 감각기관이 고요하고 그윽했다. 이는 선(禪)은 계율을 지니지 않으면 이루기 어렵고, 선(禪)이 아니면 바른 지혜를 얻기 어렵지만 계율을 지니고 선정에 들면 바른 지혜가 생겨서 확연해지는 것[52]을 말한 것이다. 따라서 '계주광이전 정문유이정(戒珠光而全 定門幽而靜)'은 부설의 계행과 선정에 대해 계(戒)는 정(定)을 돕고 혜(慧)를 일으키므로 계와 정으로 지혜가 생겨난다[53]는 의미를 말한다. 이는 점화의 방법을 이용해서 부설이 지닌 계율과 선정을 관련시켜 선(禪)을 닦는 것이 중생을 구제하고자 한다

也 …중략… 三業精勤 偏弘禪觀 境智俱寂 定慧雙融 逐使塵靜昏衢 波澄玄海 心珠道種 瑩七淨以交輝 戒月悲花 耿三空而列耀 加復霜松潔操 水月虛襟 布衣蔬食 忘身爲法 愍傷含識 物物斯安"

51) 「隋楊氏都長安」, 『古今譯經圖紀』 卷4. "達摩笈多 隋言法密 南賢豆國人 …중략… 戒地夷而靜 定水幽而潔"(『翻譯名義集』 1권의 「翻譯名義序」, 〈宗翻譯主〉편 제11 내용도 동일하다.) 같은 내용이지만 性起, 『金剛般若波羅蜜經懸判疏鈔』 7권에서는 "隋言法密 南賢豆國人 …중략… 義理允正 稱經微旨 然而慈恕立身 恭和成性 心非道外 行在說前 戒地夷而淨 定水幽而潔 經洞字原 論探聲意"라 하였고, 智昇, 『開元釋教錄』 7권의 「總括群經錄」 上7에서는 "沙門達摩笈多 隋云法密 亦云法藏 …중략… 然而慈恕立身 柔和成性 心非道外 行在言前 誠地夷而靜 智水幽而潔 經洞字源 論窮聲意 加以威容詳正 勤節高猛 誦響繼晨宵 法言通內外 又性好端居簡絶情務 寡薄嗜欲息杜希求 無倦誨人有蹤利己"라고 하였다.

52) 「三正釋集文三」, 『禪宗永嘉集』. "非戒不禪 非禪不慧 上旣修定 定久慧明"

53) 「無得無說分」, 『金剛經五家解說誼』. "戒能資定 定能發慧 故以戒定 發起般若定宗"

는 의미를 내포한 것이다.

부설의 "인품은 맑고 원대했으며, 식견과 도량은 널리 통하고 민첩하니"는 파라파가라의 행적54)을 인용했다. 이는 부설이 계율에 통달하고 선정을 닦았으며, 대승경전을 배우고 익혀서 찾아온 사람들을 모두 깨우쳐 주었던 인물임을 말한 것이다. 이와 같은 부설의 모습을 보고 "영남 지방의 덕 높은 승려들이 모두 그를 법기로 여겼다."는 것은 현장의 행적55)을 인용한 예이다. 부설이 당시의 법장(法匠)들에게 의심나는 것을 묻고 수학하니, 당시의 이름 있는 스님들이 부설의 빼어남을 보고 불법의 진리를 전할 수 있는 큰 그릇으로 여겼음을 말한 것이다.

부설이 "겉으로는 수론학파의 복장을 하고 안으로는 龍猛[용수보살]의 학문을 넓혔다."는 것은 청변논사의 행적56)을 인용했다. 이는

---

54) 「齊蕭氏都建康 大唐李氏長安」, 『古今譯經圖紀』 卷4. "波羅頗迦羅 唐言作明知識 或云波頗 此云光智 …중략… 識度通敏 器宇冲邃 博窮內外 研精大小"(『翻譯名義集』 권1의 「翻譯名義序」, 〈宗翻譯主〉篇 第11 내용도 동일하다.)

55) 「大唐李氏」, 『古今譯經圖紀』 卷4. "玄奘河南洛陽人 俗姓陳氏 穎川陳仲弓之後 鳩車之齡落綵 竹馬之齒遍玄 牆刃干霄霄神朗月 京洛名德 咸用器之"(『金剛暎』 上권과 『翻譯名義集』 권1의 「翻譯名義序」, 〈宗翻譯主〉篇 第11 내용도 동일하다.)

56) 玄奘 譯·辯機 撰, 「馱那羯磔迦國」, 『大唐西域記』 卷10. "城南不遠 有大山巖 婆毗吠伽(唐言淸辯)論師住阿素洛宮 待見慈氏菩薩成佛之處 論師雅量弘遠 至德深邃 外示僧佉之服 內弘龍猛之學 聞摩揭陀國護法菩薩宣揚法教 學徒數千 有懷談議 杖錫而往" 같은 내용이지만 『華嚴懸談會玄記』 21권의 「普瑞集」과 從義 찬술의 『法華經三大部補注』 14권의 「天台三大部補注」 11권, 〈靑目注〉에서는 "西域記說 淸辯論師 外示僧佉之服 內弘龍樹之學 聞護法菩薩在菩提樹宣揚法教"라 하였고 『翻譯名義集』 1권의 「翻譯名義序」, 〈總諸聲聞〉편 第9에서는 "達磨波羅 西域記云 唐言護法 神負遠邁 因卽出家 淸辯論師 外示僧佉之服 內弘龍猛之學"이라 하였으며, 弘贊의 『觀音慈林集』 中권의 「感應之一」 下편 〈淸辯論師〉에서는 "南天竺大安達羅國 城南不遠 有大山巖 淸辯論師 住阿素洛宮 待見慈氏菩薩成佛之處 論師雅量弘遠 至德深邃 外示僧佉之服 內弘龍猛

부설이 용수보살[용맹][57])의 대승의 학문을 넓고 깊게 공부해서 불교의 학문을 널리 전파했던 인물임을 강조하기 위해 표현한 것이다. 영허는 이와 같이 전고를 통해 부설의 인물됨을 독자적으로 부각시켜 표현한 반면, 도반인 영희·영조와 구분하지 않고 공통적인 면을 갖춘 인물로 형상한다.

> …법명은 부설이고 자는 천상이다. …중략… 지금까지 조롱박이나 풀과 같이 매여 있는 것을 통탄하다가, 德 있는 승려들을 참방하려고 갑자기 뜻을 같이한 영조·영희스님과 벗을 삼았다. 그들은 모두 <u>자비와 너그러움으로 몸을 세우고, 공손하고 온화한 성품을 이루었다. 마음은 道 밖에 두지 않았고, 행동은 말하기 전에 두었다. 적은 욕심을 귀하게 여기고 욕구를 끊고, 단정히 거처하면서 간소하게 일하는 것을 좋아했다.</u> 그들은 남쪽바다로 배를 타고 가서 행적을 두류산에 의탁했고, <u>경은 사아함을 통연했으며, 논은 오명의 논들을 정밀하게 공부했다. 송홧가루를 먹으면서 고요함을 관하고 대나무 열매를 먹으면서 道를 즐겼다.</u> 어느 덧 3년이 지나 천관산에 사찰을 표시하는 건을 걸고, 5년 동안의 좌선을 마치고 능가산에서 노닐었다. 두루 유람을 마치고 가장 아름다운 곳을 가려 택하여 법왕봉 밑으로 나아갔다. 드디어 초암 한 칸을 짓고 묘적암이라 편액하였다. 이는 좌선하여 고요에 들어가는 묘한 경지를 일컫는 것이다. 세 승려는 같은 장소에 모여서 일심으로 깨달음을 위하여 <u>입을 다물고 선정에 들어 마갈타에서 문을 닫고 사유하듯 하였다.</u> 십년 동안 인연을 끊고, 전생·금생·후생의 꿈에서 깨어났

之學"이라 하였다.

57) 용맹은 용수보살을 가리키는 명칭이다. 용수보살은 2~3세기에 생존했던 남인도 브라만 출신으로 대승불교를 성행시킨 인물이다. 그는 空의 논리를 체계화한 중관학파의 시조로 여겨지고 있다. 『중론』, 『십주비바사론』 등의 저서를 남겼다.

다. 학문은 대승교를 궁구했고, 계행은 둥근 구슬보다 깨끗했다.…[58]

부설은 덕 있는 스님들을 참방하려고 영희·영조와 뜻을 같이한다. 그들은 모두 "자비와 너그러움으로 몸을 세우고, 공손하고 온화한 성품을 이루었다. 마음은 道 밖에 두지 않았고, 행동은 말하기 전에 두었다. 적은 욕심을 귀하게 여기고 욕구를 끊고, 단정히 거처하면서 간소하게 일하는 것을 좋아했다."는 것은 달마급다의 행적[59]을 인용했다. 세 승려는 자비한 마음으로 사람들을 가르치면서 불법을 설명해 주고, 자신을 이롭게 하는 것보다 중생을 위하고 존중했던 인물들이다. 이는 세 승려가 자비와 계율을 갖춘 인물이라는 것을 표현한 것이다.

세 승려의 구도에 찬 열의는 남쪽으로 떠나는 만행(萬行)으로 이어

58) 〈浮雪傳〉. "…法名浮雪 字曰天祥 …중략… 既以慟繫匏苽 參方耆宿 忽與同志靈照靈熙相友 彼皆慈恕立身 恭和成性 心非道外 行在說前 貴寡欲而息求 好端居而簡務者也 桂棹南海 託跡頭流 經洞四含 論精五明 餌松花而觀寂 食練實而樂道 奄過三祀 掛巾天冠 畢坐五臘 飛錫楞迦 周遊覽罷 歷銓奇境 因就法王峯底 遂葺草廬一間 額曰妙寂 是乃妙入禪寂之稱也 三士同巢 一心爲道 杜口禪那 掩關摩竭 十載緣消 三生夢斷 學已窮於滿字 行乃潔於圓珠…"

59) 「隋楊氏都長安」, 『古今譯經圖紀』 卷4. "達摩笈多 隋言法密 南賢豆國人 …중략… 然而慈恕立身 恭和成性 心非道外 行在說前 …중략… 好端居而簡務 貴寡欲而息求 無倦誨人 有踰利己"(『翻譯名義集』 1권의 「翻譯名義序」, 〈宗翻譯主〉편 제11 내용도 동일하다.) 같은 내용이지만 『金剛般若波羅蜜經懸判疏鈔』 7권에서는 "隋言法密 南賢豆國人 …중략… 義理允正 稱經微旨 然而慈恕立身 恭和成性 心非道外 行在說前 戒地夷而淨 定水幽而潔 經洞字原 論探聲意"라 하였고, 『開元釋敎錄』 7권의 「總括群經錄」 上7에서는 "沙門達摩笈多 隋云法密 亦云法藏 …중략… 然而慈恕立身 柔和成性 心非道外 行在言前 誡地夷而靜 智水幽而潔 經洞字源 論窮聲意 加以威容詳正 勤節高猛 誦響繼晨宵 法言通內外 又性好端居簡絶情務 寡薄嗜欲息杜希求 無倦誨人有踰利己"라고 하였다.

진다. 그들은 두류산에 머물면서 경론을 자세하게 연구하고 송홧가
루와 대나무 열매를 먹으면서 참선한다. 좌선을 마치고 능가산의 법
왕봉 아래에 자리를 마련한다. 그리고 세간의 인연을 단절하고 십 년
동안 수도에 전념하여 삼생의 업을 깨닫는다.

　여기서는 전고를 차용한 내용을 살피기에 앞서, '필좌오납 비석능
가(畢坐五臘 飛錫楞迦)'와 '역전기경 인취법왕봉저(歷銓奇境 因就法王峯
底)'에 대해 자세히 살펴보도록 한다. 세 승려가 유력(遊歷)한 장소인
능가는 선가(禪家)의 근본적인 사상을 이룬『능가경』을 뜻한다고 할
수 있다. 중국에서 달마선이 성행하던 때에 견성성불 불립문자를 고
집하던 선사들도 이 경을 불심(佛心)을 전하는 열쇠로 간주하여 전수
해온 보전이었다.[60] 또한 가장 아름다운 법왕봉에 자리를 마련한 것
은『묘법연화경』을 뜻한 것으로 보인다.『묘법연화경』은 불성이 누
구에게나 평등하게 갖추어져있다고 설한 경전이다.[61] 특히「방편품」
에서 모든 중생이 부처의 지혜를 얻고 성불할 수 있음을 말한다. 이
경전에「관세음보살보문품」이 들어있는데, 이는 세 승려가 자비의
완성을 마음에 두었기에 법왕봉 아래에 묘적암을 짓고 정진했음을
알 수 있다. 따라서 세 승려가 지혜의 보살인 문수보살을 찾아 떠나

---

60)『능가경』은 禪의 철학적 근거를 제시한 책으로 출가자의 수행에 관한 규범이 상세하게
　　규정되어 있다. 이 경전은 唐代의 선사들에 의해 성행하게 연구되었다. 이는 동국역경
　　위원 역, 『入楞伽經』, 동국역경원, 1985에 수록된 해제를 참고하였다.
61)『묘법연화경』을 수승한 경전이라 한 것은『묘법연화경』이 나타내는 의미 가운데 禪의
　　입장에서 가르침으로 가장 뛰어난 교법이라, 말로 표현할 수가 없으므로 세간에서 가
　　장 빼어난 흰 연꽃으로 비유하였다. 이는 동국역경위원 역, 『법화경』, 동국역경원,
　　1985에 수록된 해제를 참고하였다.

는 과정에서 이루었던 설법을 마명과 용수의 변재로 비유한 의미도
여기에 둔 것이다. 즉 세 승려가 선가에서 중요하게 여기는『능가경』
에서부터 법의 왕이라 불리는『법화경』까지 모든 경전을 섭렵했다는
것을 강조하기 위해 표현한 것이다.

세 승려가 "경은 사아함을 통연했으며, 논은 오명의 논들을 정밀하
게 공부했다."는 '경통사함 논정오명(經洞四含 論精五明)'은 '경통자원
논탐성의(經洞字原 論探聲意)'62)에서의 '경통론(經洞論)'과 '오명사함지
전(五明四含之典)'63)에서 오명과 사함[五明四含]64)의 필요한 자구(字句)
를 이끌어서 인용한 예이다. 이는 점화의 방법을 이용해서 세 승려가
『사아함경』과『오명』의 논에 능통했다는 것을 강조한 것이다.

세 승려가 "송홧가루를 먹으면서 고요함을 관하고 대나무 열매를
먹으면서 道를 즐겼다."는 것은 진감국사의 행적65)을 인용했다. 이

---

62) 「隋楊氏都長安」,『古今譯經圖紀』卷4. "達摩笈多 隋言法密 …중략… 經洞字原 論探
聲意"(『翻譯名義集』1권의 「翻譯名義序」,〈宗翻譯主〉篇 第11과『開元釋教錄』7권의
「總括群經錄」上7 내용도 동일하다.)

63) 「齊蕭氏都建康 大唐李氏長安」,『古今譯經圖紀』卷4. "沙門玄奘 河南洛陽人 …중
략… 旣戾梵境籌諸無倦 五明四含之典 三藏十二之筌 七例八轉之音 三聲六釋之句 皆
盡其微 畢究其妙"(『翻譯名義集』1권의 「翻譯名義序」,〈宗翻譯主〉편 제11 내용도 동
일하다.)

64) 『五明』은 고대 인도에서 모든 학문을 5종류의 범주로 분류한『聲明』(언어·문학)·
『工巧明』(공예·기술·산력학)·『醫方明』(의학·약학·주법학)·『인명因明』(논리
학)·『內明』(각 학파의 교리)을 말한다. 四含은『사아함경』을 말한다. 이는 원시불교
의 근본경전을 四部로 분류하여 경전의 길이를 기준으로 한『장아함경』22권·『중
아함경』60권, 주제나 대화자의 종류 등에 따라 집성한『잡아함경』50권, 法數에 따라
분류한『증일아함경』51권을 말한다.

65) 〈眞監和尙碑銘 並序〉,『孤雲集』卷2. "禪師法諱慧昭 俗姓崔氏 …중략… 有鄕僧道義
先訪道於華夏 邂逅適願 西南得朋 四遠參尋 證佛知見 義公先歸故國 禪師卽入終南

는 '이송실이지관 적적(餌松實而止觀 寂寂)'을 옛사람들이 언어를 운용
하는 방법으로 '이송화이관적 식연실이낙도(餌松花而觀寂 食練實而樂
道)'라는 대구를 맞추어 내용을 강조하였다. 세 승려가 지(止)로써 마
음을 한 곳에 집중하고 관(觀)으로써 대상을 있는 그대로 응시하여
지관(止觀)을 전변해서 정혜(定慧)를 이룬 면66)을 두드러지게 표현하
기 위한 것이다.

  "학문은 대승교를 궁구했고, 계행은 둥근 구슬보다 깨끗했다."는
것은 무극고의 행적67)을 인용했다. 이는 세 승려가 계행이 원만한
상태에서 대승의 가르침을 연구하고 불교를 널리 유포하기 위하여
어려움과 위험을 두려워하지 않고 정진했음을 말하고 있다. 그들이
소승의 반자교·대승의 만자교·소승과 대승 중에 방편교인 편교(偏
敎)·대승 또는 『법화경』과 『화엄경』의 가르침인 원교(圓敎)의 한 글
자도 깊이 연구하지 않은 것이 없음을 강조한 것이다. 다음은 세 승
려가 도를 이루기 위하여 어떻게 정진했는지 살펴보도록 한다.

  "입을 다물고 선정에 들어"의 '선정에 들어[선나(禪那)]'는 고요히
생각함이라는 정·혜(定·慧)를 통칭하여 이르는 말이다.68) 선정(禪

登萬仞之峯 餌松實而止觀 寂寂者三年 後出紫閣 當四達之道 織芒屩而廣施憧憧者又
三年 於是苦行旣已修 他方亦已遊"

66) 『永嘉證道歌』. "因中謂之止觀 果上謂之定慧 定慧不二謂之圓明 此圓明之性非小乘斷
空 故曰不滯空也 良由一切衆生從無量劫來爲無明煩惱所醉 不能出離生死者 唯無明
昏散所病也 是以聖人立止觀二法治之 卽以止止散 卽散而寂 以觀觀昏 卽昏而朗 則轉
成定慧二法"

67) 智昇, 『續古今譯經圖紀』 卷1. "無極高 中印度人 學窮滿字 行潔圓珠"(贊寧 等, 『宋高
僧傳』 2권의 〈無極高傳〉과 圓照, 『貞元新定釋敎目錄』 12권의 「總集群經錄」 上12와
『翻譯名義集』 1권의 「翻譯名義序」, 〈宗翻譯主〉편 제11 내용도 동일하다.)

定)과 지혜(智慧)는 하나로 정(定)은 혜(慧)의 바탕이고, 혜(慧)는 정
(定)의 용(用)으로 지혜일 때 선정이 지혜에 있고, 선정일 때 지혜가
선정에 있다.[69] 따라서 선나는 생각을 집중하고 관찰하는 정혜를 말
하기 위해 이끌어온 것이다.

세 승려는 "마갈타에서 문을 닫고" 수도했다고 하였다. 이는 "마갈
타에서 문을 닫고"[70]라고 한 구절을 인용한 것이다. 석존이 마갈타
국에서 도를 이룬 후, 문을 닫고 고요히 사유했던 것을 비유하였다.
이는 세 승려가 깨달음을 위해 모든 인연을 끊고 수도에 전념했음을
표현한 것이다.

이상으로 부설과 영희·영조의 인물을 살펴본 결과, 영허는 부설
이 어릴 때부터 자비를 갖춘 인물임을 독자적으로 부각시키기 위해
'광세'라는 명칭으로 표현했음을 확인할 수 있었다. 이는 부설이 지
혜의 방편으로 중생을 깨닫게 하기 위해 자비를 베푸는 인물임을 핵
심적으로 간략히 밝힌 것이다. 그리고 세 승려를 동일시하여 계율·
정혜·자비 등을 갖춘 고승들의 행적을 차용해서 계·정·혜를 원만
히 닦고 학문을 널리 탐구하며 구도했던 인물들임을 밝혔다. 또한 세
승려가 정혜로 몸과 마음을 고요하게 머물러 깨달았음을 확인하였
다. 영허는 전고를 통해 사상과 연결 짓는 요긴한 재료들을 이끌어

---

68) 『永嘉證道歌』. "梵云禪那 此翻思惟修 亦名靜慮 斯皆定慧之通稱也"
69) 宗寶 編, 「定慧第四」, 『六祖法寶壇經』. "定慧一體 不是二 定是慧體 慧是定用 卽慧之
    時定在慧 卽定之時慧在定 若識此義 卽是定慧等學"
70) 『肇論新疏』卷下. "釋迦掩室於摩竭" 掩關摩竭은 '摩竭掩室'의 뜻으로 붓다가 마갈타
    국에서 성도한 후 처음 21일 동안 앉아서 사유하고 설법하지 않음이 마치 문을 닫고
    있어 고요하여 소리가 없는 듯했다는 것을 말한다.

인물을 형상했는데, 이는 작품 전체의 선적(禪的) 체계를 세우는 데
에 밀접한 관련을 맺고 있었음을 알 수 있었다. 그러므로 마음을 그
치는 것은 밝은 지혜로부터 생기고 지혜는 정(定)을 드러내는 데에서
일어나며 정(定)을 드러내는 공덕은 계(戒)가 아니면 할 수 없음[71]을
나타낸 것임을 알 수 있다.

(2) 양진시(養眞詩)와 선법

〈부설전〉의 양진시는 영희·영조가 읊은 오언 율시 2편과 부설이
읊은 칠언 율시 1편이다. 세 승려는 묘적암이라는 세간과 떨어져 있
는 수도하기 좋은 공간에서 정혜[지관(止觀)]를 의지하여 정진해서 삼
생을 깨달았다. 세 승려는 자신들이 어떤 선수행법으로 진리를 길렀
는지 양진시로 표현한다.[72] 다음은 양진시 3수(首)를 구체적으로 살
펴보도록 한다. 먼저, 영조가 어떻게 정진하여 깨달음을 이루었는지
살펴보도록 한다.

    영조가 먼저 읊기를[靈照首唱曰],

그윽한 곳을 점지하니	占得幽居地
고개 위 소나무 가득한 암자라	萬松嶺上庵
선정에 들어 둘이 아님을 터득하고	入禪看不二
도를 탐구해 三生을 이룸이 기쁘구나.	探道喜成三[73]

---

71) 회소 지음·동국역경원 역, 「사분비구계본 서문」, 『華嚴經搜玄記 外』, 동국역경원,
   1999, 409쪽 참조.
72) 〈부설전〉, "각각 진리를 기른 修道시 한 首를 지었다(各述養眞詩一章)."

옥을 캐는 사람 누군가 이르고   采玉人誰到
꽃을 머금은 새 저절로 재잘거리네   含花鳥自喃
적막하여 다른 일 없어   蕭然無外事
一味의 법문만 참구하노라.   一味法門參

영조는 1, 2구에서 수도하기 좋은 소나무가 빽빽한 자연공간을 얻었음을 말하고, 3, 4구에서는 선정에 들어 생사(生死)가 둘이 아닌 하나임을 알고 도를 탐구하여 삼세를 깨달아 기쁘다고 했다. 5, 6구에서는 수행자는 깨달음을 구하려고 세속을 여읜 공간을 찾아오지만, 불성은 자연 그대로를 간직하고 있어 깨달음은 자신에게 달려있다고 한다. 7, 8구에서는 고요히 선정에 들어, 생멸이 다르지 않는 경지에 드는 일 뿐 다른 일은 없다고 했다.

여기서 3, 4구를 탐구해보면, 입선(入禪)의 선(禪)은 천축의 언어로 선나(禪那)라고 하며 정·혜(定·慧)를 통칭하는 말이다.[74] 그러므로 영조가 읊은 시는 정혜사상을 밝힌 것이다. 다음은 영희가 읊은 시를 살펴보도록 한다.

---

73) 기존의 논의들은 三을 三生으로 보지 않고 三乘으로 보았다. 이에 대한 논의로는 신종홍, 앞의 책, 1982; 봉래산 월명암, 앞의 책, 1987; 경일남, 앞의 논문, 2003; 오대혁, 앞의 논문, 2005; 이능화 원편·동국대학교 불교문화연구원 역편, 앞의 책, 2010 등이 있다. 하지만 본고에서는 三을 깨달음을 얻은 경지를 말한 것으로 보아 三生으로 본다. 이는 문면에서 세 승려가 함께 修道하고 삼생의 꿈에서 깨어났다고 한 것에서도 알 수 있다. 참고를 위해 아래에 제시한다.
   "三士同巢 一心爲道 杜口禪那 掩關摩竭 十載緣消 三生夢斷"

74) 宗密, 『禪源諸詮集都序』(亦名 『禪那理行諸詮集』) 권上, "禪是天竺之語 具云禪那 中華翻云 思惟修 亦云靜慮 皆是定慧之通稱也"

영희가 이어서 화답하기를[靈熙繼吟曰],

환희령에 구름 걷히고	雲收歡喜嶺
노송 암자에 달빛이 드니	月入老松庵
지혜의 검을 천만 번 정련하여	慧劍精千萬
마음의 근원을 두세 번 씻어내네	心源蕩再三
깊은 골짜기는 봄 들어 적적한데	洞天春寂寂
산새소리만 짹짹짹 지저귀누나	山鳥語喃喃
만물이 무생의 즐거움을 얻으니	咸佩無生樂
현묘한 이치를 참구할 필요 없어라.	玄關不用參

영희는 1, 2구에서 삼매에 들어 번뇌가 다 걷히고 환희지(歡喜地)[75]의 경지에 이르렀다고 말한다. 3, 4구에서는 지혜가 우주의 움직임을 정미롭게 관찰할 수 있게 되었는데도 거듭 선정에 들어 정진한다고 했다. 5, 6구에서는 묘한 작용이 이루어져 적적한 깊은 골짜기는 짹짹거리는 산새 소리에 산골이 더욱 적막하게 느껴진다고 하였다. 7, 8구는 만물이 생멸하지 않는 무생의 이치를 깨달아 번뇌가 사라지고 생사의 경계를 벗어났으니 더 이상 공안(公案)을 뚫기 위해 애쓸 필요가 없다고 했다.

영희는 3, 4구에서 "지혜의 검을 천만 번 정련하여" 마음의 근원을 두세 번 씻어내었다고 한다. 이것은 『영가증도가』[76]에서 인용한 예

---

75) 歡喜地는 十地 중 첫 번째 경지로 지혜로 道를 얻고 聖者의 경지에 이르러 기쁨이 넘치는 단계이다. 여기서는 완전한 깨달음이 아닌 부분적으로 깨달음을 얻어 마음속에서 환희를 금할 수 없어서 환희했다고 본다.

76) 『永嘉證道歌』. "大丈夫 秉慧劍 般若鋒兮金剛燄 非但能摧外道心 早曾落却天魔膽"

이다. 지혜의 칼은 반야로 칼끝을 삼고, 어떤 것을 공(空)으로 하고자
하면 그렇게 할 수 있어서 그 힘은 마음으로 생각할 수 없고 말로 논
의할 수 없는 공덕의 힘을 가지고 있는 것과 같다[77]고 말한 것이다.

영희의 선법(禪法)에 대하여 자세히 살펴보자. 4구의 심원(心源)의
원(源)은 일체중생의 본각진성(本覺眞性)을 말한다. 불성인 본각진성
을 깨닫는 것을 혜(慧)라고 닦는 것을 정(定)이라고 말하니, 원(源)
은 정혜(定慧)를 말한 것이다.[78] 또한 7구의 무생(無生)이라는 단어는
선정 자체가 지혜이고 지혜가 무생임을 표현한 것이다. 만물이 무생
의 즐거움을 얻었으니 이는 망령된 생각이 다 없어진 미묘한 지혜를
얻은 무생무멸의 상태가 되었음을 보여주는 것이다. 따라서 영희가
읊은 시는 오온(五蘊)으로 이루어진 모든 실체와 인연으로 생긴 모든
사물이 둘 다 공(空)해져 나타난 진리를 깨닫고 수행하는 대승선(大乘
禪)[79]을 말한 것이다.

부설은 영희·영조의 수행법에 대해 다음과 같이 화답하였다. 여
기서는 서술되어 있는 내용의 전고를 구체적으로 살펴보도록 한다.

부설이 기뻐하면서 이어 화답하기를[浮雪怡然繼和曰],

적·공을 함께 잡고 법을 향해 나란히 가면서   共把寂空雙去法

---

77) 『永嘉證道歌』. "具出世之大智 秉智慧之劍 以般若爲鋒鋩 以金剛爲猛燄 破煩惱網 出
生死境界 …중략… 金剛者 …중략… 堅故萬物不能摧 利故能摧萬物 …중략… 欲擬皆
空 擬山卽山崩 擬海卽海竭 其功力不可思議 故喩般若也"

78) 『禪源諸詮集都序』卷上. "源者 是一切衆生 本覺眞性 亦名佛性 亦名心地 悟之名慧
修之名定 定慧通名爲禪"

79) 『禪源諸詮集都序』卷上. "悟我法二空所顯眞理而修者 是大乘禪"

한 칸의 암자에 운(雲)·학(鶴)과 함께 살며   同棲雲鶴一間庵

不二를 알고서 無二에 들어갔는데   已知不二歸無二

<u>누가 전삼삼 후삼삼을 묻는가</u>   <u>誰問前三與後三</u>

뜰 가운데 꽃들이 핀 것을 한가하게 바라보고

                閑看[庭]80)中花艷艷

창밖에 새소리가 재잘거림을 듣노라   任聆窓外鳥喃喃

<u>곧바로 여래지로 들어가게 한다면</u>   <u>能令直入如來地</u>

<u>어찌 구구하게 오래도록 참구하겠는가.</u> <u>何用區區久歷參</u>

 부설은 수련(首聯)에서 모든 산란에서 떠난 선정에 들어, 모든 상(相)에서 떠나 자연과 벗하며 정진했다고 말한다. 함련(頷聯)에서는 번뇌도 깨달음도 없는 경지에 들어갔는데 누가 전삼삼 후삼삼을 묻는가라고 하였다. 경련(頸聯)에서는 몸과 마음이 적멸한 평등한 근본 자리에서 자연이 설법하는 무정(無情)의 설법을 듣는다고 했다. 번뇌에 얽매이지 않으므로 보고 들음에 마음과 경계가 어떤 것에도 걸리지 않음을 말한다. 즉 만물 속에 돈·점(頓·漸)이 있다고 한다. 꽃들이 핀 것과 새가 재잘거림은 어느 날 꽃이 다 핀 것을 보았다는 돈(頓)과 새가 재잘거림을 날마다 듣기에 점(漸)을 나타내고 있는 것이다. 따라서 미련(尾聯)은 이 같은 경지의 선리(禪理)를 꿰뚫은 선승으로 자유자재하게 되었다면 더 이상의 참구가 필요치 않다는 것이다. 산 밑에 핀 꽃이 웃으며 천기를 누설하고, 숲 밖에 지저귀는 새가 무생의 도리를 설하며 제각기 근원을 말하니 번뇌를 끊기 위해 참선할

---

80) [庭]은 원문에 '靜'으로 되어 있으나, 내용상 '庭'이 옳을 듯하여 써 넣었다.

필요가 없는 것이다.[81] 즉 마음을 씻어내어 번뇌가 말끔히 걷어져 진실로 태어남이 없고 태어나지 않음도 없는 즐거움을 알았으니 더 이상 참선할 필요를 느끼지 않는 것이다.

부설의 선수행법에 대하여 자세히 살펴보자. 함련의 "누가 전삼삼 후삼삼을 묻는가[誰問前三與後三]"는 야부 도천의 송(頌)과 예장 종경의 제강(提綱)에서 "전삼삼 후삼삼을 묻지 말라"[82]를 인용했다. 이는 사람들이 미혹하여 바다에 있으면서 물을 찾고 산을 오르면서 산을 찾는데, 있는 그 자리에서 색·성·향·미·촉·법에 물들지 않는 불성을 체득하면 이 꾀꼬리와 저 꾀꼬리의 소리가 둘이 아니고, 중생과 부처가 다르지 않음을 알 것이다. 그러므로 그 차별을 묻지 말라[83]고 한 것이다. 부설은 이 함련의 전삼삼 후삼삼의 한 구절에 모든 번뇌를 끊고 궁극의 깨달음을 성취했다고 밝히고 있다.

한편, 전삼삼 후삼삼은 선가(禪家)의 공안으로 무착이 청량산에 가서 문수보살을 보고 "여기에 승려들이 얼마나 살고 있습니까?"하고 물으니, 문수보살이 전삼삼 후삼삼이라 대답한 것이다.[84] 이는 마음

---

81) 「如法受持分」, 『金剛經五家解說誼』. "若是本分人 卽日用便是妙用 何須更借修斷方便 …중략… 花笑山前洩天機 鳥歌林外話無生 頭頭自有無窮意 得來無處不逢原"

82) 「如理實見分」, 『金剛經五家解說誼』. "身在海中休覓水 日行嶺上莫尋山 鶯吟燕語皆相似 莫問前三與後三"; 「淨心行善分」, 『金剛經五家解說誼』. "山花似錦水如藍 莫問前三與後三 心境廓然忘彼此 大千沙界總包含"

83) 「如理實見分」, 『金剛經五家解說誼』. "清淨水中 遊魚自迷 赫赫日中 盲者不睹 常在於其中 經行及坐臥 而人自迷 向外空尋 身在海中 何勞覓水 日行山嶺 豈用尋山 鶯與鶯 吟聲莫二 燕與燕語語一般 但知物物非他物 莫問千差與萬別"

84) 「제35칙」, 『佛果圓悟禪師碧巖錄』 卷4. "殊云 多少衆 著云 或三百 或五百 無著問文殊此間佛法如何住持 殊云 凡聖同居 龍蛇混雜 着云 多少衆 殊云 前三三 後三三"

과 경계가 텅 비어 삼천대천세계를 모두 포함한 진여를 직접 증득하
여 분별하지 않는 궁극의 진리를 깨달은 지혜를 말한다. 때문에 불이
(不二)를 알고 무이(無二)에 들어가 자신의 마음을 닦아 단박에 구경
각을 성취했다고 말한 것이다.

미련의 "곧바로 여래지로 들어가게 한다면[能令直入如來地]"은 『영
가증도가』85)에서 인용한 예이다. 이는 부설이 최상승선(最上乘禪)을
의지하여 수도했다는 근거를 밝힌 핵심 구절이다. 생사(生死)하는 모
든 법이 공(空)함을 알고 누구든지 이 법을 바로 믿고 부지런히 닦으
면 깊은 선정을 통해서 이치를 통달할 수 있다는 것이다. 중생은 망
심(妄心)으로 인해 불성이 있음을 알지 못하지만 자성[불성]은 본래
청정하여 자신과 부처의 마음에 차이가 없음을 단박에 깨닫는다. 따
라서 이를 의지해서 닦는 사람은 최상승선을 닦는 사람이다.86)

부설은 돈오와 점수가 완벽하게 갖추어진 최상승선을 닦아 익히면
자연히 점점 모든 삼매를 증득할 수 있기에 "어찌 구구하게 오래도록
참구하겠는가."라고 한다. 이는 "어찌 구구하게 부질없이 쫓아 찾겠
는가"87)를 인용한 예이다. 모든 중생이 여래의 지혜를 갖추고 있는
데, 다만 망상과 집착 때문에 생사에 탐착하여 증득하지 못하고 있을

---

85) 『永嘉證道歌』. "爭似無爲實相門 一超直入如來地 但得本草愁末 如淨瑠璃含寶月 旣
能解此如意珠 自利利他終不竭"
86) 『禪源諸詮集都序』卷上. "若自心本來淸淨 元無煩惱 無漏智性本自具足 此心卽佛 畢
竟無異 依此而修者 是最上乘禪 亦名如來淸淨禪 亦名一行三昧 亦名眞如三昧 此是一
切三昧根本 若能念念修習 自然漸得百千三昧 達磨門下 展轉相傳者 是此禪也"
87) 「究竟無我分」, 『金剛經五家解說誼』. "法則是心 不是法 …중략… 法旣非法 心亦非 非
心心體 塞天地 塞天地 今古 應無墜 分明在目前 在目前 何用區區謾追尋 是非雲盡 心
法雙忘 大人面目 當陽顯赫"

뿐이다. 만약 망상을 여의면 스스로 자기의 마음을 깨쳐 본각진심이
눈앞에 나타나 모든 형상으로부터 떠나 있기에 밖으로 찾아다니지
말라고 한 것이다.

이상의 3편의 양진시를 살펴본 결과, 이 시들은 세 승려의 수도 과
정에 두었던 선수행법으로 정혜와 관련을 맺고 있음을 알 수 있었다.
정(定)은 지(止)의 다른 이름이고, 혜(慧)는 관(觀)의 다른 이름[88]으로
같은 의미를 다른 용어를 사용하였을 뿐이다. 영희와 영조는 지관(止
觀)으로 수행했다. 지관의 수행은 삼제(三諦)의 이치에 의지해서 삼지
(三止)와 삼관(三觀)으로 수행[89]했던 대승선을 말한다. 삼지삼관은
달마대사가 최상승선을 전하기 이전의 사선(四禪)과 팔정(八定)으로
선(禪)을 수행하는 것이다.[90] 그 깨달음의 경지가 원만하고 미묘하
기는 하지만, 부설이 닦은 돈오와 점수가 완벽하게 갖추어진 최상승
선에는 미치지 못한 것이다.

본래 본각진성은 더러운 것도 아니고 깨끗한 것도 아니어서 범부
와 성인의 차별이 없다. 하지만 선은 상·중·하의 근기[91]가 있어서
선정을 통한 정진에도 그 방법에는 차이가 있음을 보여준 것이다. 이

---

88) 종밀 疏鈔·배휴 撰·세종대왕기념사업회 주해, 「大方廣圓覺修多羅了義經略疏序」,
『역주 원각경언해 서』1, 2002, 4쪽 참조.

89) 三諦는 空諦·假諦·中道第一義諦을 말하고, 三止는 体眞止·方便隨緣止·息二邊
分別止를 말하며, 三觀은 空觀·假觀·中觀으로 觀하는 것을 말한다(규봉종밀 述·
동국역경위원 譯, 『禪源諸詮集都序 註解』, 동국역경원, 2003, 31~34쪽 참조).

90) 『禪源諸詮集都序』卷上. "古來諸家所解 皆是前四禪八定 諸高僧修之 皆得功用 南嶽
天台 令依三諦之理 修三止三觀 敎理雖最圓妙 然其趣入門戶次第 亦只是前之諸禪行
相 唯達磨所傳者 頓同佛體 逈異門"

91) 『禪源諸詮集都序』卷上. "又眞性 卽不垢不淨 凡聖無差 禪則有淺有深 階級殊等"

는 부설이 닦은 불체(佛體)와 동일해지는 선법인 최상승선과 영희·
영조가 닦은 사선과 팔정으로 수행하는 대승선과는 뚜렷한 차이가
있음을 밝힌 것이다.

2) 세속의 정주(定住)와 자비사상

(1) 구무원·묘화와의 만남과 자비행

　부설과 영희·영조는 묘적암에서 깨달음을 이루고, 지혜를 상징하
는 문수보살을 찾아가는 길에 두릉의 백련지 옆 구무원의 집에 머문
다. 부설은 이곳에서 구무원과 묘화를 만남으로 인해 지계와 자비행
의 선택에 대한 갈등을 일으킨다. 다음은 세 승려가 만행하는 도중에
이루어진 내용에 대해 살펴보도록 한다.

　　…세 승려는 …중략… <u>오대산을 찾아 가려고 생각하니, 그곳은 문수
도량이다.</u> 그곳에 문수보살을 찾아가 참배하려고 발을 떼어 북으로 향
하다가, 두릉의 백련지 옆에 있는 구무원의 집에서 묵게 되었다. 그 집
안의 노인은 청신거사였다. 본디 맑고 빈 것을 숭상하여 진리를 구하는
마음이 매우 간절하여 道의 실마리를 듣고서 吐舌함을 깨닫지 못하였
다. 그들을 윗자리에 맞이하여 예전에 알고 있던 사람을 대하듯이 하
며, 펼쳐 놓은 물건과 맛있는 음식으로 예를 다하지 아니함이 없었다.
이렇게 대접하는 것은 세상에서 드물다고 일컬어지는 것이다. 그들은
단란하게 모여 밤새 이야기 하였다. 다음 날 동이 터 올 무렵, 봄비가
내려 진흙 길이 질척거려서 길을 나서기가 불편하였다. 청신거사의 집
에서 다시 이틀 밤을 더 묵었다. 이에 주인 노인은 法의 뜻을 묻는데,
시간이 갈수록 더욱 돈독하고, 시간이 오래 될수록 더욱 견고하였다.
물음에 따라 대답하면서 밤낮으로 가고 오는 말이 마치 <u>마명보살의 지</u>

　　혜로운 말씀과 용수보살의 막힘없이 흐르는 물과 같았다. 사람과 神이
　　모두 기뻐하였고, 멀고 가까운 곳에서 함께 기뻐하여 마치 파리가 손을
　　비비고 무릎을 굽히는 것 같이 보배로운 것을 얻는 듯하였다.…92)

　　세 승려는 문수보살을 찾아 오대산으로 떠난다. 그들은 두릉의 백
련지 옆에 있는 구무원의 집에서 묵는다. 구무원은 세 승려에게 예를
다하고 오랜 시간 동안 불법에 대해서 문답한다. 세 승려의 설법은
마명과 용수의 말과 같이 지혜롭고 막힘이 없다.

　　"오대산을 찾아 가려고 생각하니, 그곳은 문수도량이다."는『삼국
유사』의〈대산오만진신〉93) 내용에서 인용했다. 문수보살은 큰 지혜
와 미묘한 덕을 갖춘 법신체(法身體)가 되며 모든 부처님의 스승이 되
고 세간의 눈이 되어 부처의 지혜를 여는 보살이다.94) 그러므로 관
세음보살도 큰 지혜를 의지하여 자비의 덕을 이룬다. 때문에〈부설
전〉의 첫 머리에서 자비를 상징하는 광세[관세음보살]를 이끌어왔고,
여기서는 지혜를 상징하는 문수보살[문수]을 말한다. 앞서, 정혜(定慧)
를 모두 갖추어 얽매이지 않고 마음이 자재함을 얻어 해탈할 수 있기

---

92)〈浮雪傳〉. "…三士 …중략… 尋念五臺 乃文殊道場也 要往拜之 啓足向北 因宿杜陵
　　白蓮池側 仇無冤之家 家翁乃淸信居士也 素尙淸虛 求道甚切 一聞緖餘 不覺吐舌 迎
　　之上座 款若舊識 鋪陳之物 飮膳之味 無不盡禮 世所云稀 團欒竟夜 翌日黎明 春雨泥
　　濘 上道無便 淹留信宿 況乃主翁問法之情 老而彌篤 久而尤堅 隨問而答 日夜往復 宛
　　若馬鳴之智辯 龍樹之懸河 人神胥悅 遠近同歡 蠅手屈膝 如獲至寶…"
93)「塔像」,〈臺山五萬眞身〉,『三國遺事』. "按山中古傳 此山之署 名眞聖住處者 始自慈
　　藏法師 …중략… 汝本國艮方溟州界有五臺山 一萬文殊常住在彼 汝往見之"
94) 戒環 解,「序品」,『妙法蓮華經』. "盖文殊 具大智妙德 爲法身體 爲諸佛師 爲世間眼
　　開佛知見"

에 정과 혜를 함께 말했고, 여기서는 이것을 구분하여 지혜를 말한
것이다.

세 승려가 구무원의 물음에 답하는 변설이 "마명보살의 지혜로운
말씀"과 같다는 것은 마명보살95)의 지혜가 만물에 두루 통하여 삼명
(三明)을 증득하고 육통(六通)을 갖추어 논했다는 이야기96)를 비유하
였다. 이는 세 승려의 변설이 막힘이 없고 미묘했으며 그 논리는 맑
고 원대했다는 내용을 이끌어서 그들이 경·율·논을 통달한 인물임
을 나타낸 것이다.

또한 "용수보살의 막힘없이 흐르는 물"과 같다는 것도 용수보살이
어떤 상대를 만나서 담론 하여도 말과 논리가 흐트러지지 않고 지칠
줄 모르고 훌륭하게 했다97)는 내용을 바탕으로 하였다. 이는 세 승
려의 변재가 용수보살과 같이 뛰어나서 법에 대한 이치가 그윽하고
깊어 흐르는 물과 같이 막힘이 없음을 말한 것이다. 이렇게 세 승려
와 구무원과의 담론을 통해 지혜가 뛰어난 인물들임을 강조하기 위
해 마명과 용수로 비유하여 표현했다. 다음은 부설과 부부의 관계를

---

95) 馬鳴은 A.D. 1세기 브라만 출신으로 페샤와르의 카니슈카왕의 조정에서 정신적인 고
문관의 지위에 올라 '제4차 결집'에서 대승불교 교리를 상세히 설명하고, 『대승기신론』
과 『대장엄경론』 등을 지었다.

96) 「摩揭陀國」 上, 『大唐西域記』 卷8. "有婆羅門 葺宇荒藪 不交世路 …중략… 舊學高才
無出其右 士庶翕然 仰之猶聖 有阿濕縛窶沙(唐言馬鳴)菩薩者 智周萬物 道播三乘 …
중략… 尋往白王 唯願垂許 與彼居士較論劇談 王聞駭曰 斯何人哉 若不證三明 具六通
何能與彼論乎 命駕躬臨 詳鑒辯論 是時馬鳴論三藏微言 述五明大義 妙辯縱橫 高論清
遠"

97) 「憍薩羅國」, 『大唐西域記』 卷10. "龍猛風範懍然肅物 言談者皆伏抑首 提婆素挹風徽
久希請益 方欲受業 先騁機神 雅懼威嚴 昇堂僻坐 談玄永日 辭義清高 …중략… 龍猛
曰 復坐 今將授子至眞妙理 法王誠敎"

맺는 묘화라는 여인에 대해 살펴보도록 한다.

> …세 승려는 …중략… 두릉의 백련지 옆에 있는 구무원의 집에서 묵
> 게 되었다. …중략… 그 집 주인에게는 딸이 하나 있었으니, 이름이 妙
> 花라고 하였다. 대개 꿈에 연꽃을 보고 낳았기 때문이다. 용모와 재능
> 과 기예가 당시에 독보적이고, 너그러우면서도 부드럽고 조화로우며
> 엄하면서 절개와 지조가 있었다. 비록 민가에서 태어나 자랐지만 보기
> 드문 사람이었다. 이 날, 묘화는 부설이 설법하는 말을 듣고 정신이 갑
> 자기 감개하여 비명을 지르며 그치지 못했다. 마치 <u>아난을 만난 마등가
> 녀 같았고, 양왕이 무신[神女]을 만난 것 같았다.</u> 묘화는 부설을 따르고
> 친밀해지면서 일찍이 눈이 떨어지지 않았고, 따라가서 곧 출가[득도]하
> 리라 맹세하였다. 그리하여 영원히 함께 지내면서 부부가 된다면 죽어
> 도 원망이 없을 것이고, 만약 버림을 당한다면 이에 목숨을 끊을 것이
> 라고 하였다. 부모가 딸을 사랑하는 까닭으로 법사에게 머리를 조아리
> 며 "오직 원하건대 제도하여 주십시오."라고 밤낮으로 천만 번 빌고 빌
> 었다. …98)

묘화는 구무원의 딸이다. 그녀는 일반사람들의 모습에서는 보기
드문 인물이다. 묘화는 부설의 설법을 듣고 부부가 되어 살기를 목숨
을 걸고 간청하였다. 그녀의 부모도 부설이 딸과 혼인해 주기를 바
란다.

---

98) 〈浮雪傳〉. "…三士 …중략… 因宿杜陵 白蓮池側 仇無冤之家 家翁乃淸信居士也 …중
략… 主有一女 名曰妙花 蓋夢見蓮花而生也 色貌才藝 獨步一時 惠而柔和 嚴而節操
雖生長白屋 人罕見之 是日聞說法之音 神忽慨然 悲啼莫已 恰似<u>阿難之摩登 襄王之巫
神</u> 昵押左右 未嘗睽離 誓從卽度 永遂于飛 殄身無怨 若見棄去 斯決殞命矣 父母愛女
之故 稽首法師 惟願濟度 千祈萬祝 於日於夜…"

여기서는 묘화의 이름을 자세히 살펴보도록 한다. 묘화는 더러움
과 깨끗함이 같다는『묘법연화경』의 제목에서 실마리를 찾아 풀이할
수 있다. 묘화는『묘법연화경』을 풀이함에 있어서 지혜를 연꽃에 비
유하고 행(行)을 꽃에 비유하여 지혜와 자비[실천]가 둘 다 온전해야
미묘함을 다할 수 있다[99]는 경의 이름에서 가져온 것이다. 연꽃이
진흙 속에서 피어나지만 진흙에 물들지 않듯이 부설이 지혜와 자비
의 실천으로 덕을 이루어 여인을 여의지 않고도 꽃을 피워내고, 그의
자녀들도 깨달음을 이뤄낸 열매의 모습을 보인 뜻으로 설정한 것이
다. 때문에 연꽃을 보고 낳았다는 묘화는 부설이 인연을 받아들이고
그 결과로 나타낸 것이 진실하여 말과 분별로 알지 못해 방편으로 나
아갔기에 미묘한 꽃이라고 한다.

또한 연꽃을 법에 견주어 말하면 연꽃이 꽃과 열매가 동시에 나타
나며 연꽃의 상징과 드러나는 결과가 함께 나타난 까닭으로 부설과
그의 자녀인 등운·월명을 연꽃의 꽃과 열매에 견준다. 때문에 연꽃
이 더러움에 나아가 깨끗함과 같고, 연꽃이 꽃으로부터 열매가 열리
는 것[100]과 같아서 부설이 묘화와 부부의 연을 맺을 수 있는 것이다.
다음은 부설을 향한 묘화의 모습을 불교경전과 유가의 글을 차용하
여 비유한 표현을 전고를 통해 살펴보도록 한다.

묘화가 부설을 만난 것이 마치 "아난을 만난 마등가녀 같았고"는

---

99) 戒環 解,「初通釋經題」,『妙法蓮華經』. "夫證是法者 必以大智爲體 妙行爲用 智譬則
    蓮 行譬則華 智行兩全 乃盡其妙"
100) 戒環 解,「初通釋經題」,『妙法蓮華經』. "卽麤顯妙猶蓮之卽染而淨 會三歸一猶蓮之
    自華而實 法喩雙彰 名實並顯 故號妙法蓮華"

석가모니불의 시자였던 아난의 용모와 엄정한 모습을 보고 마등가
녀[101]가 애욕을 느껴 그것을 성취하고자 했던 내용[102]을 이끌어서
부설을 향한 묘화의 모습으로 묘사했다.

또한 묘화가 부설을 만난 것이 마치 "양왕이 무신[神女]을 만난 것
같았다."도 초나라 양왕이 꿈에 신녀를 만났다는 이야기[103]로 비유
한 것이다. 양왕이 신녀의 모습이 매우 아름다워 황혼 무렵에 정신이
어지럽고 혼란스러워 무슨 생각을 하고 있는지 알지 못했다는 내용
을 차용하였다. 이는 양왕이 고당에서 송옥에게 신녀에 대한 이야기
를 듣고, 그날 밤에 신녀의 모습을 본 것처럼 부설의 모습을 본 묘화
를 신녀를 본 양왕에 비유하였다. 이 비유들은 부설을 향한 묘화의
간절한 마음과 모습을 표현하기 위해 이끌어온 것이다.

다음은 위의 내용을 통해서 '구무원(仇無冤)'이 뜻하는 의미를 살펴
보도록 한다. 청신거사 구무원은 본디 맑고 빈 것을 숭상하고 도를

---

101) 마등가녀는 摩登 또는 摩登祇라고도 한다. 마등가는 종족 이름으로 인도 신분 계급
중 최하층인 旃陀羅의 일종에 속한다. 이 마등가 종족의 한 여인이 아난을 본 이후로
아난을 연모하게 되었다. 그래서 아난을 취하려고 했는데, 이때 부처님이 문수보살로
하여금 능엄신주로서 아난을 풀려나게 했다. 이후 그녀는 비구니가 되어 수행해서 아
나함과를 얻었다.

102) 般剌蜜帝, 『大佛頂如來密因修證了義諸菩薩萬行首楞嚴經』 卷1. "波斯匿王爲其父王
諱日營齋 …중략… 唯有阿難先受別請 遠遊未還不遑僧次 …중략… 時阿難執持應器
於所遊城次第循乞 心中初求最後檀越以爲齋主 無問淨穢刹利尊姓及旃陀羅 方行等
慈不擇微賤 發意圓成一切衆生無量功德 …중략… 經彼城隍徐步郭門 嚴整威儀肅恭
齋法 爾時 阿難 因乞食次 經歷婬室 遭大幻術 摩登伽女 以娑毘迦羅先梵天呪攝入婬
席 婬躬撫摩將毀戒體".

103) 宋玉, 「神女賦」, 『文選』. "楚襄王與宋玉遊於雲夢之浦 使玉賦高唐之事 其夜王寢 果
夢與神女遇 其狀甚麗 …중략… 王曰 晡夕之後 精神怳惚 若有所喜 紛紛擾擾 未知何
意…"

간절하게 구했던 인물이다. 때문에 세 승려의 설법을 듣고 마치 파리
가 손을 비비고 무릎을 굽히는 것 같이 보배로운 것을 얻은 것처럼
기뻐했다. 그러나 딸이 부설에게 "영원히 함께 지내면서 부부가 된다
면 죽어도 원망이 없을 것"이라고 목숨을 걸고 간청하자, 그도 부설
이 딸과 혼인해 주기를 간절히 청한다. 이렇게 불교에 신심이 깊은
구무원은 다른 사람은 생각하지 않고 자신의 간절함만 생각하는 인
물이다. 이들의 간절함으로 부설은 보살의 자비로운 마음을 일으켜
묘화와 혼인한다. 따라서 구무원은 부설이 자신의 딸과 혼인해주어
자신이 얻고자 하는 것을 얻었으므로 '원망이 없다[仇無冤]'라는 뜻의
이름을 이룬다. 또한 자신의 딸로 인하여 법에 나아가 마음을 밝히고
편안함을 얻었다[104]는 이름으로 보여주고 있는 것이다. 아래는 묘화
의 구애(求愛)에 대한 부설의 지계의 견고함을 표현한 내용이다.

> …부설은 뜻을 더욱 강건히 하고 금석과 같이 견고하게 하여 감히
> 욕심에 의해서 취한 바가 없었는데 어찌 色塵에 미혹되겠는가. 다만 구
> 무원 집안과의 인연 때문에 修道의 계율에 방해되는 것을 깊이 염려하
> 면서도 또한 보살의 자비로운 뜻을 생각했다. 혼인의 육례를 갖추지 않
> 았지만 한결같은 그들의 말이 마땅하고 정성스러웠다. 부설은 도를 닦
> 아 혼인 생활의 담박하기가 밀랍을 씹는 듯 아무 맛없는 것이 마치 연
> 꽃이 물속에 있는 것에 비할 만 했다.…[105]

---

104) 〈浮雪傳〉, "淸信之家 居士與波夷 仙化已久 無能問者"
105) 〈浮雪傳〉, "…浮雪抗志 金石方堅 未敢爲欲所醉 詎能色塵所迷 深恐冤家防道之戒 又
    念菩薩慈悲之意 六禮未備 一言宜誠 淡無味於嚼蠟 比蓮花之着水…"

부설은 묘화와 구무원의 청에 뜻을 더욱 강건히 한다. 그러나 그는 여인을 취하는 것이 계율을 파계하는 것임을 알면서도 구무원 집안과의 인연 때문에 보살의 자비심으로 묘화를 맞아 혼인하고 백련지에 남는다.

부설의 "뜻을 더욱 강건히 하고 금석과 같이 견고하게 하여"는 영가 현각의 행적106)을 인용했다. 부설은 몸과 마음을 청결히 하고 몸을 잊고 법을 위하며 작은 생명들까지도 버리지 않고 도를 구하는 마음이 간절하였다. 이는 부설이 처음부터 끝까지 이러한 마음을 잊지 않았음을 강조하기 위해 이끌어온 것이다.

혼인 생활이 "연꽃이 물속에 있는 것에 비할 만 했다."는『천축국보리달마선사론』107)에서 인용했다. 깨닫지 못한 사람은 인연에 집착하여 정신이 혼란하다. 하지만 깨달은 사람은 집착하지 않기에 마음이 청정하여 지혜의 눈으로 중생을 이롭게 하고 세간의 인연에 물들지 않아 자비한 마음은 어디에도 매이지 않는다. 이는 선(禪)에서 계율은 본래 완성된 상태라는 전제에서 계율에 얽매이지 않는 것을 말하고, 선(禪) 자체가 정혜이고 공(空)임을 말한 것이다. 즉 공을 깨닫는 것이 정혜이며, 정혜에서 자비가 나타나야 함을 역설하고 있다.

이상을 정리하면, 세 승려와 구무원·묘화와의 만남을 통해서 세 승려가 산중에서 수도했던 정혜의 결과가 지혜와 자비로 드러남을 알 수 있었다. 부설은 묘화와 구무원의 청으로 계율과 자비의 사이에

---

106)「禪宗永嘉集序」,『禪宗永嘉集』. "大師俗姓戴氏 永嘉人也 …중략… 觀念相續 心心靡間 始終抗節 金石方堅 淺深心要 貫花慚潔 神徹言表 理契實中"

107) 方廣錩,『天竺國菩提達摩禪師論』. "偈贊云 如蓮花不著水 心淸淨超於彼"

서 마음의 갈등을 일으키지만, 계율이 아닌 자비를 선택한다. 이는 정혜가 자비로 이어져야 함을 강조한 것으로, 부설이 관세음보살[광세]과 같은 인물임을 미리 설정해 놓음으로써 어떤 사건에 부딪혔을 때 자비를 실천하는 인물임을 여실히 보여준 것이다.

그리고 부설이 묘화와 혼인한 것은 묘화의 이름이 연꽃의 꽃과 열매가 동시에 존재하는 것과 같이 인과를 함께 갖추고 있음을 암시하였다. 즉 묘화라는 여인을 통해 부설이 꽃을 피워 세상에 향기를 드리우고, 그 자녀들도 그 꽃의 열매를 맺게 될 것을 미리 짐작할 수 있었다. 또한 묘화가 승려였던 부설과 혼인한 인과의 업을 받게 됨을 말한 것이다. 이는 〈부설전〉의 말미에, 백련지에서 수행한 부설과 그들의 자녀인 등운·월명은 깨달음을 이루지만, 묘화가 도를 이루었다는 내용은 나타나지 않고 다만 오래 살았다[108]는 것으로 알 수 있다.

(2) 증별시(贈別詩)와 자비의 세 양상

〈부설전〉의 증별시는 영희·영조가 읊은 오언 율시 2편과 부설이 읊은 칠언 율시 1편이다. 이 시들은 부설의 설법을 듣고 그의 모습에 반한 묘화가 목숨을 걸고 부설과 부부가 되기를 원함에 그녀를 받아들이고 도반들과의 대립된 갈등에서 주고받은 시들이다. 앞서, 양진시에서는 부설과 영희·영조의 정혜에 대한 사상이 서로 차이가 있음을 선법이 다른 것으로 분명하게 보여 주었다. 하지만 그들은 정혜에 대한 관점에 차이가 있었음에도 깨달음을 향한 구도의 결심은 같

---

108) 〈浮雪傳〉, "其母妙花 壽考百有十年 將啓手足 捨家爲院 以浮雪爲名 山門碩德 以二子名名庵 至今有登雲月明云爾"

았다. 때문에 문수보살을 찾아 나선 것은 지혜로운 자비의 실천을 생각하고 있었음을 알 수 있었다. 세 사람이 같은 장소에 모여서 도를 위하여 정진했지만, 정혜에 대한 차이가 있었던 것처럼 여기에서도 자비에 대한 견해가 다르게 나타난다. 부설은 세간에 남아 중생을 교화하고, 영희·영조는 부설이 환속한 일을 경책하며 떠난다. 부설은 묘화의 구애에 그녀의 괴로움을 덜어주고 편안함을 주고자 방편으로 혼인을 맺었다.[109] 하지만 영희·영조는 부설이 파계하고 여인을 취한 것을 받아들이기 어려웠기에 그 모습이 참담하였다. 이에 게송을 지어 주었다.[110]

영조가 먼저 읊기를[靈照先成曰],

다만 지혜로만 하면 공견이 되고	但智成空見
자비에만 치우치면 애연에 빠지네	偏悲涉愛緣
쌍행[지혜와 자비]은 항상 즐겁고	雙行常樂矣
도를 한결같이 하면 절로 천연스러워지네	一道自天然
달의 운행은 구름을 인하여 뚜렷해지고	月運因雲駃
바람의 나부낌은 매달린 깃발을 보고 알 수 있네	風飄識幡懸
보검이 손에 있다하더라도	干將如在手
어찌 색에 연연하겠는가.	安爲色留連

---

109) 방편의 方을 正을 말한 것으로 중생을 올바르게 하는 것을 말하고, 便은 利를 말한 것으로 중생을 이익되게 하는 것을 말한다. 때문에 중생을 올바르고 이롭게 하기 위해서 자유자재로 방편을 쓰는 것이다. 이는 『佛光大辭典』의 〈方便〉에 관한 내용을 참고하였다.

110) 〈浮雪傳〉. "熙照二師 本以道懷 失朋西陲 無顔上洛 行色慘悷 寫偈以贈"

영조는 부설이 환속하여 세간에 남음을 안타까워하며 1, 2구에서
자비와 지혜가 함께 자유롭게 갖추어져야 함을 말한다. 지혜만 있고
자비가 없으면 한 쪽으로 치우친 것이고, 자비만 있고 지혜가 없으면
이것도 한 쪽으로 치우친 것이기 때문이다. 3, 4구는 자비와 지혜를
둘 다 갖추어야 그 실마리를 가려낼 능력이 있다고 했다. 마음이 고
요하여 항상 광명을 펼치면 육근이 고요해져 지혜로 자비를 일으켜
서 지혜가 더욱 밝아져 중생과 부처가 평등한 근원임을 알게 된다.
따라서 자비와 지혜 두 가지를 통해서 부처의 과위인 최상의 보리를
성취[111]할 수 있음을 말한다. 5, 6구에서는 구름의 움직임을 보고 달
의 움직임을 알 수 있고, 매달린 깃발을 보고 바람이 부는 것을 알
수 있듯이 어떤 경계에 부딪쳐야 그 사람의 마음을 알 수 있다고 했
다. 7, 8구는 수행을 하여 깨달음을 얻었다 하더라도 색(色)을 취하게
되면 모든 것이 물거품으로 돌아간다고 한다. 그래서 7구에서 간장
(干將)이라는 명검을 가지고 있다 해도 계율을 어겨서는 안된다고 하
였다. 천시(天時)와 지리(地利)가 맞고 모든 신들이 살펴주고 여기에
사람의 희생이 더해져야 만들어지는 명검[112]을 비유한다. 영조는 자
신의 뼈를 깎는 고행이 있어야 깨달음을 얻을 수 있으니, 계속해서

---

111) 「一合理相分」, 『金剛經五家解說誼』. "一合相者 不壞假名 而談實相 由悲智二法 成
　　就佛果菩提 說不可盡 妙不可言 凡夫之人 貪著文字事業 不行悲智二法 而求無上菩
　　提 何由可得"

112) 趙曄, 「闔閭內傳」, 『吳越春秋』. "干將作劍 采五山之鐵精 六合之金英 候天伺地 陰陽
　　同光 百神臨觀 天氣下降 而金鐵之精不銷淪流 於是 干將 不知其由 …중략… 干將曰
　　昔吾師作冶 金鐵之流不銷 夫妻俱入冶爐中 然後成物 …중략… 金鐵乃濡 遂以成劍
　　陽曰干將 陰曰莫耶"

정진에 박차를 가해야 한다고 하고 부설이 자비에만 치우쳐 계(戒)를
어기고 중도에 꺾인 것을 경책한다.

영조가 말한 내용에 대하여 전고를 찾아 자세히 살펴보자. 1구의
공견(空見)은 단견(斷見)과 같은 말로 참 마음을 내지 못해서 한쪽 견
해에만 집착하여 마음이 전혀 없는 것이다.

5, 6구의 달의 운행은 구름을 인하여 뚜렷해지고 "바람의 나부낌
은 매달린 깃발을 보고 알 수 있네"는 '풍번(風幡)'의 문답[113]을 인용
한 것이다. 풍번은 본성의 움직임이 번뇌와 무명(無明)으로 일어난
것을 말한 것으로 선(禪)의 시각을 현상적으로 설명한 것이다. 풍번
의 내용을 인용하여 부설이 경계를 보는 마음의 움직임으로 여인을
받아들였다고 한다. 영조는 부설이 묘화를 취해서 세간에 남게 된 것
은 지혜도 자비도 아닌 자신의 마음이 스스로 움직였기 때문이라고
경책하였다. 이는 중생의 모습을 눈앞에서 보고 자비를 일으키는 중
생연(衆生緣)자비로 번뇌를 끊지 못한 범부나 수행 도중에 있는 유학
(有學)의 성자가 일으키는 자비[114]라고 말한 것이다. 즉 부설이 중생
연의 자비를 일으켰다고 본 것이다. 다음은 영희의 시에 나타난 전고
를 찾아 내용을 살펴보도록 한다.

---

113) 『歷代法寶記』. "印宗問衆人 汝總見風吹幡干 上頭幡動否 衆言 見動 或言 見風動 或
言 見幡動 不是幡動 是見動 如是問難不定 惠能於座下立 答法師 自是衆人妄想心動
與不動 非是幡動 法本無有動不動"

114) 『大智度論』 卷20. "十方五道衆生中 以一慈心視之 如父如母 如兄弟 姉妹 子姪 知識
常求好事 欲令得利益安隱 如是心遍滿十方衆生中 如是慈心 名衆生緣 多在凡夫人行
處 或有學人未漏盡者行"

영희가 이어서 화답하기를[靈熙繼和曰],

한 삼태기의 흙이 臺를 이루는 힘이 되듯	一[簣]115)成臺力
깊은 못에서 발끝을 세우고 인연을 기다리듯 해야하네	九皐翹足緣
수행은 대를 쪼개듯이 하고	修行破竹爾
도를 얻음은 채찍을 더하듯이 해야 하네	得道着鞭然
아직 삼생의 번뇌를 면하지 못해서	未免三生累
구무원 집안의 한 생각에 걸렸네	冤家一念懸
다른 날, 병속의 물을 돌이켜서	他年瓶返水
추후에 서로의 발자국을 이어보세.	追後跡相連

영희는 1, 2구에서 온 힘을 다하여 끝까지 정진하면 드러내지 않아
도 그 향기가 멀리까지 퍼지니 때를 기다려야 한다고 말하고, 3, 4구
에서 수행은 대나무를 쪼개는 것과 같이 채찍을 더하여 정진해야한
다고 했다. 5, 6구에서는 부설이 삼생의 번뇌를 아직 해결하지 못해
서 묘화의 애욕에 끄달렸다고 한다. 그리고 7, 8구에서는 각기 열심
히 정진하여 훗날에 병속의 물을 매달아놓는 수행의 경지를 점거해
보자고 기약한다.

1, 2구에서는 한 삼태기의 흙이 대(臺)를 이루는 힘이 되듯이 "깊은
못에서 발끝을 세우고 인연을 기다리듯"이 정진해야 한다고 하였다.
이는 야부의 송116)을 인용한 예이다. 1구의 일궤(一簣)는 한 삼태기의

---

115) 簣는 원문에 '簀'으로 되어 있으나, 문맥상 '簣'가 옳을 듯하여 써 넣었다.
116) 「莊嚴淨土分」, 『金剛經五家解說誼』. "抖擻渾身白勝霜 蘆花雪月轉爭光 幸有九皐翹
    足勢 更添朱頂又何妨"

흙이 모자라도 일을 다 이루지 못하듯이 어떤 일을 이루기 위해서는
조그마한 것도 삼가해야 함을 말한 것이다. 2구의 구고(九皐)는 아홉
굽이에 있는 못이고, 교족(翹足)은 지극히 공경하고 우러러보는 모습
을 형용한 말로 '구고교족(九皐翹足)'은 깊은 곳에 은거해도 명성이 자
자함을 비유한 말이다.

영희가 말한 자비에 대하여 자세히 살펴보자. 영희는 5, 6구에서
부설이 아직 삼생(三生)의 인연을 끊지 못해 구무원 집안과의 인연에
얽매였다고 한다. 이는 앞서 부설이 다만 구무원 집안과의 인연 때문
에 자비를 선택하고 묘화의 인연을 받아들인 것117)이라고 본 것이
다. 때문에 인연에 따라 모든 욕망이 생겼다고 관찰하는 법연(法緣)
자비118)임을 알 수 있다. 이는 묘화의 구애에 부설이 모든 것은 인연
의 화합에 의해 생기는 법연의 자비를 베풀었다고 말한 것이다. 영희
와 영조는 부설이 구무원 집안과의 삼생의 인연을 풀지 못한 것을 안
타까워하였다. 하지만 부설은 색(色)에 미혹된 것이 아닌 보살의 자
비로운 뜻으로 여인을 받아들였다고 한다. 다음은 영희 · 영조의 증
별시에 화답하는 부설의 시를 살펴보도록 한다.

117) 〈浮雪傳〉. "浮雪抗志 金石方堅 未敢爲欲所醉 詎能色塵所迷 深恐冤家防道之戒 又念
菩薩慈悲之意."

118) 『大智度論』卷20. "…是諸聖人破吾我相 滅一異相故 但觀從因緣相續生諸欲 以慈念
衆生時 從和合因緣相續生 但空五衆卽是衆生 念是五衆 以慈念衆生不知是法空 而常
一心欲得樂 聖人愍之 令隨意得樂 爲世俗法故 名爲法緣"

부설선사 또한 원융한 道話로 차운하기를
[浮雪禪師 亦以圓融道話 步韻而答曰],

깨달음은 평등함을 따르고 행함은 같음이 없으며 悟從平等行無等
깨달음은 무연에 계합하고 제도는 인연이 있는 것이네
　　　　　　　　　　　　　　　　　　覺契無緣度有緣
세상에 살더라도 진리에 맡긴다면 마음은 넓어지고
　　　　　　　　　　　　　　　　　　處世任眞心廣矣
집에 있더라도 도를 이루게 되면 몸이 넉넉해지리 在家成道體胖然
둥근 구슬을 손에 쥐면 붉고 푸름 구별되고　　　圓珠握掌丹青別
밝은 거울을 마주하면 호·한이 뚜렷해지네　　　明鏡當臺胡漢懸
색과 소리에 걸림이 없는 경지를 알게 되면　　　認得色聲無罣礙
산골짜기에 오래도록 앉아 있을 필요 없네.　　　不須山谷坐長年

　부설은 수련(首聯)에서 깨달음은 누구나 어떤 장소에서도 얻을 수
있는 평등한 것으로 불성에 있어서는 모든 이들이 평등하다는 것을
강조하면서, 무연(無緣)의 자비로 인연 있는 중생을 모두 제도하겠다
는 결심을 보여준다. 함련(頷聯)에서는 세간에 살더라도 깨달음을 이
루면 마음과 몸에 걸릴 것이 없게 된다고 말하고, 세간에 살면서 도
를 이룰 것이라고 했다. 경련(頸聯)은 완전한 깨달음은 경계를 대하
여 맑고 뚜렷하게 드러나는 것이라고 한다. 이어서 미련(尾聯)에서는
보고 듣는 일에 걸리지 않는다면 굳이 깊은 산속에만 앉아 있지 말고
중생 교화에 적극적으로 나서야 한다고 강조한다.
　부설의 자비에 대하여 자세히 살펴보자. 수련에서 "깨달음은 무연
에 계합하고 제도는 인연이 있는 것이네"라고 했다. 이는 정혜가 자

비로 나타나고, 무연의 자비는 평등한 본성을 관하여 모든 번뇌를 끊어 적정의 상태가 된다[119]는 것이다. 미묘한 도는 깊고 오묘하여 이치가 명칭이나 형체 밖에서 끊어진다. 그러므로 지극한 진리는 공허하고 고요하여 많은 수의 범주를 벗어나 무연의 자비로 중생들의 근기를 따라서 중생을 이롭게 하는 것이다.[120] 이는 부설이 묘화와 구무원의 간절한 애원으로 여인을 받아들이고 난 후, 그것을 받아들이기 어려워하는 도반들에게 자신이 무연의 자비를 행한 것임을 밝힌 것이다.

경련의 둥근 구슬을 손에 쥐면 붉고 푸름 구별되고, "밝은 거울을 마주하면 호·한이 뚜렷해지네"는 "밝은 거울을 마주하면 오랑캐가 오면 오랑캐가 나타나고 한인이 오면 한인이 나타나며"[121]를 인용한 예이다. 깨끗한 거울에는 어떤 것이 비추더라도 바로 반응하여 그 사물에 통하듯이 부설이 중생의 모든 근기에 응하여 마음에 걸림이 없음을 드러낸 것이다.

이상의 3편의 증별시를 살펴본 결과, 부설이 묘화를 받아들인 상황이 관점에 따라 다르게 나타남을 알 수 있었다. 세 승려가 자비와 지혜를 갖추었음에도 영희·영조는 부설과 상대되는 인물로 설정되

---

119) 「優畢叉頌」, 『禪宗永嘉集』. "定慧於是同宗 宗同則無緣之慈 定慧則寂而常照 寂而常照則雙與 無緣之慈則雙奪 雙奪故優畢叉雙與故毗婆奢摩 以奢摩他故 雖寂而常照 以毘婆舍那故 雖照而常寂"
120) 「三乘漸次」, 『禪宗永嘉集』. "未妙道沖微 理絶名相之表 至眞虛寂 量超群數之外 而能無然之慈 隨有機 而感應"
121) 「金剛般若波羅密經五家解序說」, 『金剛經五家解說誼』. "明鏡當臺 胡來胡現漢來漢現 洪鐘在架(虡) 大扣大鳴 小扣小鳴"(淨符, 『宗門拈古彙集』 6권의 내용도 동일하다.)

었다. 어떤 사건을 통해서 부설이 중생을 구제하는 방편을 써서 중생을 이롭게 하는 데 뜻을 두는 것과는 달리, 영희·영조는 계율을 지니는 것을 중요하게 생각하는 수도자(修道者)의 모습으로 규정되었음을 확인하였다.

그리고 세 승려가 함께 정진함에도 그 방법에 차이를 보였던 것처럼 자비[122]를 바라보는 시각 또한 자신의 입장에서 각각 다르게 나타났다. 부설이 여인과 혼인한 것에 대해 영희는 법연자비로, 영조는 중생연자비로 받아들인다. 하지만 부설은 중생을 이롭게 하기 위한 방편으로 여인을 받아들였다고 하고 세간에 남아 무연자비로 불법을 펼칠 것을 말했다. 영희·영조는 티끌이 남아 있지 않도록 끊임없이 수행해서 완전한 깨달음을 이루어야 한다고 하였다. 부설이 묘화와 혼인한 것은 삼생의 인연을 타파하지 못하고 그 인연에 끄달려 소(小)자비[123]를 행했다고 한다. 이에 대해 부설은 여인을 취한 것이 대(大)자비[124]를 행한 것이라고 한다. 불성은 어디에도 머무르지 않으며 삼생에도 머무르지 않기에 있는 그곳에서 인연을 제도하리라는

---

122) 자비에는 세 가지가 있다. ① 중생에게 자연스럽게 이익을 나타내는 중생연이 있고, ② 법에 자연스럽게 넓게 비추는 법연이 있으며, ③ 평등한 제일의 가운데 자연스럽게 편안히 거처하는 무연이 있다. 무연은 중생연과 법연을 다 갖춘 것을 말한다. 이는 "釋論云 慈有三種 一衆生緣 無心攀緣一切衆生 而於衆生 自然現益 二者 法緣 無心 觀法而於諸法 自然普照 三無緣 無心觀理 而於平等第一義中 自然安住 此謂無緣 卽 該前二"(『禪宗永嘉集』); "大經云 憂畢叉 畢叉 名捨 捨者 兩捨也 卽是非慈非悲 不二 之意 不二而二 卽是慈悲"(천태 지자 說·관정 記·운강 譯, 『관음현의』, 천태종 구 인사, 1996)의 내용을 참고하였다.

123) 『大智度論』 卷27. "復次 小慈 但心念與衆生樂 實無樂事 小悲名觀衆生種種身苦心苦 憐愍而已 不能令脫 大慈者 念令衆生得樂 亦與樂事 大悲 憐愍衆生苦 亦能令脫苦"

124) 『大智度論』 卷27. "大慈以喜樂因緣與衆生 大悲以離苦因緣與衆生"

무연의 대자비를 드러낸다. 이는 정혜를 통해 깨달음을 얻었으니 중
생에게 수행의 결과를 자비로 실천해야 한다고 말한 것이다. 다음은
부설이 두 도반들에게 세간에 남아 중생을 교화할 것을 확고히 하고
있는 부분을 살펴보도록 한다.

> …부설은 …중략… 마침내 두 도반에게 솔 차를 들어 가득 따라 주고
> 이별하면서 말하기를, "道는 승려와 속인에 있지 않고, <u>道는 변화한 곳
> 과 조용한 곳에 있지 않습니다.</u> 모든 부처님의 방편은 중생을 이롭게
> 하는 데에 뜻이 있으니, 도반들은 깊이 참구하여 法乳를 배불리 먹고
> 돌아와서 늙은이를 경책하여 주십시요."라고 하였다.…125)

부설은 도반들과 이별하기 전에 모든 부처님의 방편은 중생을 이
롭게 하는 것이라고 말하고 세간에 남아 수행할 것임을 밝힌다.

부설은 도는 승려와 속인에 있지 않고, "道는 변화한 곳과 조용한
곳에 있지 않습니다."라고 하였다. 이는 〈혜충전(慧忠傳)〉126)에서 인
용한 예이다. 도를 아는 사람은 그 도를 보고 산을 마음에 두지 않기
에 산에 집착하지 않아 도성(道性)이 정신을 맑게 한다. 그러나 도를
잊고 산에 마음을 두면 산형에 눈이 어지럽게 된다. 따라서 도를 보
고 산을 생각하지 않는 사람은 세상도 고요하고, 산을 보고도 도를

---

125) 〈浮雪傳〉. "…浮雪 …중략… 遂把松茶 引滿相屬 以與訣曰 道不在緇素 <u>道不在華野</u>
　　 諸佛方便 志在利生 道侶遠參 飽湌法乳 來警老夫…"
126) 〈唐均州武當山慧忠傳〉, 『宋高僧傳』 卷9. "肅宗皇帝 …중략… 勅內給事孫朝 …중
　　 략… 大悲不倦於津梁 至善必明於兼濟 尊雄付囑實在朕躬 思與道安 宣揚妙用 廣滋
　　 福潤以及大千 傳罔象之玄珠 拔沈迷之毒箭 …중략… 忠常以<u>道無不在華野莫殊</u> 遂高
　　 步入宮 引登正殿"

잊어버린 사람은 산중에 있어도 시끄러울 것이다. 때문에 참다운 수
행은 출가나 재가의 형식에 있지 않으며, 조용한 곳과 시끄러운 곳이
다르지 않다고 강조하였다.

4. 전법의 방편과 선사상

부설은 백련지에서 묘화를 만남으로 인해 지계와 자비의 선택에
대한 갈등을 겪고 자비행으로 묘화와 부부의 연을 맺는다. 그럼으로
써 도반들과 사상적으로 대립하는 갈등을 일으킨다. 부설은 자신의
환속을 안타까워하는 도반들에게 백련지에 남아 정법을 구하면서 법
을 전하는 일을 실천할 것을 확고히 한다. 부설은 그의 법을 이을 등
운과 월명을 두고, 불법을 실천한다. 세월이 흐른 뒤, 부설은 두 도
반과 병반수(甁返水) 대결을 통해 깨달음을 증명한다. 그리고 백련지
에서의 전법이 자비가 지혜에서 나와, 공(空)함을 알고서 무연의 대
자비로 중생을 교화하고, 방편을 통해 자비와 지혜의 미묘함을 실천
했다는 사실을 말해준다.

영허는 〈부설전〉을 통해 대중들에게 이야기로 불교의 흥미를 느낄
수 있게 하고, 화제시(話題詩)로 불교의 핵심 관점을 드러내었다. 특
히 선사상을 말할 때 경전을 바탕으로 풀어냈다. 따라서 이 장에서는
인물을 설정하는데 이끌어온 전고를 찾고, 불교에서 사용하는 용어
와 내용을 찾은 뒤에 이를 분석한다. 그리고 부설이 세간에 남아 법
을 전하면서 구현하고자했던 내용이 무엇이며, 부설과 두 도반, 그리
고 등운·월명의 정진과 어떤 상관성을 갖고 있는지 검토하도록 한다.

1) 부설거사의 전법과 공사상

(1) 백련지에서의 구도와 전법

영허는 부설이 세간에 남아 수행하는 장소로 백련지라는 공간을 설정했다.[127] 부설은 백련지라는 공간에서 갈등을 일으키고 이 장소에 남아 불법을 펼친다. 그리고 도반들과의 갈등을 이곳에서 해결한다.

여기서는 백련지에 대해서 면밀히 살펴보도록 한다. 백련지(白蓮池)의 백련은 『묘법연화경』의 범명(梵名)인 Saddharma-puṇḍarīka sūtra.(『살달마분타리가경薩達磨芬陀利迦經』)의 puṇḍarīka를 뜻하는 분타리화, 즉 흰 연꽃을 말한다.[128] 분타리화는 연꽃의 향기와 색깔이 밝고 깨끗하게 나타나 시방세계의 수많은 중생들을 이익되게 함을 상징한다. 중생들은 흰 연꽃의 광명을 보고 그 향기를 맡으면 즉시 모든 고통에서 벗어나 본심으로 돌아갈 수 있다.[129] 백련지는 부설이 중생들에게 깨달음에 이르도록 교화의 방편을 펼치고 자비를 실천한 곳이다. 또한 등운·월명이 불법을 펼친 곳이기도 하다. 부설이 세간에 살면서도 세진(世塵)에 물들지 않고[130] 성불할 것을 꽃으로

---

127) 〈浮雪傳〉. "…三士 …중략… 尋念五臺 乃文殊道場也 要往拜之 啓足向北 因宿杜陵 白蓮池側 仇無冤之家 …중략… 浮雪 …중략… 遂把松茶 引滿相屬 以與訣曰 道不在 縕素 道不在華野 諸佛方便 志在利生 道侶遠參 飽飡法乳 來警老夫…"

128) 李通玄,「毘盧遮那品」,『新華嚴經論』卷13. "芬陀利華者 白蓮華也"

129)「大師授記品」,『大乘悲分陀利經』. "見分陁利光聞其香已一切患除逮得本心 …중략… 如日初出諸華敷舒 香色顯現 有高百由旬乃至有高千由旬 爲多衆生除種種病 …중략… 以悲光明遍覆衆生"

130) 여기서 世塵에 물들지 않는다는 것은 눈으로 보고, 귀로 듣고, 코로 냄새 맡고, 혀로 맛보고, 몸으로 접촉하고, 뜻에 집착하는 등에 미혹되지 않는 것을 말한다.

암시하고 등운과 월명이 그의 법을 이어 성불하고 중생을 이익되게
할 것을 열매로 드러낸 뜻이기도 하다. 때문에 백련지는 부설과 그
자녀들이 진흙 속에서도 청정하고 깨끗한 꽃과 열매를 피워 자비의
향기가 멀리까지 퍼지는 분타리화131)를 비유하여 연결했다는 사실
을 확인할 수 있다. 다음은 부설거사가 세간에서 정진하는 모습을 구
체적으로 살펴보도록 한다.

> …부설선사는 기개가 높았으니, 몸은 비록 세속에 있었지만 마음은
> 세속 밖에 높이 두고, 삼업을 정미롭게 닦으며 六度[육바라밀]를 널리
> 행하였다. 내·외의 경전을 다 통달하였으며, 말은 典章에서 나왔다.
> 이에 사방의 이웃에서 기쁜 마음으로 찾아들고 팔방의 먼 곳에서 옷깃
> 을 이끌고 왔다. 의원을 구하는 선비는 바람처럼 찾아오고, 약을 먹으
> 려는 사람들은 한 곳으로 폭주했으며, 귀먹고 어리석은 이는 모두 미망
> 에서 벗어났고, 마른 것은 모두 흠뻑 젖어 윤기가 흘렀다. 법을 베풀어
> 펼치기를 15년이 되어 묘한 뜻을 장막에 썼다.…132)

부설은 세간에 살지만, 육바라밀을 행하며 생활한다. 사람들은 부
설에게 진리의 법을 구하려고 찾아왔고, 법을 듣고는 미혹에서 벗어
났다.

"삼업을 정미롭게 닦으며"는 영가 현각의 행적133)을 인용한 예이

---

131) 白蓮池는 『佛光大辭典』의 〈白蓮華〉에 대한 "白蓮華有五種特性, ① 馨香遠聞 ② 一
   莖單花 ③ 花果同時 ④ 不染淤泥 ⑤ 蜜蜂群聚"라는 내용을 참조하였다.

132) 〈浮雪傳〉, "…師之軒昂 身在塵勞 心懸物外 精修三業 廣行六度 解通內外 語涉典章
   四鄰歡心 八表引領 求醫之士風趨 服藥之人輻輳 聾騃盡醒 稿枯悉潤 法施敷揚 十有
   五年 妙指書帳…"

다. 이는 부설이 신·구·의 삼업을 게을리 하지 않고 선정과 지혜를 고요히 하여 정진했음을 말한 것이다. 이같이 정진한 부설이 중생에게 "六度[육바라밀]를 널리 행하였다."는 것은 "육도를 널리 행하며"134) 를 인용한 예이다. 육바라밀을 육도(六度)라고 한 것은 수행이 완만한 것135)을 말하기 위해서 이끌어온 용어이다. 이는 부설이 육바라밀로 청정한 행을 갖추고 정(定)과 혜(慧)를 이루며 복과 지혜를 두루 원만하게 닦았다136)는 의미를 표현한 것이다.

　"내·외의 경전을 다 통달하였으며"는 달마급다의 행적137)에서 인용했다. 부설은 중생에게 불법의 가르침을 실천하는 데 있어서 법다운 말로 부처님의 가르침을 실천했다. 이는 부설이 세간에 살면서도 끊임없이 정진하여 불교경전과 불교 외에 다른 경전에도 다 통달할 정도로 수행을 게을리하지 않았다는 것을 강조한 것이다.

---

133) 「禪宗永嘉集序」, 『禪宗永嘉集』. "大師俗姓戴氏 永嘉人也 …중략… 幼則遊心三藏 長則通志大乘 三業精勤 偏弘禪觀 境智俱寂 定慧雙融"

134) 溥畹, 『大佛頂首楞嚴經寶鏡疏』 卷8. "設若飛昇心中 平日或有兼修福德 兼修智慧 廣行六度 發四弘願 欲見諸佛 親蒙授記者"

135) 『永嘉證道歌』. "所言六度者 謂布施 持戒 忍辱 精進 禪定 智慧也 皆言度者何也 爲各有對治故言度也 布施度慳貪 持戒度毁犯 忍辱度瞋恚 精進度懈怠 禪定度昏散 智慧度愚癡 故云六度也"

136) 戒環 解, 「方便品」, 『妙法蓮華經』. "施戒忍進禪智 六度也 前四爲福後二爲慧 故曰種種修福慧"

137) 「隋楊氏都長安」, 『古今譯經圖紀』 卷4. "達摩笈多 隋言法密 南賢豆國人 …중략… 誦響繼昏晨 法言通內外"(『翻譯名義集』 1권의 「翻譯名義序」, 〈宗翻譯主〉편 제11 내용도 동일하다.) 같은 내용이지만 『開元釋教錄』 7권의 「總括群經錄」, 上7에서는 "沙門 達摩笈多 隋云法密 亦云法藏 …중략… 然而慈恕立身 柔和成性 心非道外 行在言前 誠地夷而潔 智水幽而靜 經洞字源 論窮聲意 加以威容詳正 勤節高猛 誦響繼晨宵 法言通內外 又性好端居簡絶情務 寡薄嗜欲息杜希求 無倦誨人有踰利己"라고 하였다.

부설의 "말은 典章에서 나왔다."는 것은 『치문경훈』의 「위산대원
선사경책」138)에서 인용한 예이다. 부설은 재가불자로 살면서 마음가
짐, 행 그리고 말을 할 때는 성인의 가르침을 따라 실천한다. 이는
재가불자를 포함한 모든 수행자가 삼계의 중생들을 제도할 때는 전
장(典章)의 문장을 의거해야함을 강조하기 위해 표현한 것이다. 다음
은 부설의 수행의 향기가 사방에 퍼져 그를 찾아온 사람들에게 불법
을 전한 표현에 대해 살펴보도록 한다.

부설에게 법을 들으려고 "사방의 이웃에서 기쁜 마음으로 찾아들
고 팔방의 먼 곳에서 옷깃을 이끌고 왔다. 의원을 구하는 선비는 바
람처럼 찾아오고, 약을 먹으려는 사람들은 한 곳으로 폭주했으며"는
영가 현각의 행적139)을 인용했다. 부설의 덕은 그 이름이 멀리까지
칭송되어 수레 살이 한 곳으로 폭주하듯이 많은 사람들이 모여들고
바람같이 빠르게 모여들었다. 이는 부설이 자신을 낮추고 행적을 일
반인들과 같이하며 성인의 도를 실천했다는 점을 강조하기 위해 표
현한 것이다.

부설의 설법을 듣고 "귀먹고 어리석은 이는 모두 미망에서 벗어났
고, 마른 것은 모두 흠뻑 젖어 윤기가 흘렀다."는 것은 『금강경오가
해설의』의 함허의 서(序)140)에서 인용했다. 이는 부설이 세간에 불법

---

138) 如杲, 「潙山大圓禪師警策」, 『緇門警訓』 卷1. "夫出家者 發足超方 心形異俗 紹隆聖
種 震慴魔軍 用報四恩 拔濟三有 …중략… 出言須涉於典章 談說乃傍於稽古 形儀挺
特 意氣高閑"

139) 「禪宗永嘉集序」, 『禪宗永嘉集』. "大師俗姓戴氏 永嘉人也 …중략… 曲己推人 順凡同
聖 則不起滅定而秉護四儀 名重當時道扇方外 三吳碩學輻輳禪階 八表高人風趨理窟"

140) 「金剛般若波羅密經五家解序說」, 『金剛經五家解說誼』. "有一物於此 …중략… 我迦

을 전하고 자비를 실천하여 미혹에 싸여있던 이들에게 이익을 주었
다는 의미이다. 그러므로 부설이 중생을 위해 자비행을 실천한 덕으
로 기우가 좋고 풍요한 시절을 보낼 수 있었다.[141] 부설의 전법은 이
어져 옛날 고승들과 유자들이 경론을 함께 나누었던 이야기들로 비
유된다.

> …부설선사는 기개가 높았으니, …중략… 그 고을의 높은 덕망을 지
> 닌 선비 이승계와 上舍 김국보 등과 방외의 사귐을 맺어 서로 한가한
> 가운데 즐거움을 함께하였다. 그들은 나이의 많고 적음을 잊고 뜻이 하
> 나가 되어, 내전과 외전을 날마다 강론하고 경의 이치를 논함에 비바람
> 이 불고 눈과 서리가 몰아쳐도 서로 소식을 끊지 않았다. 비유하건대,
> 혜원법사가 백련결사를 통해 道가 다른 이들과 사귀는 것과 같았고, 한
> 유가 태전선사에게 옷을 남겨 둔 것에 견줄 수 있었다.…[142]

부설은 불법을 널리 펼치면서 고을의 선비들과 내·외전을 강론한
다. 마치 혜원법사가 백련결사를 통해 도가 다른 이들과 사귀고, 한
유가 태전선사와 왕래했던 것과 같았다.
부설의 방외의 사귐이 "혜원법사가 백련결사를 통해 道가 다른 이

文得這一 著子 普觀衆生 同稟而迷 歎曰奇哉 向生死海中 駕無底船 吹無孔笛 妙音動
地 法海漫天 於是 聾駭盡醒 稿枯悉潤 大地含生 各得其所"
141) 〈浮雪傳〉. "師之軒昂 …중략… 法施敷揚 十有五年 妙指書帳 …중략… 至人降跡 物
不疵病 風雨順時 禾穀豊登 計日不乏 計年有餘"
142) 〈浮雪傳〉. "…師之軒昂 …중략… 本縣高人 李公承桂 上舍金公國寶等 結爲方外之交
相與閑中之樂 忘老少一 內外日與講論經理 風雨雪霜 不輟音信 譬遠公之賞蓮 喩韓
子之留衣…"

들과 사귀는 것과 같았고"는 혜원법사가 백련결사143)를 통해 유자들
과 함께 했던 것144)과 도연명과 도가인인 육수정과 함께 도담을 나
누었던 이야기145)를 이끌어서 나타냈다. 그리고 "한유가 태전선사에
게 옷을 남겨 둔 것에 견줄 수 있었다."는 한유의 『창려문초』의 〈여
맹상서서〉146) 내용을 인용했다. 이와 같이 혜원법사와 유자들의 사
귐과 한유와 태전선사의 비유를 통해 부설이 불교의 가르침을 따르
는 이들 뿐만 아니라, 도가 다른 유가와 도가인들과도 왕래하고 도담
을 나누며 불법을 펼쳤다는 점을 강조하기 위해 표현한 것이다. 세간
에서 불교의 가르침을 전법하면서 살아가던 부설은 세상의 모든 일
들을 두 자녀에게 맡기고 따로 당(堂) 하나를 지어서 본래의 업(業)인
불도를 정련하기에 이른다.

---

143) 백련결사라고 한 것은 사영운이 여산의 습지에 연못을 파고 흰 연꽃을 심었던 장소에
서 혜원법사가 많은 현인들과 함께 정토업을 닦았기에 白蓮社라고 불렀다. 이는 작자
미상의 『蓮社高賢傳』, 「識」의 내용인 "其曰蓮社者 謂謝靈運在廬山鑿池種白蓮 時遠
公諸賢 同修淨土之業 因號白蓮社"로 알 수 있다.

144) 「慧遠法師」, 『蓮社高賢傳』. "法師諱慧遠 姓賈氏鴈門樓煩人 …중략… 念佛爲先 旣
而謹律息心之士 絶塵清信之賓 …중략… 名儒 劉程之 張野 周續之 張銓 宗炳 雷次
宗等 結社念佛 世號十八賢"

145) 陳舜兪, 「廬山記」 2권, 『天台山記(及其他四種)』, 中華書局, 1985(영인본), 5~18쪽.
"流泉匝寺下入虎溪 昔遠師送客過 此虎輒虎鳴 故名焉 陶元亮居栗里 山南陸修靜亦
有道之士 遠師嘗送此二人 與語合道 不覺過之因相與大笑"

146) 韓愈, 「書」, 〈與孟尚書書〉, 『昌黎文鈔』 卷3. "愈白 行官自南迴 過吉州 …중략… 潮
州時 有一老僧號大顚 頗聰明 識道理 遠地無可與語者 故自山召至州郭 留十數日 實
能外形骸 以理自勝 不爲事物侵亂 與之語 雖不盡解 要自胸中無滯礙 以爲難得 因與
來往 及祭神至海上 遂造其廬 及來袁州 留衣服爲別 乃人之情 非崇信其法 求福田利
益也"

···부설선사는 기개가 높았으니, 몸은 세속에 있었지만 마음은 세속 밖에 높이 두고, ···중략··· 法을 이을 자손이 둘 있었으니, ···중략··· 이에 티끌세상의 모든 일은 두 아이에게 맡기고, 별도로 堂 하나를 지어 본래의 業인 佛道를 정련하였다. 재물을 손상시키고 해치는 것은 본래 六門으로 말미암으니, 두 가지 견해[二見]를 모두 없애고 들음을 돌이켜서 自性을 들으면 法이 홀로 드러날 것이니 방편을 빌리지 않아도 된다. 陽의 기운을 행할 수 없기 때문에 病夫라 일컬으며, 사람에게 粥과 藥은 기운 없음에 이로운 것이니 구하고, 마음을 가라앉혀서 정진하며 성도할 뜻을 결심했다. 부설거사는 유마거사가 비야리성에서 침묵한 것을 사모하고, 달마대사가 소림사에서 벽을 마주하고 좌선한 것을 그리워하였다. 이윽고 기약한 5년이 되자, 道의 경지에 오른 것이 밝은 별빛과 같았다. 그러나 다시 남아 있는 번뇌를 깨끗이 하여 성불의 경지에 다가갔다. 화엄법계에 고삐를 머물게 하며, 원각묘장에 편안히 앉아서 다만 스스로 기뻐할 뿐, 말로 표현할 수 없었다.···147)

부설은 자신을 병부라 칭하고, 죽과 약을 구한다. 두 가지 견해를 모두 없애고, 방편을 빌리지 않고 자성을 보아 불도를 이루고자 좌선하였다. 5년 동안 홀로 정진하여 구경각을 이룬다.

먼저, '이견(二見)'에 대해 살펴보도록 한다. '두 가지 견해[이견]'는 단견(斷見)과 상견(常見)을 말한다.148) 단견은 상(相)이 없다는 것이

---

147) 〈浮雪傳〉. "···師之軒昂 身在塵勞 心懸物外 ···중략··· 法胤二人 ···중략··· 於是毛塵人事 掃委二兒 別構一堂 精鍊舊業 傷財劫賊 本由六門 除滅二見 返聞聞性 一眞獨露 非假方便 陽不能行 故稱病夫 粥藥須人 便利無氣 潛心做工 決意成道 慕毗耶之杜口 戀少林之面壁 期及五秋 解徹明星 再淨餘塵 重崇智嶽 頓轡於華嚴法界 宴坐於圓覺妙場 只自怡悅 莫能說破···"

148) 「應化非眞分」, 『金剛經五家解說誼』. "斷常爲病 惱亂法身 法爲良藥 一聞便除 貪愛

고, 상견은 상(相)이 있다는 것이다. 이는 수행하다가 상이 있다고 하
거나 상이 없다고 하는 공(空)과 유(有)의 견해에 떨어지지 않게 하기
위해 일체법이 공하기도 하고 유하기도 하다고 말하고, 다시 공도 아
니고 유도 아니라고 하는 것이다.149) 때문에 부설은 두 가지 견해를
모두 없애고 방편을 쓰지 않고 자신의 성품을 보아 도를 이루고자 했
던 것이다.

 "재물을 손상시키고 해치는 것은 본래 六門으로 말미암으니"는
『영가증도가』와 『천축국보리달마선사론』150)에서 뜻을 이끌어 표현
했다. 여기서 재물은 세상에서 말하는 칠보 등을 말한 것이 아니라
법재(法財)를 말한 것이다. 성인의 과(果)를 얻기 위한 일곱 가지 법의
재물과 항하사 같이 수많은 부처님의 덕과 삼매들이다. 이러한 재물
은 육근[육문(六門)]이 미혹하면 오식(五識, 안·이·비·설·신)이 밖에 있
는 도적이 되어 문에 드나들고 마음이 도적의 중매가 되어 자신에게
있는 보배를 빼앗는다.151) 그러나 부설은 깨닫는 것은 찰나에 있다

爲熱 煩煎心海 法爲清涼一聞頓歇"
149) 「應化非眞分」, 『金剛經五家解說誼』. "不取於相 以不取三相言者 眞如自性 非有相
非無相 非非有相非非無相 爲破常見 說一切空 爲破斷見 說一切有 恐落二邊 說不空
不有"
150) 『永嘉證道歌』. "學人不了用修行 深成認賊將爲子 損法財減功德 莫不由斯心意識 是
以禪門了却心 頓入無生知見力 大丈夫秉慧劍 般若鋒兮金剛焰 非但空摧外道心 早
曾落却天魔膽"; 『天竺國菩提達摩禪師論』. "彼者彼岸 浮囊者心 守城者 不令賊入 賊
者 六根是也 守護心 不令賊入"
151) 『南明泉繼頌諺解』(원제 『永嘉大師證道歌南明泉禪師繼頌』) 권下, 단국대학교 출판
부, 1972(영인본). "法財는 七聖財와 恒沙 聖德과 百千 三昧돌히라 功은 般若와 서르
應흔 眞實흔 功用이라 둘짯 句는 알픳 五識이 밧긧 도족 두외야 門이 나들어든 第六
意識이 도족이 中媒 두외야 지빗 보빅를 아술 시라"

는 것을 알고서 따로 방편을 빌리지 않고 행주좌와 어묵동정에서 선
정에 들어 진여본성을 밝히고자 하였다.

다시 말하면, 번뇌는 삼독 등이 법신을 헐어버리고 불성을 핍박하
므로 도둑이라 한다.[152] 하지만 여섯 가지[육근] 도적을 알고 삼독의
마음을 일으키지 않으면 정혜의 힘이 성취되고 육근[육적(六賊)]이 보
물을 도적질하지 않게 되어 공덕의 법 재물이 더욱 늘어난다.[153] 그
러므로 부설이 정혜로 육근을 관찰하여 공덕의 법재가 늘어나도록
정진하고자 했다는 의미를 내포한 것이다.

두 가지 견해를 모두 없애고 "들음을 돌이켜서 自性을 들으면"은
"들음을 돌이켜서 자성을 들으면"[154]을 인용한 예이다. 자성을 보는
사람은 소리가 번뇌가 되지 않기에 보고 듣는 작용을 관찰해서 성
(聲)과 색(色)에 걸리지 않고 유와 무에 떨어지지 않는다.[155] 이는 부
설이 세간에 남아 불법을 실천하는데 외부의 어떤 것에도 번뇌를 일
으키지 않고 걸리지 않았음을 강조하기 위해 표현한 것이다.

다음은 부설이 양(陽)의 기운을 행할 수 없는 '병부'라 하고, '죽'과
'약'을 구했다고 한 내용을 정확히 파악하기 위해 그 의미를 분석해
보도록 한다. 부설은 자신의 기력의 익숙함과 서투름을 살피고 병부

---

152) 戒環 解,「序品」,『妙法蓮華經』. "煩惱卽貪嗔癡等十使 爲諸漏之緣 戕害法身 偪惱正
性 名煩惱賊"

153)『永嘉證道歌』. "耳聞惡言 不起嗔心 卽能成就定慧之力也 不爲六賊盜竊家寶 功德法
財從此增長…"

154)『大佛頂如來密因修證了義諸菩薩萬行首楞嚴經』卷6. "大衆及阿難 旋汝倒聞機 反聞
聞自性 性成無上道 圓通實如是"

155)「法會因由分」,『金剛經五家解說誼』. "反聞聞處心路斷 八音盈耳不爲塵 不聞曾不礙
於聞 頭頭爲我話無生 …중략… 淡薄豈拘聲色外 虛閑寧墮有無中"

라 하였다. 그리고 죽과 약으로 성도할 것을 결심한다. 양의 기운은
건(乾)의 덕이 양기로써 만물을 형통하게 하고 물(物)의 성질이 화합
하여 각각 그 이(利)가 있게 하고, 물(物)로 굳고 정(正)하게 한다. 하
지만 부설은 양이 음을 배우지 않으면 봄·여름이 열리지 않는 것[156]
처럼 자신도 행하지 못한다고 한다. 즉 건(乾)의 덕이 음양 천지의 근
본인 것처럼 부처의 덕이 시·공간을 초월하여 생멸의 변화가 없어
생사의 고통을 여의고, 자재한 덕을 갖추어 번뇌의 더러움을 여읜 청
정한 과덕(果德)을 행하지만 이처럼 행하지 못했다는 의미로 병부라
고 칭한 것이다.

　병(病)[157]은 번뇌를 말하고 약(藥)은 그 번뇌를 끊는 정혜[158]를 말
한다. 부설은 약[정혜(定慧)]으로 병[번뇌(煩惱)]을 떨쳐내어 약과 병이
다 없어지고, 약과 병이 서로 다스리는 문이 끊어져 병 밖에 약이 없
고 약 밖에 병이 없는 이치를 알면 건(乾)의 덕과 부처의 상·락·
아·정(常·樂·我·淨)의 덕을 이룰 수 있다고 확신한다. 부설은 양기
가 만물에 미치면 꽃이 피는 것을 알 수 있듯이, 법이 사바세계에 가
득하기에 자연히 꽃이 피고 열매가 열리는 것과 같은 이치를 알고 있
었다. 때문에 정혜[약(藥)]로 정진하여 깊은 도에 들어가고자 한 것
이다.

---

156) 「勉學上(幷序)」, 『緇門警訓』 권1. "天不學柔則無以覆 地不學剛則無以載 陽不學陰
　　則無以啓 陰不學陽則無以閉 聖人無他也 則天地陰陽而行者"
157) 病에는 作病·任病·止病·滅病의 네 가지가 있는데 모두 體에서 나온다(배휴 撰·
　　종밀 疏鈔·세종대왕기념사업회 주해, 「大方廣圓覺修多羅了義經序」, 앞의 책, 2002,
　　51쪽 참조).
158) 『禪宗永嘉集』. "病謂因心所著 藥謂用觀對治 圭峰云 醫方萬品 宜選對治"

부설이 "비야리성에서 침묵한 것"을 사모했다는 것은 유마거사가 비야리성에서 침묵했던 것[159]을 이끌어온 예이다. 유마거사가 문병 온 이들의 불이(不二)에 대한 생각을 듣고 자신은 불이에 대해 침묵했던 것을 묘사하였다. 부설이 모든 반연하는 모습을 여의고 정혜에 들어 묵묵히 진실의 근원을 일정하게 보여준 것을 표현한 것이다.

또한 "소림사에서 벽을 마주하고 좌선한 것"을 그리워했다는 것은 달마대사가 9년 동안 면벽 좌선[160]한 내용을 인용한 예이다. 이는 부설이 달마대사가 소림사에 머물면서 9년 동안 아무 말 없이 벽을 향해 앉아서 참구했던 것과 같이 정진한 모습을 묘사한 것이다. 부설은 심(心)과 법(法)을 잊으면 성(性)이 진(眞)이 되고 진성(眞性)은 유(有)도 아니고 무(無)도 아니기에 달마대사가 소림사에서 몇 번을 생각하고 유마거사도 가볍게 입을 열지 않았음[161]을 알았다. 그래서 구경각을 위해 머리에 붙은 불을 끄듯 행주좌와 어묵동정에 믿음과 부지런한 수행과 선정과 지혜로 깨달음을 이룰 수 있다고 믿고 정혜에 든 것이다. 다음은 부설이 생사의 문제를 해결해낸 부분을 살펴보도록 한다.

"화엄법계에 고삐를 머물게 하며, 원각묘장에 편안히 앉아서"는 「대방광원각수다라요의경약소서」[162)에서 인용했다. 부설은 깨달음

---

159) 「涅槃無名論」, 『注肇論疏』 卷5. "淨名杜口於毗耶"

160) 「初祖菩提達磨大師」, 『佛祖正傳古今捷錄』 卷1. "少林寺 面壁而坐"

161) 『南明泉繼頌諺解』 卷下, 1972(영인본). "둘짯 句ᄂᆞᆫ 有와 無왜 둘 아닐 시라 세짯 句ᄂᆞᆫ 達磨ㅣ 아홉 히를 ᄇᆞ룸녁 도라 좀좀코 안ᄌᆞ실 시라 네짯 句ᄂᆞᆫ 維摩ㅣ 默然ᄒᆞ실 시니 心과 法과 둘흘 니즌 고든 닐어 아로미 밋디 몯홀 시라"

162) 裴休, 「大方廣圓覺修多羅了義經略疏序」, 『大方廣圓覺修多羅了義經』. "圭峯禪師 得

의 경지를『화엄경』의 법계를 의지하여 원만하게 나타내고,『원각경』의 대광명장(大光明藏)을 의지하여 근원을 일으킨 마음을 바로 보였다.163) 이는 부설이 대장경의 경·율을 보며『유식론』,『대승기신론』등을 통한 후에 다섯 가지 가르침의 다른 뜻을 깊이 연구했다는 의미이다.

부설이 깨달아 성불의 경지에 이르렀지만 "다만 스스로 기뻐할 뿐, 말로 표현할 수 없었다."는 것은『금강경오가해설의』의 함허의 설의164)에서 인용한 예이다. 깨달음은 스스로 깨달은 사람만이 알 뿐이지 다른 이에게 전할 수도, 줄 수도 없는 것이므로 각자 본인이 스스로 깨달아야 한다. 그럼에도 깨달음은 스승에게 인가를 받아야 비로소 깨달아 증득했다고 인정받을 수 있다. 위음왕불 이전에는 인가를 받지 않아도 괜찮았지만 위음왕불 이후에는 스승 없이 스스로 깨달은 것은 모두 천연외도(天然外道)에 속하였다. 그러므로 조사들은 서로서로 인증 받았다.165) 부설은 정진하여 깨달음을 얻고서도 스승 없이 스스로 깨달은 것은 외도에 속하는 것임을 알고 있었다. 따라서

法於荷澤嫡孫南印上足道圓和尙 一日隨衆僧 齋于州民任灌家 居下位 以次 受經遇圓覺了義 卷末終軸 感悟流涕 …중략… 旣佩南宗密印 受圓覺懸記 於是閱大藏經律 通唯識起信等論 然後頓轉於華嚴法界 宴坐於圓覺妙場 究一雨之所霑 窮五敎之殊致"

163) 戒環 解,「序品」,『妙法蓮華經』. "夫說法所依 各隨宗趣 華嚴展轉十處 爲圓彰法界 圓覺依大光明藏 爲眞示本起"

164)「圭峰密禪師疏論纂要幷序」,『金剛經五家解說誼』. "欲識得佛法的的大意 直須向十二時中四威儀內覺觀波濤中 覷捕來覷捕去 覷來覷去 忽地識得根源去在 縱然識得根源去 只可自怡悅 不堪持贈君"

165)『永嘉證道歌』. "卽有所證 須求師印可 方自得名爲證 自威音王佛已前卽可 自威音王佛已後 無師自悟盡屬天然外道 是故二十五大士所證圓通從佛印證 善財參五十三位知識從知識印證 乃至西天此土諸位祖師遞相印證 所謂佛佛授手祖祖相傳也"

부설이 스승이나 도반들(영희·영조)과의 문답 등을 통해 깨달은 바를
검증 받을 때를 기다리고 있다는 의미를 강조하기 위해 표현한 것
이다.

이상을 정리하면, 부설은 백련지에서 성인의 가르침을 따라 중생
의 이익을 위해 자비행을 실천하며 불법을 전한다. 부설이 백련지에
서 자비를 행한 것은 그가 자비를 갖춘 인물임을 드러낸 것과 관련을
맺고 있음을 발견하였다. 또한 백련지는 백련화의 뜻이 부설이 세간
에서 실천하는 의미와 결합함으로써 성립되었다는 사실을 알 수 있
었다. 부설은 모든 부처님의 방편이 모든 중생을 도탈(度脫)하게 하
여 번뇌 없는 지혜에 들게 하려는 데에 뜻이 있음을 알고 계율을 지
키고 어김에 얽매이지 않았음을 확인하였다. 다만 경계를 여의고는
자비를 관조하기 어려우니 항상 중생을 깨닫게 하는 방편을 써서 큰
자비로 중생을 이롭게 하는 일에 나선 것이다. 이러한 자비는 중생으
로 인하여 알 수 있고 지혜로 법을 비출 수 있다. 때문에 정혜로 경계
를 대하여 산란함과 고요함을 관하고, 자비로 중생을 구별하지 않고
전법한 것이다.

(2) 출·세간의 병반수 대결과 증도시(證道詩)

부설은 깨달음을 얻고, 도반인 영희·영조는 인연을 따라 다시 부
설이 살고 있는 두릉으로 돌아온다. 부설은 옛 도반이 돌아왔다는 말
을 듣고 정당(正堂)에 앉는다. 도반들을 귀하게 대접한다. 그들은 그
동안 수행했던 도담을 주고받으며, 인식의 경계에 싸여있던 육근과
육진이 밝고 민첩해져 송곳이 주머니 속에서 삐져나오듯 뚜렷함을

알았다.166) 이에 그들은 병반수(瓶返水)를 통해 그동안 단련했던 서로의 공부를 겨루어 보기로 한다.

…부설이 말하기를, "세 개의 병에 물을 가득 담아 오너라. 공부가 얼마나 익었는지 시험해 보리라."라고 하였다. 들보 위에 물이 담긴 병을 걸고 각각 병을 쳤는데, 영희와 영조 두 승려의 병과 물이 모두 쏟아졌다. 부설 또한 그것을 쳤는데, 병은 깨졌으나 물은 매달려 있었다. 그리하여 두 사람에게 말하길, "신령스러운 빛이 홀로 빛나니 육근과 六塵에서 멀리 벗어나고, 본체는 참되고 항상함을 드러내니 생멸에 구애받지 않는다네. 흐르는 것은 병이 깨지고 부서지는 것과 같으나, 眞性이 본래 신령스럽고 밝음과 같아서 항상 머물러 있는 것은 물이 공중에 매달려 있는 것과 같은 것입니다. 그대들은 두루 선지식을 참례하고, 총림에서 오랫동안 있었으면서 어찌 생멸을 眞常으로 여기고, 空性이 본래 空하여 幻으로 나타나는 法性임을 일관되게 보지않는가. 來業에서 자유롭고 자유롭지 못함을 증험하고자할진댄, 이에 곧 常心이 평등한가 평등하지 못한가를 알아야 하는데, 지금 그러하지 못했으니 지난 날 물을 돌이키자고 한 경계는 어디에 있소? 두 분이 떠나면서 경책한 일이 아득하기만 하구려."라고 하였다. …167)

---

166) 〈浮雪傳〉. "師之軒昂 …중략… 期及五秋 解徹明星 再淨餘塵 重崇智嶽 頓轡於華嚴法界 宴坐於圓覺妙場 只自怡悅 莫能說破 昔日同袍 熙照二師 參禮日久 遍遊名山 隨緣受用 重到杜陵 清信之家 居士與波夷 仙化已久 無能問者 忽逢端正男女纏冠簪者 問浮雪安否 宣昔日同友之緣 相顧泫然入白 浮雪乃曰 余喜聞故人之歸 沈痾頓除 氣宇清泰 可於正堂 設鋪安坐 具膳尊享 彼是格外道人 博物君子 承之奉之 勿逆勿怠 卽起歡迎 相敍舊情 根塵明敏 朗月神錐 二子之心 謂蒙上人法力 厥父疾愈五體投地 敬逾天屬"

167) 〈浮雪傳〉. "…浮雪云 取三瓶盛水來 試工夫生熟 掛於樑上 各打一瓶 熙照二人 瓶水俱碎 雪亦打之 瓶碎水懸 因謂二人曰 靈光獨曜 迥脫根塵 體露眞常 不拘生滅 遷流者

부설은 두 도반에게 헤어질 때 약속했던 병반수 대결을 통해 그 동안 도가 얼마나 익었는지 비교해 보자는 법거량을 제의한다.[168] 그리하여 산속에서 수도했던 영희·영조가 병을 쳤는데, 병이 깨지고 물이 바닥으로 쏟아졌다. 반면에 부설이 친 병은 깨져서 바닥에 떨어졌으나 물은 그대로 매달려 있었다.

먼저, 법거량하는 장면에 대해 자세히 살펴보도록 한다. 매달려 있는 "병을 쳤는데"는 『남명천화상송증도가』[169]에서 인용한 예이다. 병을 쳐서 부서뜨림은 범부의 자리에서 성인의 깨달음에 이르러 미혹한 마음을 끊은 것이다.[170] 따라서 부설이 친 병은 깨졌지만 물은 그대로 매달려 있었다는 것은 깨달음을 증명한 것이다. 병은 번뇌가 부서졌음을 뜻하고, 매달린 물은 본래 부처인 본각진성을 뜻한다. 그

似甁之破碎 眞性本靈明 常住者如水之懸空 公等遍參知識 久曆叢林 豈不攝生滅爲眞常 空幻化守法性乎 欲驗來業自由不自由 便知常心平等不平等 今旣不然 曩日返水之戒安在 雙行之警邈矣…"

168) 부설과 두 도반이 헤어질 때 읊은 贈別詩 중에서 영희는 다음에 만날 때 '甁返水'의 법거량으로 道를 겨루어 보자고 제안했었다. 참고를 위해 아래에 제시한다.
"靈熙繼和曰 一[簣]成臺力 九皐翹足緣 修行破竹爾 得道着鞭然 未免三生累 冤家一念懸 他年甁返水 追後跡相連"

169) 永嘉玄覺 著·法泉 繼頌, 『南明泉和尙頌證道歌』. "師子吼 三十三人 盡驚走 畵甁打破 却歸來 青山流水 還依舊"

170) 『南明泉繼頌諺解』 卷下, 1972(영인본). "셜흔 세 사ᄅᆞᄆᆞᆫ 卅三祖師ㅣ니 師子ㅣ 우르ᄂᆞᆫ 고대 셜흔 세 사ᄅᆞ미 놀라 두리여 므르ᄃᆞ라 손발 둘 고디 업슬 시라 三十三人ᄲᅮᆫ 아니라 三世諸佛도 ᄯᅩ ᄒᆞᆫ바탕 붓그료ᄆᆞᆯ 免티 몯ᄒᆞ실 시라 師子ᄂᆞᆫ 佛祖中엣 ᄒᆞᆫ 사ᄅᆞ미니 向上앳 이ᄅᆞᆯ 자바 니ᄅᆞᄂᆞᆫ 젼ᄎᆞ로 佛祖ㅣ 다 놀라 ᄃᆞᄅᆞ니라 그륜 甁ᄋᆞᆫ 色身ㅅ 뵈 주머니라 텨 ᄣᅡ리다 ᄒᆞᄆᆞᆫ 뵈 주머니ᄅᆞᆯ 일흐며 갓ᄂᆞᄆᆞ출 노하 ᄇᆞ릴 시라 도라 오다 ᄒᆞᄆᆞᆫ 뵈 주머니ᄅᆞᆯ 일흔 고대 凡ᄋᆞᆯ ᄇᆞ터 聖에 들 시라 퍼런 뫼콰 흐르ᄂᆞᆫ 므른 내 짓 田地니 도로 녜 ᄀᆞᆮ다 ᄒᆞᄆᆞᆫ 各別ᄒᆞᆫ 奇特 업슬시라"

러하기에 본래 움직이지 않는 우리의 불성은 '물'에 비유하고 번뇌는 '병'에 비유된다.[171] 병은 무명(無明)의 바람에 의해 과거에 냈던 생각이 의식이 되고, 의식의 작용이 흩어져 분별하는 마음을 낸 것이다. 하지만 이 성품이 공(空)함을 알면 원만하고 고요하여 걸림이 없고 막히지 않듯이 진여본성은 어디에도 매이지 않고 생멸하지 않음을 말한 것이다.

영희와 영조는 오래 전에 부설이 자비로 여인을 취하여 세간에서 살게 되었을 때, 부설과 헤어지면서 그에게 삼생의 업을 넘지 못했다고 경책했다. 그리고 다음에 만나는 날, 병속의 물을 돌이키는 병반수 대결을 통해서 수행을 점검하자고 했었다. 그러나 수행의 결과는 고요한 산중에서 수도했던 승려가 깨달음을 얻은 것이 아니라, 세간[백련지]에서 불법을 실천하며 정진했던 부설이 깨달음을 이루었다.

다음은 '진상(眞常)'과 '진성(眞性)'의 뜻을 살펴보도록 한다. 진상(眞常)의 진(眞)은 망령되지 않은 것이고 상(常)은 변하지 않는 것이다.[172] 중생이 본래 신령스러운 깨달음을 가지고 있어 망(妄)의 엉김이 없어 항상 변하지 않는다. 하지만 중생은 한 생각의 미혹함에 환(幻)의 고통에 빠져 진(眞)을 잃고, 생사의 변화에 빠져 상(常)을 잃어버린다. 그러나 성인은 생멸의 변화에 매이지 않기에 진상(眞常)이라

---

171) 기존의 연구에서 甁은 그릇 혹은 계율로, 물은 眞常으로 비유되었다. 이에 대한 논의는 황패강, 앞의 책, 1975, 388쪽; 경일남, 「〈부설전〉의 인물대립 의미와 작가의식」, 『어문연구』 34, 어문연구학회, 2000, 203쪽이 있다. 이 논의들은 작품에 쓰인 典故를 찾지 않고 해석한 것으로 보인다.

172) 「豫章沙門宗鏡提頌綱要序」, 『金剛經五家解說誼』. "不妄曰眞 不變曰常 眞常者 生佛平等之大本也"

고 한다.173)

진성(眞性)은 법의 자성인 진여본성을 말한다. 이 참된 불성은 선
문(禪門)의 근원일 뿐만 아니라 만법의 근원이기 때문에 법성이라 한
다.174) 진성은 공(空)하여 고요하고 맑아서 정혜를 동시에 행하여 생
멸하지 않음으로 본래 신령스럽고 밝아 항상 머물러 있는 것이다. 때
문에 진여본성을 깨달은 부설은 병반수를 통해 불성은 물이 공중에
매달려 있는 것과 같이 항상 머물러 있다고 하였다. 그러므로 부설의
깨달음은 진여본성을 확철대오한 구경각인 것이다.

부설이 두 도반에게 설한 "신령스러운 빛이 홀로 빛나니 육근과 六
塵에서 멀리 벗어나고, 본체는 참되고 항상함을 드러내니 생멸에 구
애받지 않는다네."는 백장선사의 법문175)을 인용했다. 신령한 빛이
육근과 육진에 싸여 있다가 밝은 지혜로 마음인 육근과 법(法)인 육
진이 둘 다 없어지고 불성이 드러나면 생사와 열반이 본래 평등함을
깨달을 수 있다. 그렇지만 깨닫지 못한 사람은 본각진성을 미혹하고
육진의 반연에 부합하여 생각이 계속 흘러가면서 쉴 새 없이 일어났
다 없어졌다 한다. 그러나 깨달은 사람은 본래 모든 부처님과 둘이
아니고 다르지 않음을 알고서 선지식을 만나 지혜를 밝혀 견성하고

---

173) 戒環 解, 「序品」, 『妙法蓮華經』. "眞常者生靈性命之大本也 本眞無妄凝常不變 由一
　　念之迷妄 沈幻苦而失其所謂眞 淪變生死而失其所謂常 聖人復還元覺 不沈諸妄不受
　　諸變 故曰眞常"
174) 『禪源諸詮集都序』卷上. "此眞性非唯是禪門之源 亦是萬法之源 故名法性 亦是衆生
　　迷悟之源 故名如來藏藏識(出楞伽經)亦是諸佛萬德之源 故名佛性(涅槃等經)亦是菩
　　薩萬行之源 故名心地"
175) 道霈, 「普說」下, 『永覺和尙廣錄』卷6. "百丈海禪師 上堂云 靈光獨耀 逈脫根塵 體
　　露眞常 不拘文字 心性無染 本自圓成 但離妄緣 卽如如佛"

번뇌를 털어버려서 생멸에 매이지 않게 된다는 것을 말한 것이다.

"空性이 본래 空하여 幻으로 나타나는 法性"이라고 한 것은『선종 영가집』176)에서 인용한 예이다. 인연으로 일어난 법이 공(空)임을 알면 환(幻)과 환 아닌 것이 하나로 모든 것이 공으로 나타나는 환화(幻化)임을 알게 된다. 그러므로 집착하지 않는 지혜의 눈으로 육근과 육진의 경계를 밝고 청정하게 하여 자유자재하게 중생을 교화하고 생사에서 벗어날 수 있다. 따라서 모든 집착에서 완전히 벗어나 모든 법이 공(空)하다는 사실 또한 공임을 알아야 공을 실천할 수 있음을 말한 것이다.

"來業에서 자유롭고 자유롭지 못함"은 "내생은 뜻과 같지 않음"과 "오고 감에 자유로움"177)이라는 내용을 인용한 예이다. 법은 본래 행위가 없어 경계를 대해서 일어나고, 마음은 상(相)이 없어 사물을 따라 나타나듯이 망심(妄心)이 멸하면 업도 공해져 과거와 미래에 자유로워진다는 의미를 표현한 것이다.

다음은 '상심(常心)'에 대해 자세히 살펴보도록 한다. 상심은 마음을 어떻게 안주하고 어떻게 다스리느냐는 물음에 대한 답 가운데 네 가지 마음 안에 포함된 상심178)을 의미한다. 이는 보리심을 내고 나서, 어떤 경계에 머물러 행업(行業)을 닦고 망심을 다스려야 하는가

---

176)『禪宗永嘉集』. "幻化空身卽法身"
177)『永嘉證道歌』. "勢力盡箭還墜 招得來生不如意 爭似無爲實相門 一超直入如來地";「善現起請分」,『金剛經五家解說誼』. "你能住降 心生喜動 未能住降 心生悲憂 我此 世界 本自清平 理亂俱亡 何傷何喜 …중략… 只有一段空 來去自由耳"
178)「大乘正宗分」,『金剛經五家解說誼』. "三 常心 一性空故 二同體故 論云 自身滅度 無異衆生 三本寂故 四無念故 五法界故"

에 대한 물음에 육바라밀을 닦으면서 마음을 다스려 상에 집착하지 말라[179)고 한 뜻에서 이끌었다. 상심[180)은 중생에게 부처의 성품이 있어 중생을 제도할 것도 제도 받을 중생도 없는 공적한 성품이기에 깨달음은 본래 적멸하여 증득할 법이 없고 생사와 열반이 평등하다는 것이다. 따라서 관하는 지혜로 법성에 들어가 나와 남이 없고, 옳고 그름도 없는 공한 마음으로 분별사량을 내려놓으면 평등한 마음을 가질 수 있음을 말한 것이다. 다음은 부설이 진여본성의 깨달음을 증명하고 그 요지를 읊은 증도시(證道詩)[181)를 자세히 살펴보도록 한다.

인하여 게송으로 이르기를[因偈示云],

보아도 보는 바가 없어야 분별이 없고   目無所見無分別

---

179) 「善現記請分」, 『金剛經五家解說誼』. "若人發菩提心已 住何境界 修何行業 妄心若起 云何降伏 故佛令安住四心 修六度行 於中降心 不令著相"

180) 常心은 규봉종밀이 마음을 안주하고 다스리는 것을 넷으로 나눈 四心 가운데 하나이다. 四心은 三界 중생을 널리 제도하는 넓고 큰 마음인 廣大心, 머무름 없는 열반이 二乘과 함께하지 않는 으뜸가는 마음인 第一心, 중생과 부처가 본래 평등하다는 것을 알고 중생을 변함없이 제도할 수 있는 常心, 나와 남이라는 생각 없이 제도하는 不顚 倒心이다(함허득통 편저·이인혜 역주, 「대승정종분」, 『금강경오가해·설의』, 도피 안사, 2009, 158~171쪽 참조).

181) 證道詩에 대한 설명은 앞의 각주 5)에서 밝혔지만 〈부설전〉의 내용을 참고하여 부연하면, 부설이 두 도반과의 甁返水 겨루기에서 깨달음을 증명하고 난 후 "眞性本靈明"이라고 한 것에는 이유가 있다. 그것은 중생이 본디 갖추고 있는 청정한 성품, 즉 궁극의 진리를 깨달은 究竟覺을 말한다. 이에 부설이 세간의 인연을 받아들여 佛法의 가르침대로 실천하여 번뇌 망상을 모두 끊고 大圓境智에 들어가 진여본성을 확철대오 했기에 證道詩라 하였다.

들어도 소리 없음을 들어야 시비가 끊어지니   耳聽無聲絶是非
분별 시비 모두 내려놓고   分別是非都放下
마음의 부처를 바로보아 스스로 귀의할 따름이네. 但看心佛自歸依

위 내용을 자세히 살펴보면, 1, 2구에서는 보는 것과 들리는 것이
본래 진짜가 아닌 망상의 장난이라는 것을 알면 번뇌가 공(空)해져
색과 소리에 미혹하지 않는다고 했다. 3, 4구는 다른 사람의 말과 행
동을 보고 듣고도 집착하지 않고, 자신의 성품이 고요하면 생멸 없는
본각의 실체를 관할 수 있다고 한다.

증도시는 사구게(四句偈)[182]로 육진의 어디에도 마음이 머물지 않
고 진실한 참마음을 내야함[183]을 원용했다. 이는 보아도 형상이 없
어 색이 아니요, 들어도 소리가 없어 음성이 아니니, 모양이면서 모
양이 아님을 말한 것이요, 모양이 없다고 말한 것이 아님을 말한 것
이다. 마음의 본체인 공성(空性)으로 보고 들음에 걸리지 않으면 눈
으로 보고 귀로 들어도 분별 시비가 없어져 스스로 증득할 수 있
다[184]는 것을 말한 것이다.

또한 1, 2구와 3, 4구를 따로 떼어놓고 살펴보면, 1, 2구는 "색으로
나를 보거나 음성으로 나를 구한다면"[185]의 원용이다. 색을 보고 소

---

182) 『金剛經五家解說誼』의 「依法出生分」에서 규봉 종밀은 "四句偈者 但於四句 詮義究
竟 卽成四句偈 …중략… 然但義具四句 持說則趣菩提"라고 하였고, 「法界通化分」에
서 傅大士는 "終須四句偈 知覺證全空"이라고 하였다.

183) 「莊嚴淨土分」, 『金剛般若波羅密經』. "諸菩薩摩訶薩 應如是生淸淨心 不應住色生心
不應住聲香味觸法生心 應無所住 以生其心"

184) 「莊嚴淨土分」, 『金剛經五家解說誼』. "見色非干色 聞聲不是聲 色聲不礙處 親到法王
城"

리를 듣는 것은 일상의 일이고, 진여법신은 식(識)의 대상이 아니기 때문에 색이나 소리로 볼 수 없으니, 바깥에서 구하지 말고 정견(正見)으로 마음의 부처를 보아야한다고 말한 것이다.

3, 4구는 "만약 모든 형상과 형상 아님을 본다면 여래를 보는 것이다."[186]의 원용이다. 견(見)은 '깨닫다'의 의미로 모든 인식하는 모습이 다 무상하여 허망함을 깨닫는다면 곧 자신의 본성을 볼 수 있음을 뜻한다.

이상을 정리하면, 부설은 영희 · 영조와의 병반수 대결을 통해 진여본성을 증명하고, 증도시로 색 · 성(色 · 聲)을 떠나 공(空)을 관하는 잘못을 밝혔다. 이는 현상계의 모든 것은 여러 가지 인연에 의하여 형성되어 모두 공하다는 이치를 깨닫고, 이론이 아닌 실천으로 보여준 것이다. 모습과 마음에 집착하여 보고 소리와 마음에 집착하여 듣는 것은 본래 참모습이 아닌 것을 알고, 보고 들음에 미혹되지 않으면 평등한 이치가 나타나 생멸에서 벗어날 수 있다는 것을 선명하게 보여준 것이다. 보고 듣는 모든 것은 연(緣)을 따라서 자신의 마음을 인하여 나타나기 때문에 미혹하면 형상과 소리가 있다 말하고 깨달으면 고요함을 안다[187]고 한다. 이는 환(幻)으로 나타나는 것이 사물을 인하여 있으나 그 체가 없는 것과 같은 것으로 모든 법이 공(空) 아닌 것이 없음을 말한 것이다. 그러므로 부설이 묘화와의 인연을 받

---

185) 「法身非相分」, 『金剛般若波羅密經』, "世尊而說偈言 若以色見我 以音聲求我 是人行 邪道 不能見如來"

186) 「如理實見分」, 『金剛般若波羅密經』, "佛告須菩提 凡所有相 皆是虛妄 若見諸相非相 卽見如來"

187) 「事理不理」, 『禪宗永嘉集』, "迷之則謂有形聲 悟之則知其閒寂"

아들이고 백련지에서 펼친 전법의 방편이 공(空)을 이해한 것으로 확
인되었다.

2) 등운·월명의 깨달음과 반야사상

(1) 등운·월명의 출가와 수행

부설의 이야기는 부설이 증도시를 읊고 열반에 든 것으로 일단락
지어진다.[188] 이어서 부설의 법을 이은 자녀들의 이야기가 덧붙여진
다. 백련지에 남아 부처님의 가르침을 실천하고 연꽃을 피운 부설에
게는 그 법을 이어 열매를 맺은 자녀가 둘 있었다. 그들의 이름은 등
운과 월명이다. 다음은 등운과 월명의 모습에 대해 설명한 부분을 살
펴보도록 한다.

> …부설선사는 기개가 높았으니, 몸은 세속에 있었지만 마음은 세속
> 밖에 높이 두고, …중략… 法을 이을 자손이 둘 있었으니, 남아는 등운
> 이고 여아는 월명이었다. 이들은 모두 길몽을 꾸고서 감응하여 일컬은
> 이름이다. 그들은 부처님의 품에서 보낸 뛰어난 아이들로 용모와 위의
> 가 자세하고 단정하며 은근한 절개와 높은 기상을 지녔다. 또한 배움에
> 생각을 더하지 않아도 앎이 생이지지의 경지에 있었고, 그림자만 보아
> 도 바람처럼 천리를 달리는 준마처럼 하나를 들으면 열을 알았다. 이에
> 三藏의 가르침의 바다에서 헤엄치고 六籍의 사림에서 노닐었다. …[189]

---

188) 〈浮雪傳〉. "…于時天雲密布 仙樂盈空 端坐一念 示同蟬蛻 香飛海表 花雨天中 二師
追慕 擧龕闍維 鶴飄火中 雨滴靈珠 收舍利入寶瓶 瘞于妙寂南麓 建浮圖 因設冥陽之
會 湖南士庶 雲集道場 渭北禪講 風驅靈嶽 時道文道全法海法雲 皆是法中龍象 世間
師表 迅流淸辯 頑石點頭"

부설의 자손인 등운과 월명은 좋은 태몽을 꾸고 태어났는데 모두 부처님의 품에서 보낸 뛰어난 아이들이다. 이들은 용모와 위의가 단정하고 높은 기상을 지녔다. 앎이 생이지지의 경지에 있어 하나를 들으면 열을 안다. 이들은 삼장과 육경의 가르침을 받는다.

등운과 월명이 "부처님의 품에서 보낸 뛰어난 아이들"이라는 것은 『두소릉시집』의 〈서경이자가〉190)에서 인용했다. 이는 두 아이가 좋은 꿈에 감응하여 태어났는데 큰 아이는 용모가 맑고 깨끗해 정신은 가을 물 같고 골격은 옥과 같으며, 작은 아이는 기개가 높았다는 의미를 내포한 것이다.

"용모와 위의가 자세하고 단정하며 은근한 절개와 높은 기상을 지녔다."는 것은 달마급다의 행적191)을 인용했다. 이는 이들의 용모·위의·절개·기상이 밝고 바르며 성정이 겸손하고 정중하여 타고날 때부터 남달랐음을 밝힌 것이다.

이들은 "배움에 생각을 더하지 않아도 앎이 생이지지의 경지에 있

---

189) 〈浮雪傳〉. "…師之軒昂 身在塵勞 心懸物外 …중략… 法胤二人 男曰登雲 女曰月明 是皆吉夢所感之稱也 釋氏抱送之雛 容儀詳正 懃節高猛 學不加思 解自生知 見影追風 聞一知十 游三藏之敎海 翫六籍之詞林…"

190) 杜甫, 〈徐卿二子歌〉, 『杜少陵詩集』 卷10. "君不見徐卿二子生絶奇 感應吉夢相追隨 孔子釋氏親抱送 竝是天上麒麟兒 大兒九齡色淸徹 秋水爲神玉爲骨 小兒五歲氣食牛 滿堂賓客皆回頭…"

191) 「隋楊氏都長安」, 『古今譯經圖紀』 卷4. "達摩笈多 隋言法密 南賢豆國人 …중략… 容儀詳正 勤節高猛"(「翻譯名義序」, 〈宗翻譯主〉篇 第11, 『翻譯名義集』 1권의 내용도 동일하다.) 같은 내용이지만 「總括群經錄」 上7, 『開元釋敎錄』 7권에서는 "沙門達摩笈多 隋云法密 亦云法藏 …중략… 然而慈恕立身 柔和成性 心非道外 行在言前 誠地夷而靜 智水幽而潔 經洞字源 論窮聲意 加以威容詳正 勤節高猛 誦響繼晨宵 法言通內外 又性好端居簡絶情務 寡薄嗜欲息杜希求 無倦誨人有踰利己"라고 하였다.

V. 〈浮雪傳〉의 構圖와 禪的 체계 연구   211

었고"라고 했다. 이는 상근기에 대한 설명192)과 영가 현각의 행적193)
을 이끌어온 예이다. 이들의 근성이 본래 밝고 현묘하여 찾아서 더하
지 않아도 자비와 지혜를 갖추었고 어려서부터 자비와 지혜를 함께
행했다는 점을 강조하여 상근기의 인물임을 표현한 것이다.

이들은 배움이 생이지지의 경지에 있어 "그림자만 보아도 바람처
럼 천리를 달리는 준마처럼" 알았다. 이는『금강경오가해설의』의 예
장 종경의 제강서(提綱序)194)에서 인용한 예이다. "하나를 들으면 열
을 알았다."는 것은 진감국사의 행적195)을 인용한 예이다. 원래 문일
지십(聞一知十)은『논어』의 〈공야장〉에 있는 말로 안연이 "하나를 들
으면 열을 알았다"196)는 문답에서 나온 문구이다. 하지만 여기서는
진감국사의 행적에서 인용한 것으로 볼 수 있다. 왜냐하면 〈부설전〉
의 다른 표현들도 〈진감화상비명 병서〉에서 가져온 것으로 보아 이
또한 여기에서 차용했을 것으로 보인다. 이는 등운·월명의 근기가
날카로워 준마가 채찍질하는 것을 의지하지 않고 달리는 것처럼 경
의 실마리만 듣고도 전체의 깊은 뜻을 알았다는 점을 두드러지게 표
현한 것이다.

---

192)「三乘漸次」,『禪宗永嘉集』. "大聖慈悲 隨機利物 如其根性本明 玄功宿著 學非博涉
解自生知 心無所緣 而能利物 慈悲至大 愛見之所不拘 …중략… 人法俱空 故名菩薩"
193)「禪宗永嘉集序」,『禪宗永嘉集』. "大師俗姓戴氏 永嘉人也 少挺生知 學不加思 幼則
遊心三藏 長則通志大乘"
194)「豫章沙門宗鏡提頌綱要序」,『金剛經五家解說誼』. "良馬 見鞭影而 追風千里"
195)〈眞監和尙碑銘 竝序〉,『孤雲集』卷2. "禪師法諱慧照 俗姓崔氏 …중략… 旣瑩戒珠
復歸囊海 聞一知十 茜絳藍靑"
196)〈公冶張〉,『論語』. "子謂子貢曰 女與回也 孰愈 對曰 賜也 何敢望回 回也聞一以知十
賜也聞一以知二 子曰 弗如也 吾與女 弗如也"

등운·월명이 "三藏의 가르침의 바다에서 헤엄치고 六籍의 사림에
서 노닐었다."는 것은 『치문경훈』의 「비박람무이거」197)에서 인용했
다. 이들은 어려서부터 삼장과 육경198) 등 내외의 많은 서적들을 배
우고 익혔다. 따라서 이들이 품고 있는 이론은 간결하면서도 넓게 섭
렵한 것이 많아 음양 산수에도 능통하여 불경의 오묘한 이치에 자유
자재한 인물임을 강조하기 위해 표현하였다. 이같이 뛰어난 등운과
월명은 부설의 법을 이어받아 수행에 전념한다.

···법회[49재]가 아직 끝나지 않았는데, 부설의 뒤를 이을 두 사람이
동시에 삭발하고 집을 엮어 한 곳에 살았다. 눈물은 오동나무를 적시
고, 정신은 蓮池를 생각하였다. 삶을 가볍게 여기고 굳은 절개로 이겨
내며 九丘에서 經論을 열람하고, 불법을 위해서 몸을 잊고서 八藏에서
깊은 뜻을 탐구하였다. 자애로운 아버지가 속세와 함께한 德을 생각하
며 연등을 켜고서 부처님을 이으려는 마음을 품었다. 보배로운 곳에서
자유롭게 노닐며[優游寶所] 계율에 목욕하고 반주삼매를 얻어 단련하
면서 정토구품연대를 계속해서 염했다.···199)

---

197) 「非博覽無以據」, 『緇門警訓』 卷1. "高僧傳云 非博則語無所據 當知今古之興亡 須識
華梵之名義 游三藏之教海 玩六經之詞林 言不妄談 語有典據 故智鑿齒讚安師曰 理
懷簡衷多所博涉 內外群書略皆遍覯 陰陽算數悉亦能通 佛經妙義故所游刃"
198) 三藏은 경·율·논을 말하고, 六籍은 六經을 말한다. 佛家의 육경은 『대반야경』·
『금강경』·『유마경』·『능가경』·『원각경』·『능엄경』을 말하고, 儒家의 육경은 『역경』·
『서경』·『시경』·『춘추』·『악기』·『예기』를 말한다. 여기서는 佛家와 儒家의 글을
모두 말한 것으로 보고 있다.
199) 〈浮雪傳〉. "···法會未罷 聖嗣二人 同時祝髮 結屋星居 淚沾檟樹 神想蓮池 輕生苦節
閱筌蹄于九丘 爲法忘軀 探幽旨于八藏 戀慈父同塵之德 懷燃燈續佛之心 優游寶所
沐浴毗尼 鍊得般舟三昧 繼念淨土九蓮···"

등운과 월명은 아버지[부설]의 49재가 끝나기 전에 삭발하고, 아버지가 백련지에서 구세이생(救世利生)의 자비를 실천했던 덕을 생각하며 법을 이으려는 마음을 품고 수행한다.

등운과 월명이 "九丘에서 經論을 열람하고,[200] 八藏[201]에서 깊은 뜻을 탐구하였다."는 것은 현장의 행적[202]을 인용했다. 등운과 월명은 석가모니불이 후세에 모범을 보이고자 굳은 절개로 고행을 이겨내며 정진한 것처럼 몸을 잊고 도를 구하는 데에 전념했다. 이는 이들이 마음을 낮추고 항상 몸과 입과 게으름을 조심하여 몸을 돌아보지 않고 경론을 정밀하게 익혔음을 강조하기 위해 표현한 것이다.

이들이 "자애로운 아버지가 속세와 함께한 德을 생각하며 연등을

---

200) 九丘는 고대의 일을 기록한 옛 책의 이름인데, 九州의 뜻이 있는 것으로 보아 읽어야 할 대상을 특정 짓지 않고 모든 경전을 두루 열람했다는 의미로 해석하였다. 筌蹄는 물고기를 잡으면 통발을 버리고 짐승을 잡으면 올무를 버리는 것처럼 뜻을 얻으면 도구를 버린다는 뜻이다. 경론이나 언어는 모든 수행자가 부처님의 경지에 이르기 위한 방편이다. 때문에 진리에 도달하면 그것을 버리는 것을 비유했다고 보았기에 經論으로 해석하였다.

201) 八藏은 부처님이 말씀한 법문을 여덟 종류로 나눈 것이다. 『菩薩處胎經』에는 ① 태화장 ② 중음장 ③ 마하연방등장 ④ 계율장 ⑤ 십주보살장 ⑥ 잡장 ⑦ 금강장 ⑧ 佛藏 등 여덟 가지로 나눴다. 또 대소승의 각 經·律·論·雜 등 四藏을 합한 소승 성문의 네 가지인 ① 경장의 『사아함경』 ② 율장의 『사분율』·『십송율』 등 ③ 논장의 『아비담마』 등 ④ 咒藏의 일체 질병을 제거하는 다라니로 『벽제제악타나니』 등과 대승보살의 네 가지인 ① 경장의 『묘법연화경』·『대방광불화엄경』 등 ② 율장의 『보살선계경』·『범망경』 등 ③ 논장의 『대지도론』·『십지경론』 등 ④ 咒藏의 『능엄주』·『대비주』 등을 합하여 팔장이라 한다.

202) 「齊蕭氏都建康 大唐李氏長安」, 『古今譯經圖紀』 卷4. "沙門玄奘 河南洛陽人 …중략… 閱筌蹄乎九丘 探幽旨于八藏"(『翻譯名義集』 1권의 「翻譯名義序」, 〈宗翻譯主〉篇 第11 내용도 동일하다.) 같은 내용이지만 『金剛暎』 上권에서는 "沙門玄奘法師 河南洛陽人 俗姓陳氏 …중략… 三藏自是厥後 閱筌蹄乎九丘 探幽旨于八藏"이라 하였다.

켜고서 부처님을 이으려는 마음을 품었다."는 것은 사생(四生)의 자
부(慈父)인 석가모니불이 일체중생에게 베풀었던 덕203)과 연등불의
행을 이어 세상을 비추었던 내용204)을 이끌어서 비유하였다. 이는
부설이 사바세계에서 중생을 자비로 구제하며 실천했던 것을 현재불
인 석존이 세상에 출현하여 중생과 함께 했던 덕으로 비유한 것이다.
그리고 등운과 월명이 고행을 이겨내며 도를 구함에 몸을 잊고 수행
하고자 했던 것을 과거불인 연등불이 고행했던 것으로 이끈 것이다.
이렇게 보면, 등운과 월명이 부설이 비추지 못한 곳을 자비와 지혜로
비추어 서로 이어서 다함이 없게 하고자 했다는 의미를 표현한 것임
을 알 수 있다.

　"보배로운 곳에서 자유롭게 노닐며[優游寶所]"는 야부의 송(頌)과
『영가증도가』205)에서 인용한 예이다. 우유(優遊)는 얽매이지 않는
것이고, 보소(寶所)는 세간의 밖인 출세간을 말한 것이다. 따라서 등
운과 월명이 근본을 밝게 통해서 세속의 일에 얽매이지 않고 고요히

203) 竺大力·康孟詳 譯, 「現變品」, 『修行本起經』 卷上. "佛言 …중략… 所以感傷世間貪
　　意 長流沒於愛欲之海 吾獨欲反其原故 自勉而特出 是以世世勤苦 不以爲勞 虛心樂
　　靜 無爲無欲 損己布施 至誠守戒 謙卑忍辱 勇猛精進 一心思微 學聖智慧 仁活天下
　　悲窮傷厄 慰沃憂慼 育養衆生 救濟苦人 承事諸佛 別覺眞人 功勳累積 不可得記 至于
　　昔者 錠光佛興世 …중략… 承事錠光 至于泥曰 奉戒清淨 守護正法 慈悲喜護 惠施仁
　　愛 利人等利 救濟不惓…"
204) 戒環 解, 「序品」, 『妙法蓮華經』. "佛滅度後(至)名曰然燈 妙光昔助燈明爲然燈之師
　　今助釋迦續燈明之道 八子生於燈明師於妙光 至其成佛又號然燈 而然燈又爲釋迦之
　　師 蓋是道出於本覺明心 而常資妙光智體 傳續不窮 如一燈明然百千燈 其明不窮其
　　光不二 此妙法大本也 故援引證此"
205) 「應化非眞分」, 『金剛經五家解說誼』. "得優游處且優遊 雲自高飛水自流 秖見黑風翻
　　大浪 未聞沈却釣魚舟"; 『永嘉證道歌』. "優遊靜坐野僧家 閴寂安居實蕭洒"

앉아 안거한 모습206)을 강조하기 위해 묘사한 것이다. "계율에 목욕하고"는 현장의 행적207)을 인용했다. 등운과 월명은 몸가짐을 세심하고 깨끗이 하고 중생을 이익하게 하는 데에 뜻을 두고 스스로 경책하면서 불도를 행했다. 계범(戒範)을 바르고 엄중히 하여 지계가 견고해져 계향의 가피를 입었다. 이는 지계를 토대로 선정에 들고, 바른 선정으로 지혜를 갖추고 안거에 들었다는 의미를 표현한 것이다.

등운·월명이 "반주삼매를 얻어 단련하면서 정토구품연대를 계속해서 염했다."는 것은 "아미타불을 염불하여 극락정토에 왕생하기를 구할 적에도 반주삼매를 닦는다."208)는 내용을 인용한 예이다. 반주삼매는 선정에 들어서 불성을 보는 것이고 염불은 수단, 즉 방편으로 궁극적인 공(空)에 이르는 지름길이다. 입으로 외우고 마음으로 행하면 정혜가 고르게 되고209) 무루지혜와 일체묘용과 보살의 만행과 제불의 만덕이 반야의 지혜에서 나온다는 뜻을 밝힌 것이다. 그러므로 성인의 도를 구하려면 반드시 선정을 닦아야 한다. 왜냐하면 선문(禪門)을 떠나서는 성인의 도에 들어갈 문과 길이 없기 때문이다. 또한 염불이 참선에 걸리지 않고 참선이 염불에 걸리지 않으므로 염불하

---

206) 『永嘉證道歌』. "優遊者 不拘繫之貌也 出家之士識心達本 優遊三界脫洒四生 不爲塵勞縈絆 逍遙自在 靜坐安居"

207) 「齊蕭氏都建康 大唐李氏長安」, 『古今譯經圖紀』 卷4. "玄奘 河南洛陽人 …중략… 戒具云畢 偏肆毘尼 儀止祥淑 妙式群範"(『翻譯名義集』 1권의 「翻譯名義序」, 〈宗翻譯主〉篇 第11과 『金剛暎』 上권의 내용도 동일하다.)

208) 『禪源諸詮集都序』 卷上. "禪定一行最爲神妙 能發起性上無漏智慧 一切妙用萬德萬行 乃至神通光明 皆從定發 故三乘學人欲求聖道必須修禪 離此無門 離此無路 至於念佛求生淨土 亦須修十六觀禪 及念佛三昧 般舟三昧"

209) 「曹溪六祖禪師序」, 『金剛經五家解說誼』. "定慧卽亡 口誦心行 定慧均等 是名究竟"

면서도 염불하지 않고, 참구하면서도 참구하지 않는 경지에 이르러
본지풍광을 밝히고 유심정토를 확실히 알 수 있기 때문이다.[210] 따
라서 생각 생각에 참 성품을 보아 평등하고 곧은 생활을 실천하면 있
는 곳이 곧 부처의 정토세계라고 말한 것이다.

(2) 공의 증득과 열반시

등운과 월명은 노년에 이르러 지방의 주(州)와 현(縣)의 선비들과
승려들을 불러서 방편의 문을 연다. 소문을 듣고 승려와 선비가 모여
들었다. 이에 이들은 수많은 고통을 여의고 생사의 바다를 건너 열반
의 모습을 보인다.[211]

월명은 온몸에 자색 구름을 타고 홀연히 서천으로 향해 갔고, 등운은
손으로 증명하고[印] 푸른 구슬을 잡고 유유히 게송을 써서 이르기
를,[212]

삼생이 꿈임을 깨닫고	覺破三生夢
정신은 구품의 연화대에서 노닐었네	神遊九品蓮
바람이 잦아드니 지혜의 바다가 맑아지고	風潛淸智海
달이 떠오르자 가을 하늘 청명하네	月上冷秋天
가마 길에는 신선의 음악이 가득하고	輦路盈仙樂

---

210) 「淨心行善分」, 『金剛經五家解說誼』, "念佛不礙參禪 參禪不礙念佛 至於念而不念 參
而不參 洞明本地風光 了達有心淨土"

211) 〈浮雪傳〉, "…聖嗣二人 …중략… 跳九歲月 限迫桑楡 遍告州縣道儒 普召山門釋子 示
涅槃相 開方便門 聆風普會 黑白蟻慕…"

212) 〈浮雪傳〉, "月明氏 全身乘紫雲 忽向西天 登雲師 印手拂碧瑤 流書寶偈云"

신선이 사는 연못에서는 진리의 배에 오르네   瑤池駕法船

반야의 삼매가 무르익으니   般若三昧熟

극락에 가는 길이 참으로 기쁘구나.   極樂去怡然

　등운은 수련(首聯)에서 마음이 활짝 열려 삼생이 공(空)임을 깨닫는
다. 미혹할 때는 삼계(三界)가 있고 깨달으면 시방이 공함을 알아, 연
(緣)이 모여 일체가 식(識)으로 환·몽(幻·夢)213)과 같음을 깨달았음
을 말한다. 함련(頷聯)에서는 번뇌의 구름이 걷히고 마음이 고요해져
높고 맑은 하늘에 지혜가 드러나 걸림이 없어졌다고 한다. 번뇌가 무
성하다가 지혜의 빛이 비치면 어둠은 단박에 깨지고 아공(我空), 법
공(法空), 구공(俱空)의 세 가지 공이 드러난다. 즉 번뇌가 가라앉고
지혜가 열려 자성이 드러나 한 생각에 미혹의 구름이 걷혀서 확연히
깨달았다고 한다. 경련(頸聯)은 자비로운 진리의 배에 올라보니, 미
련(尾聯)에서는 반야삼매에 들어 자재하게 되었다고 한다.

　먼저, 1구의 '몽(夢)'의 내용을 살펴보도록 한다. '각파삼생몽(覺破
三生夢)'은 삼생이 환(幻)이며 공(空)이라는 것을 깨달았다는 의미이
다. 그러므로 몽(夢)은 공(空)을 뜻한다.214) 삼생이 꿈임을 깨달았다
고 한 것은 지혜의 눈이 멀어 깨닫지 못하고 삼계에 빠져 생사에 윤
회하다가, 법의 성품을 보게 되면 식(識)이 지혜로 변하여 번뇌가 단
번에 그쳐 근원으로 돌아간다는 말이다. 즉 정혜가 원만하게 밝으면

---

213) 「大方廣圓覺修多羅了義經序」, 『大方廣圓覺修多羅了義經』. "萬法虛僞 緣會而生 生
　　法本無 一切唯識 識如幻夢 但是一心"

214) 「應化非眞分」, 『金剛經五家解說誼』. "諸法 無不是假 旣如夢卽空 如露卽假"

번뇌가 제거되고 본체가 스스로 한결같아 생멸의 증감이 없음을 밝
힌 것이다.

미련의 "반야의 삼매가 무르익으니 극락에 가는 길이 참으로 기쁘
구나."는 "반야삼매이며 자재해탈"215)이라는 내용을 이끌어온 표현
이다. 반야는 지혜를 말한 것으로 지(智)는 방편으로 공덕을 삼고, 혜
(慧)는 결단으로 작용을 삼아 언제 어느 때나 비추는 마음이다.216)
이는 불성을 드러낼 수 있는 반야가 모든 사람 안에 본래 갖추어져
있어 반야의 지혜로 자유자재하게 되었음을 말한 것이다.

이상의 내용을 다음과 같이 정리할 수 있다. 부설의 이야기는 일단
락 짓고 등운과 월명의 이야기가 이어졌다. 등운과 월명이 상근기의
인물임을 드러내기 위해 고승들의 행적을 차용했음을 알 수 있었다.
등운과 월명의 이야기를 덧붙인 것은 연꽃이 꽃과 열매가 동시에 나
타나듯 열매로 결과를 드러내기 위한 것이었다. 이들은 아버지의 등
불을 이어 진리를 탐구하여 과거의 인(因)을 깨닫고 정혜로 정진한
다. 따라서 부설의 법을 이어 모든 중생을 널리 이익되게 하기 위한
반영임을 확인할 수 있었다. 또한 등운은 깨달음을 열반시로 나타내
어 삼생이 공하다는 것을 알고 현실적 괴로움을 반야로 해결했다. 이
는 모든 것이 무상하고 공한 것임을 반야로 관하고 일체중생을 버리
지 않는 자비를 실천하였음을 밝힌 것이다. 따라서 모든 존재의 자성

215) 「般若第二」, 『六祖法寶壇經』, "若起正眞般若觀照 一刹那間 妄念俱滅 …중략… 但
淨本心 使六識出六門 於六塵中 無染無雜 來去自由 通用無滯 卽是般若三昧 自在解
脫 名無念行"
216) 「義法出分生」, 『金剛經五家解說誼』, "般若者 卽智慧也 智以方便爲功 慧以決斷爲用
卽一切時中 覺照心是"

은 공이라는 실상을 직관하는 지혜로 그 원리를 터득했고 자비를 실천하는 해탈을 이루었음을 보여준 것이다.

5. 맺음말

본 연구는 16세기 영허의 창작 작품인 〈부설전〉에 나타난 전고를 찾아 그것을 바탕으로 내용을 파악하면서 작품에 내재된 사상을 밝히고자 한 것이다. 이것은 〈부설전〉의 전고 부분을 간과한 채 내용을 파악하였던 기존의 연구에서 벗어나 작품에 담겨있는 의미를 깊이 있게 파악하기 위한 연구의 필요성에서 비롯하였다. 이에 문제의 해결을 위해 기존 연구의 중심이 되었던 서사구조와 표현방식 등에서 벗어나 내용의 의미에 초점을 맞추어 파악하였다. 그 결과, 〈부설전〉은 전고를 통해 인물을 형상하고 대립되는 갈등을 선사상으로 해결하는 과정이 두드러지게 나타나고 있음을 확인하였다. 다음은 본 연구를 통해 전개한 내용들을 정리해 보도록 한다.

제1장의 머리말에서는 〈부설전〉에 쓰인 전고를 파악해야하는 필요성과 연구목적 및 연구방법을 밝혔다. 그리고 그동안의 연구 성과들을 검토하였다. 불교계에서는 〈부설전〉이 밝혀지기 전부터 부설이라는 인물의 실존 문제를 다루었는데, 포교를 목적으로 역사적인 사실로 받아들였음을 밝혔다. 반면에 근래의 문학연구자들은 〈부설전〉의 작품에 대한 장르문제를 다루면서 창작시기, 작자, 사상, 시 등에 대한 다양한 연구 성과를 보였다. 그럼에도 아직까지 내용에 대해 명확하게 해석해 내지 못한 상태였다. 이에 필자는 문제의 원인이 〈부

설전〉에 내포된 의미를 파악해내지 못한 부재에 있다고 판단하여 작품에 쓰인 전고를 분석해내는 일이 밑바탕이 되어야 한다고 논하였다.

제2장에서는 〈부설전〉의 작자인 영허의 생애와 사상을 살펴보고, 영허의 사상을 선적(禪的)으로 볼 수 있는 근거를 밝혔다. 영허의 행적을 통해서는 그의 독서의 궤적이 불가와 유가의 글을 인용하여 〈부설전〉을 성립하는 데 중요한 밑거름이 되었음을 확인하였다. 또한 영허의 다른 작품을 통해 전고를 차용하는 특징이 〈부설전〉에도 이어졌음을 밝혔다. 이는 『영허집』에 수록되어 있는 그의 다른 작품 등을 통해 확인하였다. 또한 영허는 작품을 통해 자신의 사상과 감정을 드러내었는데, 그 사상이 〈부설전〉으로 연결된 요소들이 많이 나타나고 있음을 발견하였다. 특히 시문에서 색·성(色·聲)과 자성을 다루었는데, 이는 〈부설전〉에서도 중요하게 다루는 사상임을 확인할 수 있었다.

제3장의 '구도(求道)에 따른 선교(禪敎)적 사유와 그 토대'에서는 부설과 도반들, 그리고 구무원·묘화의 인물 형상과 양진시(養眞詩)와 증별시(贈別詩)에 나타난 사상을 분석하였다. 그 세부 논의로 1절에서는 첫째, 부설과 영희·영조의 수도(修道), 둘째, 양진시와 선법(禪法)을 살폈다. 부설과 영희·영조의 인물들에 대한 형상은 역대 고승들의 행적을 차용하여 면밀하게 나타냈음을 확인하였다. 세 승려가 자비로운 성품을 지니고 있다는 점과 정혜로 정진하고 계율과 학문의 깊이에 대하여 공통된 면을 가지고 있음을 확인할 수 있었다. 그리고 주인공인 부설의 자비를 부각시키기 위해 광세음보살의 명호인

'광세'를 차용하여 대자대비한 마음을 가진 인물로 제시했음을 밝혔
다. 또한 점화(點化)의 방법을 이용하여 문장의 대구를 만들었음을
밝혔다.

양진시와 선법에서는 세 승려가 정혜사상으로 정진했음을 밝혔다.
여기서는 시의 핵심을 전달할 때 이끌어온 전고를 분석하여 내용을
해석하고 이들의 선법에 차이가 나타나고 있음을 확인하였다. 이를
통해 영희 · 영조는 대승선을 바탕으로 정진하였고, 부설은 최상승선
으로 깨달았음을 밝혔다. 이러한 선법은 문면에 드러나 있는 선나(禪
那)라는 용어를 해석함으로써 이들이 읊은 시가 정혜사상과 관련되
어 있는 것으로 살폈다.

2절에서는 첫째, 구무원 · 묘화와의 만남과 자비행, 둘째, 증별시
(贈別詩)와 자비의 세 양상에 대하여 고찰했다. 이들 인물들을 형상하
기 위해 이끌어온 명칭을 통해 직 · 간접적인 중요한 표현들을 살폈
다. 먼저, 부설과 부부의 인연을 맺은 묘화를 통해서 강화된 이미지
를 살폈다. 부설이 수도(修道) 과정의 중심에서 만난 묘화는 부설의
설법을 듣고 목숨을 걸고 함께하기를 청했다. 이 여인의 등장은 묘화
라는 이름에서 연꽃이 진흙에 물들지 않고 피어나듯이 부설이 세간
에 살면서 복과 지혜를 갖추고 깨달음을 이루어내는 데 영향을 미칠
것을 짐작할 수 있었다. 그리고 자녀들이 깨달음의 열매를 맺을 것을
암시하고 있음을 밝혔다. 또한 구무원은 부설이 묘화의 요청에 계율
과 자비에서 갈등하고 있을 때, 그 갈등의 깊이를 더하게 했던 인물
이었다. 부설과 딸이 혼인하였고, 자신은 선화(仙化)함으로써 원망이
없다는 이름을 이루어냈음을 확인하였다. 아울러 부설이 애욕이 아

닌 자비를 선택한다는 내적 갈등을 통해서 작품의 핵심 내용이 드러
나고 있음을 확인하였다.

그리고 부설이 묘화와 혼인을 맺고 세간에 남게 되면서 도반들과
주고받은 3편의 시에 나타난 내용이 자비에 대한 견해를 다루었으
나, 그 내용의 무게 중심이 다르게 표출되었음을 밝혔다. 여기서 영
희·영조는 부설이 도를 구하는 도중에 환속한 것은 한쪽 견해에만
치우쳤고, 삼생의 업에 얽매인 것이라고 경책하였다. 이에 부설은 환
속하여 여인과 생활하는 것에 대하여 자신의 입장을 확고히 밝혔다.
즉 묘화를 받아들인 것이 무연의 대자비임을 말하고 세간에 남아 전
법할 뜻을 반영한 것이었다. 이러한 대립은 영희·영조가 계율에 얽
매여 자비와 지혜를 구분함과 부설이 생각하는 무연자비로 대비되었
다. 이것으로 부설의 어릴 때 이름을 광세(光世)라고 문면에서 드러
내어 대자대비한 자비로 대표되는 관세음보살과 부설의 자비사상이
연관되어 있음을 발견하였다.

제4장에서는 3장에서 살펴본 인물과 사상이 이어져 부설이 세간
에서 불법을 실천하고, 그 자녀들 또한 깨달음을 이루어 내었음을 고
찰했다. 1절에서는 부설거사가 백련지에서 구도와 전법하는 과정, 그
리고 공사상을, 2절에서는 등운·월명의 깨달음과 반야사상을 살폈
다. 먼저, 서사공간의 주요 배경이 된 백련지가 선사상을 드러낼 수
있었던 중요한 밑거름이 된 것으로 살폈다. 부설의 전법과 관련해서
는 세간에서 삼업을 닦고, 육바라밀 등을 수행하며 정진하여 깨달음
을 이룬 후에 읊은 증도시(證道詩)를 살폈다. 증도시는 도반들과의 병
반수 대결을 통해 구경각을 증명한 시였다. 부설은 세간에 있으면서

많은 중생들에게 불법을 전하고, 진여본성을 보고 깨달음을 이루었음을 확인하였다. 부설은 세간에 남게 되었을 때, 증별시를 통해 색과 소리에 걸림이 없는 경지를 알게 되면 어디에서 수행을 하던 깨달음을 이룰 수 있다고 했었다. 그리고 증도시에서도 보고 들음[見·聲]의 분별시비를 내려놓았다고 말했다. 따라서 네 구절로 읊은 증도시는 공(空)의 성품이 인연을 따라 환(幻)으로 나타나는 공사상과 관련을 맺고 있음을 밝혔다.

다음으로 등운·월명의 깨달음과 관련해서는 부설의 자녀인 등운과 월명이 아버지가 세상과 함께한 덕을 생각하며 수행하고, 공을 증득한 것을 열반시를 통해 반야사상으로 나타냈음을 살폈다. 열반시는 등운과 월명이 경론의 깊은 뜻을 탐구하면서 정진한 뒤, 세간의 많은 이들에게 방편으로 열반을 보이고 깨달음을 읊은 것이다. 등운은 삼생이 공(空)임을 깨닫고, 번뇌가 사라져 지혜로 자신의 성품을 보았다. 이는 앞서, 부설과 영희·영조가 오대산의 문수보살을 찾아가려는 목적과 이어지는 내용으로 번뇌를 깨뜨릴 수 있는 반야사상이 공(空)을 바탕으로 읊은 것임을 밝혔다.

〈부설전〉에 대한 이 같은 분석은 그동안의 연구에서 벗어난 새로운 접근이라 할 수 있다. 이를 통해 지금까지 드러나지 않았던 〈부설전〉에 내재된 사상을 파악할 수 있었다. 영허는 이야기를 통해 포교의 방법과 자신의 견해를 전달하는 데 있어서 새로운 방법을 마련하였다. 포교의 방편으로 승려가 여인을 만남으로써 갈등하는 장면과 병반수 대결이라는 흥미요소를 삽입하여 독자들에게 읽을 재미를 보여주었다. 아울러 자신의 체험과 사상을 경·논·문집·조사어록 등을 참고하여 고사의 인용과 대구의 형식을 갖추어 불교를 체계적으로 객관성 있게 서술했다는 점이 뚜렷이 드러났다. 본 연구를 통해 밝혀진 중요한 사실들을 요약하면 다음과 같다.

첫째, 〈부설전〉의 중요한 의미를 가지는 부분들이 전고를 통해서 나타나고 있음을 알 수 있었다. 전고를 적절하게 차용하여 인물, 사건, 배경 등을 설정했고, 이렇게 활용한 여러 요소들이 배합되어 하나의 이야기로 완성되었음을 확인할 수 있었다.

둘째, 〈부설전〉은 문학에서 소설과 설화 작품으로 중요하게 거론되었는데, 작품에 드러난 전고를 파악함으로써 사상적인 측면에 접근할 수 있었다. 전고를 바탕으로 작품을 분석한 결과, 선과 교[禪敎]를 토대로 불교의 교리를 치밀하게 주입시키고 부분 부분을 연관 지어 작품의 전체 구도(構圖)를 선적(禪的)으로 이뤄냈음을 발견할 수 있었다.

셋째, 〈부설전〉은 점화의 방법을 적절하게 활용하여 문장의 대구를 이루었다. 옛 사람들의 작품을 이용하여 자신의 작품에서 새롭게 창조해 내는 기법은 어구의 운율을 맞추고 내용을 강조하는 데 사용되었음을 파악하였다.

넷째, 〈부설전〉은 문학성과 대중성을 동시에 확보하고 있었다. 조사들이 일반적으로 논・소 등을 통해 교리를 수록한 데에 비교하여 영허는 〈부설전〉이라는 '전(傳)'의 유형을 차용하여 불교의 논리를 펴는 새로운 양상을 이루었다. 이러한 유형은 일반 대중들이 불법을 쉽고 자연스럽게 접할 수 있도록 다루었다는 점에서 그 위상이 뚜렷한 작품이다.

　이같이 〈부설전〉에 쓰인 전고를 바탕으로 작품을 분석한 연구는 서사자료에 불교의 교리가 잘 체계화 되었다는 것을 규명해낸 것이다.

〈부설전〉 번역

 신라 진덕여왕이 즉위한 첫 해, 도성 안 남쪽 지역 향아에 진씨의 아들이 있었으니, 이름은 광세(光世)였다. 태어날 때부터 빼어나게 총명해서 배우지 않고도 스스로 깨달아 알았다. 여러 아이들과 놀면서도 평범한 아이들 같지 않았는데, 혹은 서쪽을 바라보며 시간을 보내고 혹은 숲속에 편안히 앉아 있곤 하였다. 스님을 만나면 기뻐하였고 살생하는 것을 보면 얼굴을 찡그렸다. 마침내 불국사에 가서 원정선사에게 출가하였다. 장난감을 가지고 놀 나이에 삭발하고 밖에서 뛰어놀 나이에 현묘한 이치를 통달하였다.

 법명은 부설이고 자는 천상이다. 서리 내린 소나무 같은 깨끗한 절조와 물에 비친 달 같은 자비한 마음을 지녔다. 계행은 구슬처럼 밝고 온전했으며, 선정에 들어서 육근(六根, 안·이·비·설·신·의)이 고요하고 그윽해졌다. 인품은 맑고 원대했으며 식견과 도량은 널리 통하고 민첩하니, 영남지방의 덕 높은 승려들이 모두 그를 법기로 여겼다. 겉으로는 수론학파의 복장을 하고[1] 안으로는 용수보살의 학문을

---

1) 겉으로는 수론학파의 복장을 하고: 수론학파는 數로 論을 일으킴으로 수론, 즉 수론학파라고 한다. 이 학파는 끝없는 수로 원리를 하나하나 열거하여 분별한다고 하여 이름하였다. 여기서는 자신과 다른 이들의 이론도 이해하고 포용하는 자세를 가지고 수행

넓혔다.

　지금까지 조롱박이나 풀과 같이 매여 있는 것을 통탄하다가, 덕 있는 승려들을 참방하려고 갑자기 뜻을 같이한 영조·영희스님과 벗을 삼았다. 그들은 모두 자비와 너그러움으로 몸을 이루었고, 공손하고 온화한 성품을 이루었다. 마음은 도(道) 밖에 두지 않았고, 행동은 말하기 전에 두었다. 적은 욕심을 귀하게 여기고 욕구를 끊고, 단정히 거처하면서 간소하게 일하는 것을 좋아했다.

　그들은 남쪽 바다로 배를 타고 가서 행적을 두류산[지리산]에 의탁했고, 경은 사아함(四阿含, 『장아함경』·『중아함경』·『잡아함경』·『증일아함경』)2)을 통연했으며, 논은 오명(五明, 내명·인명·성명·의방명·공교명)3)의 논들을 정밀하게 공부했다. 송홧가루를 먹으면서 고요함을 관하고 대나무 열매를 먹으면서 불교 진리의 가르침을 즐겼다. 어느 덧 3년[祀]4)이 지나 천관산에 사찰을 표시하는 건(巾)을 걸고, 5년 동안

한다는 것을 의미한다.

2) 사아함(四阿含): 『아함경』은 석존의 초기 교설에 나타난 기본 사상으로 三法印을 골격으로 세계관을 요약하고, 사성제로 해탈관과 실천관을 형성하고 있다. 원시불교의 근본경전을 4부로 나누어 경전의 길이를 기준으로 한 『장아함경』 22권과 『중아함경』 60권, 주제나 대화자의 종류 등에 따라 집성한 『잡아함경』 50권, 法數에 따라 분류한 『증일아함경』 51권으로 분류한다.

3) 오명(五明): 五明의 明은 배운 것을 분명히 한다는 뜻이며 내명·인명·성명·의방명·공업명(공교명)의 다섯 가지를 말한다. 內明은 붓다의 말씀으로 인과의 미묘한 이치를 궁구하는 것이고, 聲明은 소리에 관련된 학술이란 뜻으로 옛 서적의 자구를 해석하고 설명하여 분류하는 문자와 음운 및 화법의 학문이다. 工巧明은 기술·공예·미술·산술·점성술 등의 학문이고, 醫方明은 병을 물리치는 주술과 방법, 그리고 약재와 침 등이다. 因明은 언어와 사고의 옳고 그름을 고찰하여 진위를 밝히는 일이다.

4) 년[祀]: 祀에는 세월의 뜻이 있어서 '年'으로 해석했다.

의 좌선을 마치고 능가산에서 노닐었다.

두루 유람을 마치고 가장 아름다운 곳을 가려 택하여 법왕봉 밑으로 나아갔다. 드디어 초암 한 칸을 짓고 묘적암이라 편액하였다. 이는 좌선하여 고요에 들어가는 묘한 경지를 일컫는 것이다. 세 승려는 같은 장소에 모여서 일심으로 깨달음을 위하여 입을 다물고 선정에 들었는데 석존이 마갈타에서 문을 닫고 사유하듯 하였다. 십 년 동안 인연을 끊고, 전생·금생·후생의 꿈에서 깨어났다. 학문은 소승과 대승의 모든 학문을 궁구했고, 계행은 원만하게 갖추어 둥근 구슬보다 깨끗했다. 영조가 먼저 읊기를,

> 그윽한 곳을 점지하니
> 고개 위 소나무 가득한 암자라
> 선정에 들어 둘이 아님을 터득하고
> 도를 탐구해 삼생을 이룸이 기쁘구나
> 옥을 캐는 사람 누군가 이르고
> 꽃을 머금은 새 저절로 재잘거리네
> 적막하여 다른 일 없어
> 일미(一昧)의 법문만 참구하노라.

영희가 이어서 화답하기를,

> 환희령에 구름 걷히고
> 노송 암자에 달빛이 드니
> 지혜의 검을 천만 번 정련하여
> 마음의 근원을 두세 번 씻어내네

깊은 골짜기는 봄 들어 적적한데
산새소리만 쨱쨱쨱 지저귀누나
만물이 무생의 즐거움을 얻으니
현묘한 이치를 참구할 필요 없어라.

부설이 기뻐하면서 이어 화답하기를,

적(寂)과 공(空)을 함께 잡고 법을 향해 나란히 가면서
한 칸의 암자에 운(雲)·학(鶴)과 함께 살며
불이(不二)를 알고서 무이(無二)에 들어갔는데
누가 전삼삼 후삼삼을 묻는가
뜰 가운데 꽃들이 핀 것을 한가하게 바라보고
창밖에 새소리가 재잘거림을 듣노라
곧바로 여래지로 들어가게 한다면
어찌 구구하게 오래도록 참구하겠는가.

오대산을 찾아 가려고 생각하니, 그곳은 문수도량이다. 그곳에 문수보살을 찾아가 참배하려고 발을 떼어 북으로 향하다가, 두릉의 백련지 옆에 있는 구무원의 집에서 묵게 되었다. 그 집안의 노인은 청신거사였다. 본디 맑고 빈 것을 숭상하여 진리를 구하는 마음이 매우 간절하여 도의 실마리를 듣고서 토설(吐舌)함을 깨닫지 못하였다. 그들을 윗자리에 맞이하여 예전에 알고 있던 사람을 대하듯이 하며, 펼쳐 놓은 물건과 맛있는 음식으로 예를 다하지 아니함이 없었다. 이렇게 대접하는 것은 세상에서 드물다고 일컬어지는 것이다. 그들은 단란하게 모여 밤새 이야기하였다.

다음 날 동이 터 올 무렵, 봄비가 내려 진흙 길이 질척거려서 길을 나서기가 불편하였다. 청신거사의 집에서 다시 이틀 밤[信宿]5)을 더 묵었다. 이에 주인 노인은 법(法)의 뜻을 묻는데, 시간이 갈수록 더욱 돈독하고, 시간이 오래 될수록 더욱 견고하였다. 물음에 따라 대답하면서 밤낮으로 가고 오는 말이 마치 마명보살의 지혜로운 말씀과 용수보살의 막힘없이 흐르는 물과 같았다. 사람과 신(神)이 모두 기뻐하였고, 멀고 가까운 곳에서 함께 기뻐하여 마치 파리가 손을 비비고 무릎을 굽히는 것 같이 보배로운 것을 얻는 듯하였다.

그 집 주인에게는 묘화라는 딸이 하나 있었으니, 꿈에 연꽃을 보고 낳았다고 이름 하였다. 그녀는 용모와 재능과 기예가 당시에 독보적이고, 너그러우면서도 부드럽고 조화로우며 엄하면서 절개와 지조가 있었다. 비록 민가에서 태어나 자랐지만 보기 드문 사람이었다.

이날, 묘화는 부설이 설법하는 말을 듣고 정신이 갑자기 감개하여 비명을 지르며 그치지 못했다. 마치 아난의 엄정한 용모를 보고 애욕을 일으켰던 마등가녀 같았고, 초나라 양왕이 꿈에 무산 신녀[巫神]의 아름다움에 정신이 혼란스러웠던 것 같았다. 묘화는 부설을 따르고 친밀해지면서 일찍이 눈이 떨어지지 않았고, 따라가서 곧 출가[度]6)하리라 맹세하였다. 그리하여 영원히 함께 지내면서 부부가 된다면 죽어도 원망이 없을 것이고, 만약 버림을 당한다면 목숨을 끊을 것이라고 하였다. 부모가 딸을 사랑하는 까닭으로 법사에게 머리를 조아리며 "오직 원하건대 제도하여 주십시오."라고 밤낮으로 천만 번

---

5) 이틀 밤[信宿]: 여기서 '信'은 이틀 밤을 머무는 것을 말한다.
6) 출가[度]: 度는 출가하여 깨닫겠다는 뜻을 지닌 '得度'를 말한다.

빌고 빌었다.

부설은 뜻을 더욱 강건히 하고 금석과 같이 견고하게 하여 감히 욕심에 의해서 취한 바가 없었는데 어찌 여인[色塵]에게 미혹되겠는가. 다만 구무원 집안과의 인연 때문에 도(道)를 닦는 계율에 방해되는 것을 깊이 염려하면서도 보살의 자비로운 뜻을 생각했다. 혼인의 육례를 갖추지 않았지만 한결같은 그들의 말이 마땅하고 정성스러웠다. 부설은 도를 닦아 혼인 생활의 담박하기가 밀랍을 씹는 듯 아무 맛없는 것이 마치 연꽃이 물속에 있는 것에 비할 만 했다.

영희와 영조스님은 본래 진리의 깨달음에 뜻을 두었다. 그러나 서쪽 변방[두릉]에서 도반을 잃고 서라벌[경주]로 올라갈 면목이 없어 행색이 참담하였다. 이에 게송을 지어 주었다. 영조가 먼저 읊기를,

> 다만 지혜로만 하면 공견이 되고
> 자비에만 치우치면 애연에 빠지네
> 쌍행[지혜와 자비]은 항상 즐겁고
> 도를 한결같이 하면 절로 천연스러워지네
> 달의 운행은 구름을 인하여 뚜렷해지고
> 바람의 나부낌은 매달린 깃발을 보고 알 수 있네
> 보검이 손에 있다하더라도
> 어찌 색에 연연하겠는가.

영희가 이어서 화답하기를,

> 한 삼태기의 흙이 대(臺)를 이루는 힘이 되듯
> 깊은 못에서 발끝을 세우고 인연을 기다리듯 해야 하네

수행은 대를 쪼개듯이 하고
도를 얻음은 채찍을 더하듯이 해야 하네
아직 삼생의 번뇌를 면하지 못해서
구무원 집안의 한 생각에 걸렸네
다른 날, 병속의 물을 돌이켜서
추후에 서로의 발자국을 이어보세.

부설선사 또한 원융한 도화(道話)로 차운하기를,

깨달음은 평등함을 따르고 행함은 같음이 없으며
깨달음은 무연(無緣)에 계합하고 제도는 인연이 있는 것이네
세상에 살더라도 진리에 맡긴다면 마음은 넓어지고
집에 있더라도 도를 이루게 되면 몸이 넉넉해지리
둥근 구슬을 손에 쥐면 붉고 푸름 구별되고
밝은 거울을 마주하면 호한[胡·漢]이 뚜렷해지네
색과 소리에 걸림이 없는 경지를 알게 되면
산골짜기에 오래도록 앉아 있을 필요 없네.

마침내 부설거사가 두 도반에게 솔 차를 들어 가득 따라 주고 이별하면서 말하기를, "도는 승려와 속인에 있지 않고, 도는 번화한 곳과 조용한 곳에 있지 않습니다. 모든 부처님의 방편은 중생을 이롭게 하는 데에 뜻이 있으니, 도반들은 깊이 참구하여 법유(法乳)를 배불리 먹고 돌아와서 이 늙은이를 경책하여 주십시요."라고 하였다.

부설선사는 기개가 높았으니, 몸은 비록 세속에 있었지만 마음은 세속 밖에 높이 두고, 삼업(三業, 신·구·의)을 정미롭게 닦으며, 육바

라밀(六波羅蜜, 보시·지계·인욕·정진·선정·지혜)을 널리 행하였다. 내·외의 경전을 다 통달하였으며, 말은 불교와 유교의 경전에 근거해서 하였다. 이에 사방의 이웃에서 기쁜 마음으로 찾아들고 팔방의 먼 곳에서 옷깃을 이끌고 왔다. 의원을 구하는 선비는 바람처럼 찾아오고, 약을 먹으려는 사람들은 한 곳으로 폭주했으며, 귀먹고 어리석은 이는 모두 미망에서 벗어났고, 마른 것은 모두 흠뻑 젖어 윤기가 흘렀다. 법을 베풀어 펼치기를 15년이 되어 묘한 뜻을 장막에 썼다.

부설에게 그의 법을 이을 자손이 둘 있었으니, 남아는 등운이고 여아는 월명이었다. 이들은 모두 길몽을 꾸고서 감응하여 일컬은 이름이다. 그들은 부처님의 품에서 보낸 뛰어난 아이들로 용모와 위의가 자세하고 단정하며 은근한 절개와 높은 기상을 지녔다. 또한 배움에 생각을 더하지 않아도 앎이 생이지지의 경지에 있었고, 그림자만 보아도 바람처럼 천리를 달리는 준마처럼 하나를 들으면 열을 알았다. 이에 삼장(三藏, 경·율·논)의 가르침의 바다에서 헤엄치고 육경[六籍][7]의 사림에서 노닐었다. 성인의 자취가 내려 만물은 잘못됨이 없고 비와 바람이 때를 따르니 곡식은 풍년이 들고, 하루를 계획함이 부족하지 않으니 일 년을 사는데 넉넉하였다.

부설은 그 고을의 높은 덕망을 지닌 선비 이승계와 상사(上舍) 김국보 등과 방외의 사귐을 맺어 서로 한가한 가운데 즐거움을 함께 하였다. 그들은 나이의 많고 적음을 잊고 뜻이 하나가 되어 내전과 외

---

7) 육경[六籍]: 佛家의 육경은 『대반야경』·『금강경』·『유마경』·『능가경』·『원각경』·『능엄경』을 말하고, 儒家의 육경은 『역경』·『서경』·『시경』·『춘추』·『악기』·『예기』를 말한다.

전을 날마다 강론하고 경의 이치를 논함에 비바람이 불고 눈과 서리가 몰아쳐도 서로 소식을 끊지 않았다. 비유하건대, 혜원법사가 백련결사를 통해 도가 다른 유가인 도연명과 도가인 육수정과 사귀는 것과 같았고, 한유가 태전선사에게 옷을 남겨 두고 간 것에 견줄 수 있었다.

이에 부설은 티끌세상의 모든 일을 등운과 월명에게 맡기고, 별도로 당(堂) 하나를 지어 본래의 업(業)인 불도(佛道)를 정련하였다. 재물을 손상시키고 해치는 것은 본래 여섯 가지 감각기관인 육근(六根, 안·이·비·설·신·의)으로 말미암으니, 단견이나 상견의 한쪽으로 치우치는 두 가지 견해를 모두 없애고 들음을 돌이켜서 자성(自性)을 보면 법이 홀로 드러날 것이니 방편을 빌리지 않아도 된다고 생각하였다. 양(陽)의 기운을 행할 수 없기 때문에 병부(病夫)라고 일컬으며, 사람에게 죽(粥)과 약(藥)은 기운 없음에 이로운 것이니 구하고, 마음을 가라앉혀서 정진하며 성도할 뜻을 결심했다. 부설거사는 유마거사가 비야리성에서 불이(不二)법문에 대해 침묵한 것을 사모하고, 달마대사가 소림사에서 9년 동안 벽을 마주하고 좌선한 것을 그리워하였다. 이윽고 기약한 5년이 되자, 도의 경지에 오른 것이 밝은 별빛과 같았다. 그러나 다시 남아 있는 번뇌를 깨끗이 하여 성불의 경지에 다가갔다. 깨달음의 경지를 『화엄경』의 법계를 의지하여 원만하게 나타내고, 『원각경』의 가르침을 의지하여 근원을 일으킨 마음을 바로 보였다. 하지만 부설은 스스로 기뻐할 뿐, 말로 표현할 수 없었다.

옛 도반인 영희와 영조 두 승려는 오랜 기간 동안 참례하고 명산을 두루 유람하다가 인연을 따르고 받아들이며 다시 두릉에 이르렀다.

그런데 청신사[구무원]의 집에 거사와 우바이는 죽은 지 이미 오래되어 물을 수 있는 사람이 없었다. 그러다가 우연히 붉은 색이 감도는 잿빛 관잠[纁冠簪]8)을 한 단정한 남녀를 만나서 부설의 안부를 묻고, 옛날 함께한 벗의 인연을 말하니, 등운과 월명이 서로 돌아보고 눈물을 흘리며 집안으로 들어가 말씀드렸다. 부설이 이에 말하기를, "내가 옛 친구가 돌아왔다는 기쁜 말을 들으니, 묵은 병이 단박에 깨끗이 나아 기운이 맑고 편안해져 정당(正堂)에 앉을 수 있을 것 같구나. 편안하게 앉을 수 있도록 자리를 펴고 귀하게 대접할 음식을 장만하라. 저들은 말이나 문자를 뛰어 넘은 도인이며 박식한 군자들이다. 그들을 맞이하여 받들기를 거스르지 말고 게을리 하지 말라."고 하였다. 그리고 곧 일어나 옛 도반을 기쁘게 맞이하고 서로 옛 정을 말하니, 여섯 가지 감각기관인 육근(六根, 안·이·비·설·신·의)과 여섯 가지 인식 대상인 육진(六塵, 색·성·향·미·촉·법)이 밝고 민첩하고, 맑고 밝은 달[깨달음의 경지]은 뚜렷하게 나왔다. 두 아이는 마음속으로 영희스님과 영조스님의 법력을 입어 아버지의 병이 나았다고 생각하여 그들에게 고개 숙여 오체투지하고 친속보다 더 공경하였다.

부설이 말하기를, "세 개의 병에 물을 가득 담아 오너라. 공부가 얼마나 익었는지 시험해 보리라."라고 하였다. 들보 위에 물이 담긴 병을 걸고 각각 병을 쳤는데, 영희와 영조 두 승려의 병과 물이 모두

8) 붉은 색이 감도는 잿빛 관잠[纁冠簪]: 纁는 색깔을 뜻하는 글자로 쓰일 때는 '삼'이라고 음하며, 밤색과 잿빛의 뜻을 가지고 있다. 때문에 '붉은 색이 감도는 잿빛'으로 번역하였다. 冠은 나이가 스물이 되면 머리를 틀어 매어 쓰는 것이다. 이것은 모자와 머리 묶음을 꿰뚫는 쓰개를 말한다. 이 冠을 쓰려면 고정부품이 필요한데, 그 冠을 고정하는 남자용 비녀를 簪이라고 한다.

쏟아졌다. 부설 또한 그것을 쳤는데, 병은 깨졌으나 물은 매달려 있
었다. 그리하여 두 사람[영희·영조]에게 말하기를, "신령스러운 빛이
홀로 빛나니 육근과 육진에서 멀리 벗어나고, 본체는 참되고 항상함
을 드러내니 생멸에 구애받지 않는다네. 흐르는 것은 병이 깨지고 부
서지는 것과 같으나, 법의 진여본성[眞性]이 본래 신령스럽고 밝음과
같아서 항상 머물러 있는 것은 물이 공중에 매달려 있는 것과 같은
것입니다. 그대들은 두루 선지식을 참례하고, 총림(叢林)9)에서 오랫
동안 있었으면서 어찌 생멸을 변하지 않는 것[眞常]으로 여기고, 인
연으로 생멸하는 공의 성품[空性]이 본래 공(空)하여 환(幻)으로 나타
나는 법의 성품임을 일관되게 보지 못합니까. 내생의 업에서 오고 감
에 자유로운가를 증험하고자 할진댄, 이에 곧 부처와 중생의 성품이
본래 적멸하여 증득할 법이 없으니 생사와 열반이 평등하다는 것을
알아야 하는데, 지금 그러하지 못했으니 지난 날 물을 돌이키자고 한
경계는 어디에 있소? 두 분이 떠나면서 경책한 일이 아득하구려."라
고 하였다. 인하여 게송으로 이르기를,

> 보아도 보는 바가 없어야 분별이 없고
> 들어도 소리 없음을 들어야 시비가 끊어지니
> 분별 시비 모두 내려놓고
> 다만 마음의 부처를 바로 보아 스스로 귀의할 따름이네.

---

9) 총림(叢林): 총림은 많은 승려들이 모여서 수행하는 곳이다. 叢은 풀이 처음 나는 것을
말하고, 林은 그것을 기르는 것을 말하니, 인재를 양성한다는 의미가 있다. 마치 풀이
스스로 수풀을 이루는 것과 같다고 하여 총림이라고 한다.

이때 하늘에서 구름이 짙게 펼쳐지고 신선의 음악이 허공에 가득 찼다. 부설이 단정히 앉아 한 생각에 해탈을 보이니, 향기는 바다 건너까지 퍼지고 꽃은 하늘에서 뿌렸다. 영희와 영조가 부설거사를 추모하며 감실을 만들어 다비를 거행하니, 학이 불속을 날자 빗방울이 영롱한 구슬처럼 쏟아졌다. 부설의 사리를 거두어 보배로운 병에 넣고 묘적암의 남쪽 산기슭에 묻고 부도(浮圖)10)를 세웠다. 인하여 천도재[49재]를 베푸니 호남지방의 선비와 백성들이 도량에 구름처럼 모이고, 위북지방의 선사와 강백이 신령스러운 산에 바람같이 몰려왔다. 그 당시의 도문·도전·법해·법운은 모두 법의 수제자로 세간의 사표가 되었으며, 거침없이 흐르는 맑은 설법은 굳은 돌까지도 머리를 끄덕였다.

법회[49재]가 아직 끝나지 않았는데, 부설의 뒤를 이을 등운과 월명이 동시에 삭발하고 집을 엮어 한 곳에 살았다. 눈물은 오동나무를 적시고, 정신은 백련지에서의 실천을 생각하였다. 삶을 가볍게 여기고 굳은 절개로 이겨내며 구구(九丘)에서 경론[筌蹄]을 열람하고,11) 불법을 위해서 몸을 잊고서 팔장(八藏)12)에서 깊은 뜻을 탐구하였다.

---

10) 부도(浮圖): 승려의 사리를 간직해 놓는 탑을 말한다.

11) 구구(九丘)에서 경론[筌蹄]을 열람하고: 九丘는 고대의 일을 기록한 옛 책의 이름인데, 九州의 뜻이 있는 것으로 보아, 읽어야 할 대상을 특정 짓지 않고 모든 경전을 두루 열람했다는 의미로 해석하였다. 筌蹄는 물고기를 잡으면 통발을 버리고 짐승을 잡으면 올무를 버리는 것처럼 뜻을 얻으면 도구를 버린다는 뜻이다. 경론이나 언어는 모든 수행자가 붓다의 경지에 이르기 위한 방편이다. 때문에 진리에 도달하면 그것을 버리는 것을 비유했다고 보았기에 경론으로 해석하였다.

12) 팔장(八藏): 八藏은 붓다의 법문을 여덟 종류로 나눈 것이다. 『菩薩處胎經』에서는 ① 태화장 ② 중음장 ③ 마하연방등장 ④ 계율장 ⑤ 십주보살장 ⑥ 잡장 ⑦ 금강장 ⑧ 佛藏

자애로운 아버지가 속세와 함께한 덕을 생각하며 연등을 켜고서 부
처님을 이으려는 마음을 품었다. 보배로운 곳에서 자유롭게 노닐며
[優游寶所] 계율에 목욕하고[沐浴毗尼],[13] 반주삼매를 얻어 단련하면
서 서방 정토의 구품연화세계의 모습을 그리며 그 세계를 일심으로
생각했다.

   세월은 덧없이 흘러 노년에 이르러 지방의 주(州)와 현(縣)의 선비
들에게 널리 알리고, 산문의 승려들을 널리 불러서 열반의 모습을 보
이고 방편의 문을 열었다. 이에 소문을 듣고 먼 곳의 승려와 선비가
개미가 꿀을 찾듯이 모여 들었다. 월명은 온몸에 자색 구름을 타고
홀연히 서천으로 향해 갔고, 등운은 손으로 증명하고[印] 푸른 구슬
을 잡고 유유히 게송을 써서 이르기를,

> 삼생이 꿈임을 깨닫고
> 정신은 구품의 연화대에서 노닐었네
> 바람이 잦아드니 지혜의 바다가 맑아지고
> 달이 떠오르자 가을 하늘 청명하네

등 여덟 가지로 나눴다. 또 대소승의 각 經·律·論·雜 등 四藏을 합한 소승 성문의
네 가지인 ① 경장의 『사아함경』② 율장의 『사분율』, 『십송율』 등 ③ 논장의 『아비담
마』 등 ④ 咒藏의 일체 질병을 제거하는 다라니로 『벽제제악타나니』 등과 대승보살의
네 가지인 ① 경장의 『묘법연화경』, 『대방광불화엄경』 등 ② 율장의 『보살선계경』,
『범망경』 등 ③ 논장의 『대지도론』, 『십지경론』 등 ④ 咒藏의 『능엄주』, 『대비주』 등을
합하여 八藏이라 한다.

13) 보배로운 곳에서 자유롭게 노닐며[優游寶所] 계율에 목욕하고[沐浴毗尼]: 優遊는 얽매
   이지 않는 것이고, 寶所는 세간의 밖인 출세간을 말한 것이다. 따라서 세속의 일에 얽
   매이지 않고 고요히 앉아 안거한 모습을 묘사한 것이다. 계율에 목욕하고는 戒範을
   바르고 엄중히 하여 지계가 견고하다는 것을 표현한 것이다.

가마 길에는 신선의 음악이 가득하고
신선이 사는 연못에서는 진리의 배에 오르네
반야의 삼매가 무르익으니
극락에 가는 길이 참으로 기쁘구나.

글씨를 다 쓰고 얼굴빛을 가다듬어 미소를 머금고 멀리 돌아가니, 상서로운 빛이 방안에 가득하고 기이한 향기가 한 철 동안 가득하였다. 이에 멀고 가까이에서 보고 듣고 진리의 길에서 칭찬하니, 그 이익이 매우 깊고 공덕이 무궁하였다. 그 어머니 묘화는 110세를 살고 가까운 사람에게 일러 집을 내놓아서 절을 만들고 부설원이라 이름하였다. 그리고 산문의 덕 높은 이들이 두 아이의 이름으로 암자를 불렀는데, 지금까지 등운암과 월명암이라 한다.

〈浮雪傳〉[1] 원문 교감

新羅眞德女主 啓祚年初 王都南內之香兒 有陳氏之子 名曰光世
生而穎悟 解自天然 群童戱嬉 不侔凡流 或西向移晷 或林間燕坐 逢
僧則悅豫 見殺則嚬蹙[2] 遂往佛國寺 投圓淨禪師 鳩車之齡落髮 竹馬
之齒通玄

法名浮雪 字曰天祥 霜松潔操 水月虛襟 戒珠光而全 定門幽而靜
器宇沖遠 識度通敏 嶺南高德 咸用器之 外示僧佉之服[3] 內弘龍猛之
學矣

旣以慟繫颷[4]芘 參方耆宿 忽與同志靈照靈熙相友 彼皆慈恕立身

1) 〈浮雪傳〉: 〈부설전〉은 木版本과 筆寫本의 두 종의 異本이 있다. 그러나 내용에는 차이
가 나지 않는다. 목판본은 1635년에 간행된 『暎虛集』의 「賦」 항목에 수록되어 전하고,
필사본은 월명암에 소장되어 전하고 있다. 본고에서는 『영허집』의 「賦」 항목에 실려
있는 〈부설전〉을 대본으로 삼아 월명암의 〈부설전〉을 교감하여 글자의 출입이 있는지
살펴보았다. 목판본은 『暎虛大師集』(동국대학교 중앙도서관 청구기호: D 218.081 해69
ㅇ2), 필사본은 월명암 소장본(봉래산 월명암, 『浮雪傳(附 月明庵事蹟記及詩文論集)』
월명암, 2000, 23~37쪽)을 참고하였다.

2) 蹙: 판본에는 '慼'으로 되어 있으나, 의미상 '蹙'이 옳을 듯하여 써 넣었다.

3) 필사본에서는 外示僧佉 다음에 한 칸을 비우고 뒤에 之服이라고 썼다. 그 구절을 나타
내 보면, '外示僧佉□之服'이다.

4) 필사본에서는 '颷'을 다른 글자로 썼는데, 어떤 글자인지 식별하기 어렵고, 그 글자 왼
쪽에 작은 글씨로 '颷'이라고 작은 글씨로 써놓았다.

恭和成性 心非道外 行在說前 貴寡欲而息求 好端居而簡務者也

　桂棹南海 託跡頭流 經洞四含 論精五明 餌松花而觀寂 食練實而
樂道 奄過三祀 掛巾天冠 畢坐五臘 飛錫楞迦

　周遊覽罷 歷銓奇境 因就法王峯底 遂葺草廬一間 額日妙寂 是乃
妙入禪寂5)之稱也 三士同巢 一心爲道 杜口禪那 掩關摩竭 十載緣消
三生夢斷 學已窮於滿字 行乃潔於圓珠 各述養眞詩一章

　靈照首唱日

　占得幽居地 萬松嶺上庵

　入禪6)看不二 探道喜成三

　采玉人誰到 含花鳥自喃

　蕭然無外事 一味法門參

　靈熙7)繼吟日

　雲收歡喜嶺 月入老松庵

　慧劍精千萬 心源蕩再三

　洞天春寂寂 山鳥語喃喃

　咸佩無生樂 玄關不用參

　浮雪怡然繼和日

　共把寂空雙去法 同棲雲鶴一間庵

　已知不二歸無二 誰問前三與後三

---

5) 필사본에서는 '禪寂'을 '寂禪'이라고 썼는데 글자 왼쪽에 위 아래 글자의 순서가 바뀌었
　음을 上과 下로 표시하고 있다. 즉 '寂'의 왼편에는 下를, '禪'의 왼편에는 上이라고
　표시하였다. 여기서 필사본은 목판본을 따르고 있음을 알 수 있다. 〈부설전〉에서 이러
　한 부분이 여러 곳에 나타나고 있는데 내용은 달라지지 않음을 알 수 있고, 결국 목판
　본을 보고 수정했음을 추측할 수 있다.
6) 필사본에서는 '入禪'의 入과 禪 사이에 '寂'字를 썼다가 지운 표시가 있다.
7) 필사본에서는 '靈熙'의 앞에 한 칸을 띄우고 '□靈熙'라고 썼다.

閑看庭8)中花艶艶 任聆窓外鳥喃喃

能令直入如來地 何用區區久歷參

尋念五臺 乃文殊道場也 要往拜之 啓足向北 因宿杜陵 白蓮池側 仇無冤之家 家翁乃淸信居士也 素尙淸虛 求道甚切 一聞緖餘 不覺 吐舌 迎之上座 款若舊識 鋪陳之物 飮膳之味 無不盡禮 世所云稀 團 欒竟夜

翌日黎明 春雨泥濘 上道無便 淹留信宿 況乃主翁問法之情 老而 彌篤 久而尤堅 隨問而答 日夜往復 宛若馬鳴之智辯 龍樹之懸河 人 神胥悅 遠近同歡 蠅手屈膝 如獲9)至寶

主有一女 名曰妙花 蓋夢見蓮花而生也 色貌才藝 獨步一時 惠而 柔和10) 嚴而節操 雖生長白屋 人罕見之

是日聞說法之音 神忽慨然 悲啼莫已 恰似阿難之摩登 襄王之巫神 昵押左右未嘗暌離 誓從卽度 永遂于飛 殄身無怨 若見棄去 斯決殞 命矣11) 父母愛女之故 稽首法師 惟願濟度 千祈萬祝 於日於夜

浮雪抗志 金石方堅 未敢爲欲12)所醉 詎能色塵所迷 深恐冤家13)防 道之戒 又念菩薩慈悲之意 六禮未備 一言宜誠 淡無味於嚼蠟 比蓮 花之着水 熙照二師 本以道懷 失朋西陲 無顔上洛 行色慘怵 寫偈以

---

8) 庭: 목판본에는 '靜'으로 되어 있으나, 내용상 '庭'이 옳을 듯하여 써 넣었다. 필사본에
   는 '靜'의 오른쪽에 작은 글씨로 '庭'을 써놓았다.
9) 필사본에서는 獲을 '護'로 써놓고, 그 글자 오른쪽에 작은 글씨로 獲을 써놓았다.
10) 필사본에서는 '和'를 '如'로 써놓았다.
11) 필사본에서는 決殞命 다음에 '己'字를 첨입하고 있다. 그 구절을 나타내 보면, '決殞命
    己矣'이다.
12) 필사본에서는 '欲'을 '慾'으로 썼다.
13) 필사본에서는 '冤家'를 '愛緣'으로 썼는데 지운 표시가 있고, 그 글자 오른쪽에 작은
    글씨로 '冤家'라고 써놓았다.

贈 靈照先成曰

但智成空見 偏悲涉愛緣

雙行常樂矣 一道自天然

月運因雲駃 風飄識幡懸

干將如在手 安爲色留連

靈熙繼和曰

一簣14)成臺力 九皐翹足緣

修行破竹爾 得道着鞭然

未免三生累 冤家一念懸

他年瓶返水 追後跡相連

浮雪禪師 亦以圓融道話 步韻而答曰

悟從平等行無等 覺契無緣度有緣

處世任眞心廣矣 在家成道體胖然

圓珠握掌丹靑別 明鏡當臺胡漢懸

認得色聲無罣礙 不須山谷坐長年15)

遂把松茶 引滿相屬 以與訣曰 道不在緇素 道不在華野 諸佛方便 志在利生 道侶遠參 飽飡法乳 來警老夫

師之軒昂 身在塵勞 心懸物外 精修三業 廣行六度 解通內外 語涉典章 四鄰歡心 八表引領 求醫之士風趨 服藥之人輻輳 聾騃盡醒 稿枯悉潤 法施敷揚 十有五年 妙指書帳

法胤二人 男曰登雲 女曰月明 是皆吉夢所感之稱也 釋氏抱送之雛

---

14) 簣: 판본에는 '簀'으로 되어 있으나, 문맥상 '簣'가 옳을 듯하여 써 넣었다. 필사본에는 '簀'으로 써놓았다.

15) 필사본에서는 '年'을 '連'으로 썼다. 그리고 그 글자 오른쪽에 '年'을 썼다가 다시 지운 표시를 해놓았다.

容儀詳正 懿節高猛 學不加思 解自生知 見影追風 聞一知十 游三藏
之教海 甄六籍之詞林 至人降跡 物不疵病 風雨順時 禾穀豊登 計日
不乏[16] 計年有餘

本縣高人李公承桂 上舍金公國寶等 結爲方外之交 相與閑中之樂
忘老少一 內外日與講論經[17]理 風雨雪霜 不輟音信 譬遠公之賞蓮
喩韓子之留衣

於是毛塵人事 掃委二兒 別構[18]一堂 精鍊舊業 傷財劫賊 本由六
門 除滅二見 返聞聞性 一眞獨露 非假方便 陽不能行 故稱病夫 粥藥
須人 便利[19]無氣 潛心做工 決意成道 慕毗耶之杜口 戀少林之面壁
期及五秋 解徹明星 再淨餘塵 重崇智嶽 頓彎於華嚴法界 宴坐於圓
覺妙場 只自怡悅 莫能說破

昔日同袍 熙照二師 參禮日久 遍遊名山 隨緣受用 重到杜陵 淸信
之家 居士與波夷 仙化已久 無能問者 忽逢端正男女纏冠簪者 問浮
雪安否[20] 宣昔日同友之緣 相顧泫然入白 浮雪乃曰 余喜聞故人之歸
沈痾頓除 氣宇淸泰 可於正堂 設鋪安坐 具膳尊享 彼是格外道人 博
物君子 承之奉之 勿逆勿怠 卽起歡迎 相敍舊情 根塵明敏 朗月神錐

---

16) 필사본에서는 '乏'을 '足'으로 썼다.
17) 필사본에서는 '論經'을 '證論'이라고 써놓은 듯하다. 필자가 '證論'이라고 쓰여 있는 듯
   하다고 했지만 '證'인지 '登'인지 명확하지가 않다. 다만 '□＊登'의 형태로 필사되어
   있는데 식별하기가 쉽지 않다. 그리고 '□＊登'의 글자 오른쪽에 작은 글씨로 '經'을
   써놓았고, '□＊登'의 오른편에는 下를, 論의 오른편에는 上이라고 하여 위 아래 글자
   가 도치되었음을 표시했다. 그러므로 필사본에서도 '經論'이라고 해야 한다는 것을 나
   타내고 있음을 알 수 있다.
18) 필사본에서는 '構'를 '搆'로 썼다. 두 글자는 같은 의미로 쓰이기 때문에 글의 흐름은
   달라지지 않는다.
19) 필사본에서는 '便利'를 '利便'이라고 썼다.
20) 필사본에서는 安否의 뒤에 '之寄'를 첨입하였다. 즉 '安否之寄'라고 쓰여 있다.

二子之心 謂蒙上人法力 厥父疾愈五體投地 敬逾天屬

浮雪云 取三瓶盛水來 試工夫生熟 掛於樑上 各打一瓶 熙照二人
瓶水俱21) 碎 雪亦打之 瓶碎水懸 因謂二人曰 靈光獨曜22) 逈脫根塵
體露眞常 不拘生滅23) 遷流者似瓶之破碎 眞性本靈明 常住者如水之
懸空 公等遍參知識 久曆24)叢林 豈不攝生滅爲眞常 空幻化守法性乎
欲驗來業自由不自由 便知常心平等不平等 今旣不然 曩日返水之戒
安在 雙行之警25)邈矣 因偈示云

目無所見無分別 耳聽無聲絶是非

分別是非都放下 但看心佛自歸依

于時天雲密布 仙樂盈空 端坐一念 示同蟬蛻 香飛海表 花雨天中
二師追慕 擧龕闍維 鶴飄火中 雨滴靈珠 收舍利入寶瓶 瘞于妙寂南
麓 建浮圖 因設冥陽之會 湖南士庶 雲集道場 渭北禪講 風驅靈嶽 時
道文道全法海法雲 皆是法中龍象 世間師表 迅流淸辯 頑石點頭

法會未罷 聖嗣二人 同時祝髮 結屋星居 淚沾檟樹 神想蓮池 輕生
苦節 閱筌蹄于九丘 爲26)法忘軀 探幽旨于八藏 戀慈父27)同塵之德
懷燃燈續佛之心 優游寶所 沐浴毗 鍊得般舟三昧 繼念淨土九蓮

---

21) 필사본에서는 '俱'를 '具'로 썼다. 두 글자는 뜻이 서로 통하므로 문맥에는 차이가 나지
않는다.
22) 필사본에서는 '曜'를 '露'로 썼다.
23) 필사본에서는 不拘生滅 뒤에 '幻身隨生滅'을 첨입했다.
24) 필사본에서는 '曆'을 '歷'으로 썼다.
25) 필사본에서는 '警'을 '誓'로 썼다.
26) 필사본에서는 '爲'를 다른 글자로 쓴 것 같은데 식별하기가 힘들다. 그리고 그 글자
오른편에 글자를 써놓았는데 이것도 식별하기가 쉽지 않다.
27) 필사본에서는 戀과 父의 사이에 한 칸을 띄어놓았다. 즉 '戀□父'로 썼는데, '戀'과 '父'
의 글자의 중간의 오른편에 작은 글씨로 '慈'字를 써놓았다.

跳丸歲月 限迫桑楡 遍告州縣道儒 普召山門釋子 示涅槃相 開方便門 聆風普會 黑白蟻慕 月明氏 全身乘紫雲 忽向西天 登雲師 印手拂28)碧瑤 流書寶偈云

覺破三生夢 神29)遊九品蓮

風潛淸智海 月上冷秋天

輦路盈仙樂 瑤池駕法船

般若三昧熟 極樂去怡然30)

書罷斂容 含笑長歸 祥光滿室 異香一夏 遠近見聞 稱讚道路 利益甚深31) 功德32)無窮 其母妙花 壽考百有十年 將啓手足 捨家爲院 以浮雪爲名 山門碩德 以二子33)名名庵 至今有登雲月明云爾

---

28) 필사본에서는 '拂'을 다른 글자로 썼는데 식별이 되지 않는다.
29) 필사본에서는 '神'을 '身'으로 썼다.
30) 필사본에서는 極樂의 다음에 한 칸을 비워두고 怡然을 썼다. 즉 '極樂□怡然'이라고 쓰여있다.
31) 필사본에서는 利의 뒤에 한 칸이 비어있고, 그 뒤에 두 글자를 썼는데 어떤 글자인지 알아보기 힘들다. 즉 '利□_ _'이다.
32) 필사본에서는 功의 위에 '深'을 첨입하여 '功深德'이라고 썼다. 그리고 功과 深의 글자의 위 아래가 도치되었음을 표시하였다.
33) 필사본에서는 '子'를 '字'로 썼다.

찾아보기

필자 소개

김영태
동국대 불교학과 교수로 재직했으며 불교문화연구소장, 한국불교학회장, 원효학연구원 장 등을 역임하였다.
저서로는 『삼국시대 불교신앙 연구』, 『한국불교사정론』, 『한국불교사』, 『(자세히 살펴 본) 삼국유사1』, 『한국 고대 왕조사 탐색』 등 40여 권이 있다.

김승호
동국대 국어교육과 교수 겸 사범대학장으로 재직 중이다. 고전산문 및 불교문학에 관심 이 많으며 이쪽의 연구를 지속해오고 있다. 저서로 『한국승전문학의 연구』, 『한국사찰 연기설화의 연구』, 『삼국유사 서사담론』, 『중세불교인물의 해외전승』, 『東溪集』(번역 서) 등이 있다.

오대혁
서울교육대, 동국대에서 학생들을 가르치고 있으며, 불교문학에 대한 연구를 주로 하면 서 다양한 연구를 수행하고 있다. 저서로 『원효설화의 미학』, 『금오신화와 한국 소설의 기원』, 공저로 『한국서사문학과 불교적 시각』, 『문화콘텐츠와 퍼블릭 도메인 스토리』 등이 있다.

유정일
선문대 교양학부 계약교수로 재직하고 있으며, 한중비교문학과 명청소설 방면에 연구 를 하고 있다. 저서로는 『기재기이 연구』, 『情史 상·중·하』(번역서) 등이 있으며, 논문 으로는 「《虞初廣志》의 문헌적 성격과 《우초광지》 소재 안중근전 연구」 외 다수가 있다.

이미숙(淸江炫旭)
동국대학교사범대학부속고등학교에서 교법사로 재직하고 있으며, 조계종 교육아사리 로도 활동하고 있다. 「조선중기 海日의 『暎虛集』에 내재된 禪佛敎的 修行 양상 硏究」로 박사학위를 취득했다. 논문으로는 「〈浮雪傳〉의 저작시기에 대한 再考證」, 「暎虛海日의 禪詩를 통해 본 삼문수행관」 등이 있다.

부설전의 미학과 사상

2018년 11월 30일 초판 1쇄 펴냄

펴낸이 김승호·이미숙(현욱)
발행인 김흥국
발행처 보고사

책임편집 김하놀
표지디자인 손정자

등록 1990년 12월 13일 제6-0429호
주소 경기도 파주시 회동길 337-15 보고사 2층
전화 031-955-9797(대표), 02-922-5120~1(편집),
　　　02-922-2246(영업)
팩스 02-922-6990
메일 kanapub3@naver.com / bogosabooks@naver.com
http://www.bogosabooks.co.kr

ISBN 979-11-5516-854-7 93810
ⓒ 김영태·김승호·오대혁·유정일·이미숙(현욱), 2018

정가 20,000원
사전 동의 없는 무단 전재 및 복제를 금합니다.
잘못 만들어진 책은 바꾸어 드립니다.